Maldosas
Impecáveis
Perfeitas
Inacreditáveis
Perversas
Destruidoras

Destruidoras
PRETTY LITTLE LIARS
DE

SARA SHEPARD

Tradução
FAL AZEVEDO

ROCCO
JOVENS LEITORES

Para Riley

Título original
KILLER
A PRETTY LITTLE LIARS NOVEL

Copyright © 2009 by Alloy Entertainment e Sara Shepard
Todos os direitos reservados.

Nenhuma parte desta obra pode ser reproduzida, ou transmitida por qualquer forma ou meio eletrônico ou mecânico, inclusive fotocópia, gravação ou sistema de armazenagem e recuperação de informação, sem a permissão escrita do editor.

Direitos para a língua portuguesa reservados
com exclusividade para o Brasil à
EDITORA ROCCO LTDA.
Av. Presidente Wilson, 231 – 8º andar
20030-021 – Centro – Rio de Janeiro – RJ
Tel.: (21) 3525-2000 – Fax: (21) 3525-2001
rocco@rocco.com.br
www.rocco.com.br

Printed in Brazil/Impresso no Brasil

preparação de originais
MÔNICA MARTINS FIGUEIREDO

CIP-Brasil. Catalogação na fonte.
Sindicato Nacional dos Editores de Livros, RJ.

S553p   Shepard, Sara, 1977-
Destruidoras / Sara Shepard; tradução Fal Azevedo. – Rio de Janeiro:
Rocco Jovens Leitores, 2011. (Pretty Little Liars; v. 6)
Tradução de: Killer
Sequência de: Perversas
Continua com: Impiedosas
ISBN 978-85-7980-094-8
1. Amizade – Literatura infantojuvenil. 2. Ficção policial americana.
3. Literatura infantojuvenil americana. I. Azevedo, Fal, 1971- . II. Título. III. Série.
11-5271   CDD – 028.5   CDU – 087.5

O texto deste livro obedece às normas do
Acordo Ortográfico da Língua Portuguesa.

Mentirosos precisam ter boa memória.

— ALGERNON SYDNEY

SE A MEMÓRIA NÃO NOS FALHA...

Que tal se, de repente, você conseguisse lembrar cada segundo da sua vida inteirinha? E não apenas dos acontecimentos mais importantes, dos quais todo mundo se lembra – mas dos detalhes também. Como quando você e sua melhor amiga descobriram que o ódio que sentiam do cheiro da cola de borracha era mais uma afinidade a uni-las nas aulas de artes do terceiro ano. Ou a primeira vez em que você viu o menino pelo qual se apaixonaria no oitavo ano. Ele andando pelo pátio da escola, segurando uma bola de futebol em uma das mãos e um iPod Touch na outra.

Mas com toda bênção vem uma maldição. Com sua nova memória atordoante e impecável, você também teria que se lembrar de cada briga com sua melhor amiga. Reviveria todas as vezes nas quais o menino do futebol por quem você tinha uma paixonite sentou ao lado de outra pessoa no almoço.

Com uma memória infalível, o passado poderia de repente se tornar bem assustador, não? Todas essas pessoas parecem ser suas aliadas agora? Pense melhor – pode ser que elas não sejam tão legais quanto você pensava. Aquele amigo que sempre pareceu a mais fiel das criaturas? Opa! Observando mais de perto, talvez não seja bem assim.

Se quatro garotas charmosas de Rosewood de repente desenvolvessem memórias perfeitas, saberiam melhor em quem confiar e de quem se manter distantes. Por outro lado, talvez seu passado fizesse ainda menos sentido.

Nossa memória pode ser um tanto caprichosa. E às vezes estamos fadados a repetir as coisas que esquecemos.

Lá estava ela. A grande casa vitoriana dominando a paisagem da rua sem saída, a casa com treliças de rosas ao longo da cerca e o deque de madeira no quintal dos fundos. Apenas alguns poucos felizardos eram convidados a visitá-la, mas todo mundo sabia quem morava ali. Ela era a garota mais popular da escola. A garota que ditava a moda, inspirava paixões e construía ou acabava com reputações. A garota que todo garoto queria namorar e que toda garota queria ser.

Alison DiLaurentis, é claro.

Era um sábado tranquilo de setembro na idílica Rosewood, uma das cidades ricas e endinheiradas ao sul da Pensilvânia, a mais ou menos trinta quilômetros da Filadélfia. O sr. Cavanaugh, que vivia em frente à família de Alison, atravessou seu jardim para pegar o jornal. O golden retriever de pelo claro que pertencia aos Vanderwaal pulava no quintal murado a poucos metros dali, latindo para os esquilos. Nenhuma flor ou folha parecia fora do lugar... exceto pelas quatro garotas do sexto ano que, por acaso, entraram no quintal da família DiLaurentis ao mesmo tempo.

Emily Fields se escondia entre os pés altos de tomate, puxando nervosamente os cordões de seu moletom da equipe de natação de Rosewood. Ela nunca havia ido à casa de colega nenhuma, muito menos na da garota mais bonita e popular da escola. Aria Montgomery se abaixou atrás de um carvalho, correndo os dedos pelo bordado da túnica que seu pai havia trazido de *outra* viagem de última hora para uma conferência sobre história da arte na Alemanha. Hanna Marin abandonou sua bicicleta perto de uma pedra próxima do barracão da propriedade da família, tramando seu plano de ataque. Spencer Hastings, que morava na casa vizinha, entrou no quintal de Alison e se agachou atrás de um arbusto de framboesa cuidadosamente podado, inalando o cheiro agridoce das frutas.

Com cuidado, cada garota observou com atenção a *bay window* da parte dos fundos da casa dos DiLaurentis. Sombras indicavam alguma movimentação na cozinha. Elas ouviram um grito no banheiro do andar superior. Um galho de árvore estalou. Alguém tossiu.

As meninas perceberam que não estavam ali sozinhas exatamente no mesmo instante. Spencer notou Emily hesitando perto das árvores. Emily viu Hanna se agachando perto da pedra. Hanna vislumbrou Aria atrás da árvore. Todas elas marcharam para o centro do quintal de Ali e se reuniram em um pequeno círculo.

– O que estão fazendo aqui, meninas? – perguntou Spencer.

Ela conhecia Emily, Hanna e Aria desde o concurso de leitura do primeiro ano na Biblioteca Pública de Rosewood. Spencer vencera, mas todas haviam participado. Elas não eram amigas. Emily era o tipo de garota que corava quando um professor a chamava no meio da aula. Hanna, que agora puxava o cós do seu black jeans da Paper Denim, um pouco pequeno demais, nunca parecia estar confortável consigo mesma. E Aria – bem, pelo jeito ela estava vestindo um daqueles trajes típicos alemães, uma espécie de shorts com suspensórios. Spencer tinha certeza de que os únicos amigos de Aria eram imaginários.

– Hããã... nada – respondeu Hanna.

– Pois é, nada – disse Aria, olhando desconfiada para as outras.

Emily deu de ombros.

– O que *você* está fazendo aqui? – perguntou Hanna a Spencer.

Spencer suspirou. Era óbvio que elas estavam ali pela mesma razão.

Duas tardes antes, Rosewood Day, o colégio de elite que frequentavam, havia anunciado o início de seu tão aguardado jogo da Cápsula do Tempo. Todo ano o diretor Appleton cortava uma bandeira azul reluzente de Rosewood Day em vários pedaços e os entregava para que os alunos mais antigos os escondessem pelo lugar, e os professores divulgavam pistas sobre o paradeiro de cada peça tanto no saguão superior do colégio quanto no inferior, como se fazia em uma caça ao tesouro. O garoto ou garota que encontrasse uma peça poderia decorá-la como quisesse e depois devolvê-la à direção da escola. As peças encontradas eram costuradas umas às outras por funcionários, até que a bandeira fosse refeita. Depois, era realizada uma cerimônia em honra aos vencedores, e a bandeira era enterrada em uma Cápsula do Tempo atrás do campo de futebol. Os estudantes que encontravam as peças da Cápsula do Tempo viravam lendas – o legado deles viveria *para sempre*.

Era difícil se destacar em uma escola como Rosewood Day, e mais difícil ainda conseguir um pedaço da bandeira da Cápsula do Tempo. Apenas uma brecha no regulamento do jogo dava a todo mundo um lampejo de esperança: a cláusula do furto, que legalizava o ato de roubar a peça encontrada por alguém até o momento em que, costuradas, todas as peças desaparecidas formassem novamente uma bandeira. Dois dias antes, certa beldade local havia se gabado de já ter garantido uma das partes da bandeira.

E agora, quatro anônimas esperavam colocar a cláusula do furto em prática quando tal beldade menos esperasse. A ideia de roubar a parte de Alison era de deixar qualquer um tonto. Por um lado, era a chance de se aproximar dela. Por outro, era uma oportunidade de mostrar à garota mais bonita de Rosewood Day que ela nem sempre podia conseguir tudo o que quisesse. Alison DiLaurentis definitivamente precisava de um choque de realidade.

Spencer olhou para as três outras garotas.

– Eu cheguei aqui primeiro. Aquela bandeira é minha.

– *Eu* estava aqui antes de você – sussurrou Hanna. – Vi você vindo da sua casa poucos minutos atrás.

Aria bateu com força sua bota de camurça lilás no chão, olhando espantada para Hanna.

– Você também acabou de chegar! Eu estava aqui antes de vocês *duas*.

Hanna endireitou os ombros e olhou para as tranças bagunçadas de Aria e seu pescoço cheio de colares.

– E quem vai acreditar em você?

– Meninas! – Emily projetou seu queixo pontudo na direção da casa da família DiLaurentis e colocou um dedo na frente dos lábios. Vozes vinham da cozinha.

– Não!

Aquela parecia a voz de Ali.

As garotas ficaram tensas.

– *Não!* – Uma segunda voz, mais aguda, imitou Ali.

– Pare! – guinchou Ali.

– *Pare!* – ecoou a segunda voz.

Emily teve uma sensação ruim. Sua irmã mais velha, Carolyn, costumava imitar sua voz, chiando exatamente do mesmo jeito, e Emily *odiava* isso. Ela ficou imaginando se a segunda voz pertencia ao irmão mais velho de Ali, Jason, aluno do ensino médio de Rosewood Day.

– Chega! – gritou uma voz mais grave. Houve um baque surdo e som de vidro se estilhaçando.

Segundos depois, a porta da varanda foi aberta e Jason surgiu, apressado, o casaco de moletom aberto, seus tênis desamarrados, o rosto todo vermelho.

– Droga – sussurrou Spencer.

As meninas fugiram para trás dos arbustos. Jason entrou no quintal andando em diagonal pelo gramado, na direção da floresta, depois parou, prestando atenção em alguma coisa à sua esquerda. Uma expressão furiosa se formou aos poucos em seu rosto.

As meninas seguiram o olhar de Jason, fixo no quintal de Spencer. A irmã de Spencer, Melissa, e seu novo namorado, Ian Thomas, estavam sentados na beira da banheira de hidromassagem da família. Quando viram que Jason os observava, Ian e Melissa soltaram as mãos um do outro. Longos segundos se passaram. Dois dias antes, logo depois que Ali se exibira, falando a respeito da bandeira que estava para encontrar, Ian e Jason tiveram uma briga por causa dela na frente de todos os alunos do sexto ano. Talvez a briga não tivesse terminado.

Jason deu meia-volta, rígido, e marchou na direção da floresta. A porta da varanda bateu outra vez, e as garotas se abaixaram. Ali ficou de pé na plataforma, olhando ao redor. Seu longo cabelo louro ondulava até os ombros, e a blusa rosa-shocking fazia sua pele parecer mais reluzente e fresca.

– Ei, pode aparecer! – gritou Ali. Emily arregalou os olhos castanhos. Aria se abaixou ainda mais. Spencer e Hanna taparam a boca. – Sério!

Ali desceu os degraus da varanda perfeitamente equilibrada em seus saltos plataforma. Ela era a única garota do sexto ano corajosa o bastante para ir à escola de salto alto. Rosewood Day tecnicamente não permitia que as alunas usassem salto até o ensino médio.

– Eu *sei* que tem alguém aí. Mas, se você veio pela minha bandeira, já era. Alguém já a roubou.

Spencer saiu de trás dos arbustos, sem conseguir esconder sua curiosidade.

– O quê? Quem?

Aria apareceu depois. Emily e Hanna a seguiram. *Outra pessoa* havia chegado até Ali antes delas?

Ali suspirou, sentando-se no banco de pedra próximo ao laguinho da família. As garotas hesitaram, mas Ali acenou para que se aproximassem. De perto, ela cheirava a sabonete de baunilha para as mãos e tinha os cílios mais longos que elas já viram. Ali deslizou do banco e afundou os pés delicados na grama verde e macia. Suas unhas do pé estavam pintadas de um vermelho cintilante.

– Não sei quem foi – respondeu Ali. – Num minuto a bandeira estava na minha bolsa. No minuto seguinte, havia desaparecido. Eu já a havia decorado e tudo. Tinha desenhado um sapinho de mangá muito legal, o logo da Chanel e uma garota jogando hóquei. E trabalhei *pra caramba* nas iniciais da Louis Vuitton e na estampa da marca, copiando o desenho direto da bolsa da minha mãe. Ficou *perfeito*. – Ela fez uma careta triste para as garotas, seus olhos azul-safira arregalados. – O idiota que a roubou vai arruiná-la. Eu sei disso.

As garotas murmuraram que sentiam muito, subitamente agradecidas de não ter sido nenhuma delas a roubar a bandeira de Ali – porque *elas* seriam o idiota de quem Ali reclamava.

– Ali?

Todo mundo se virou. A sra. DiLaurentis andou até a varanda. Parecia estar a caminho de um almoço chique, usando um vestido transpassado Diane von Furstenberg cinza e saltos. Seu olhar se demorou nas meninas, confuso. Não era como se elas já tivessem estado no quintal de Ali antes.

– Nós estamos indo agora, está bem?

– Está bem – disse Ali, sorrindo de maneira delicada e acenando. – Tchau!

A sra. DiLaurentis parou, como se quisesse dizer algo. Ali deu as costas para a mãe, ignorando-a. Ela apontou para Spencer:

– Você é Spencer, certo?

Spencer confirmou, envergonhada. Ali olhou curiosa para as outras meninas.

– Aria – Aria lembrou a Ali.

Hanna e Emily se apresentaram também, e Ali acenou sem grande entusiasmo. Aquele tipo de coisa era a cara de Ali – *é claro* que ela sabia o nome delas, mas com aquela atitude típica estava sutilmente querendo dizer que, na hierarquia da turma do sexto ano de Rosewood Day, seus nomes não importavam. Elas não sabiam se deviam se sentir humilhadas ou elogiadas – afinal, *naquele momento*, Ali *queria* saber os nomes delas.

– Bem, onde você estava quando sua bandeira foi roubada? – perguntou Spencer, procurando um meio de manter o interesse de Ali.

Ali piscou, confusa.

– Hããã, no shopping. – Ela colocou o dedo na boca e começou a mordê-lo.

– Em qual loja? – pressionou Hanna. – Tiffany? Sephora?

Talvez Ali ficasse impressionada por Hanna conhecer o nome das lojas mais importantes do shopping.

– Pode ser... – murmurou Ali, e depois desviou o olhar para a floresta. Parecia procurar algo, ou alg*uém*. Atrás delas, a porta da varanda bateu. A sra. DiLaurentis havia entrado em casa outra vez.

– Sabe, a cláusula do furto não devia nem ser permitida – disse Aria, revirando os olhos. – É simplesmente... *maldade*.

Ali colocou o cabelo atrás das orelhas, dando de ombros. Uma luz no andar superior na casa dos DiLaurentis foi apagada.

– E aí, onde Jason escondeu a parte dele, afinal? – Emily arriscou perguntar.

Ali saiu do estado ausente em que estava e perguntou, tensa:

– Como é que é?

Emily se encolheu, preocupada por talvez ter feito uma pergunta desagradável.

–Você falou uns dias atrás que Jason havia dito a você onde tinha escondido um dos pedaços da bandeira. O pedaço que você encontrou, certo?

Na verdade, Emily estava mais interessada no *baque* que escutara dentro da casa minutos antes. Será que Ali e Jason haviam brigado? Jason imitava sempre a voz de Ali? Ela não ousou perguntar.

— Ah! — Ali girava cada vez mais rápido o anel prateado que sempre usava no indicador direito. — Certo. É. Sim, foi o pedaço da bandeira que eu encontrei.

Ali virou o rosto para a rua. A Mercedes cor champanhe que as meninas viam apanhá-la com frequência depois das aulas saiu devagar da garagem e seguiu até a esquina. Parou em frente à placa de *Pare*, ligou a seta e virou à direita.

Em seguida, Ali suspirou e olhou para as meninas quase sem reconhecê-las, como se estivesse surpresa de vê-las ali.

— Bem... tchau — disse ela. Ali virou e voltou para casa. Instantes depois, a mesma luz do andar de cima que fora apagada acendeu.

Os sininhos de vento na varanda dos DiLaurentis soavam. Um esquilo correu pelo gramado. Num primeiro momento, as meninas estavam desconcertadas demais para se mover. Quando ficou claro que Ali não iria voltar, elas se despediram umas das outras, meio sem graça, e tomaram caminhos diferentes. Emily pegou um atalho pelo jardim da casa de Spencer para alcançar a rua, tentando enxergar o lado positivo do que acabara de acontecer — ela estava agradecida por Ali ter pelo menos conversado com elas. Aria caminhou na direção da floresta, incomodada por ter ido até lá. Spencer arrastou-se de volta para sua casa, envergonhada por perceber que Ali a menosprezava tanto quanto às outras. Ian e Melissa haviam entrado, provavelmente para namorar no sofá da sala — *credo!* E Hanna pegou sua bicicleta atrás da pedra no jardim da casa de Ali e notou que havia um carro preto barulhento parado junto à calçada, bem em frente à casa. Ela semicerrou os olhos, sem entender nada. Será que já tinha visto aquele carro antes? Dando de ombros, se virou e saiu pedalando.

Cada uma das meninas saiu dali com o mesmo peso no peito, humilhada, sem esperança nenhuma. Quem elas pensavam que eram, tentando roubar um pedaço da bandeira da Cápsula do Tempo da garota mais popular de Rosewood Day? Por que *ousaram* acreditar que poderiam fazer uma coisa daquelas? Provavelmente Ali entrara em casa para telefonar para suas melhores amigas, Naomi Zeigler e Riley Wolfe, rindo das idiotas que haviam acabado de aparecer no seu quintal. Por um momento fugaz, pareceu que Ali ia dar a Hanna, Aria, Emily e Spencer uma chance de amizade, mas agora aquela chance estava definitivamente perdida.

Hum... será que estava mesmo?

Na segunda-feira seguinte, a história sobre o pedaço da bandeira encontrado por Ali ter sido roubado se espalhava pelos corredores da escola. Havia uma segunda fofoca também: Ali tivera uma briga horrorosa com Naomi e Riley. Ninguém sabia sobre o que tinha sido a discussão, nem como havia começado. Tudo o que todo mundo sabia era que o grupinho mais cobiçado do sexto ano ia precisar de novos membros.

Quando Ali foi falar com Spencer, Hanna, Emily e Aria no evento de caridade de Rosewood Day no sábado seguinte, as quatro garotas pensaram que fosse alguma espécie de trote. Mas Ali lembrou seus nomes. Ela elogiou o jeito impecável com o qual Spencer havia soletrado *badulaques* e *candelabros*. Demonstrou ter gostado das botas novinhas de Hanna da loja

Anthropologie e dos brincos de pena de pavão que o pai de Aria havia trazido do Marrocos. Ali se declarou admirada com a facilidade com que Emily levantava uma caixa inteira de casacos da estação passada. Antes que as garotas se dessem conta, ela as tinha convidado para passar uma noite em sua casa, que levou à outra noite juntas e depois outra. Perto do fim de setembro, quando o jogo da Cápsula do Tempo terminou e todo mundo devolveu suas partes decoradas da bandeira, havia uma nova fofoca nos corredores do colégio: Ali tinha quatro novas melhores amigas.

As meninas se sentaram juntas na cerimônia da Cápsula do Tempo no auditório de Rosewood Day, assistindo enquanto o diretor Appleton chamava ao palco cada pessoa que havia encontrado uma parte da bandeira.

Quando Appleton anunciou que uma das partes encontradas previamente por Alison DiLaurentis não fora devolvida e seria declarada inválida, as garotas apertaram com força as mãos de Ali. *Não é justo*, elas sussurraram. *Aquele pedaço da bandeira era seu. Você trabalhou tão duro nele.*

Mas a garota no fim da fila, uma das novas melhores amigas de Ali, tremia tanto que teve que segurar os joelhos com as mãos. Aria sabia onde estava o pedaço da bandeira encontrado por Ali. Às vezes, depois de conversar ao telefone com suas melhores amigas e antes da hora de dormir, quando o olhar de Aria recaía sobre a caixa de sapato na prateleira mais alta de seu armário, um vazio, uma sensação ácida aparecia no fundo de seu estômago. Foi melhor que ela não tivesse contado a ninguém que encontrara o pedaço da bandeira de Ali. Pela primeira vez, sua vida estava indo muito bem. Ela fizera novas amizades. Tinha amigas para acompanhá-la no almoço, amigas com quem se encontrar nos fins de semana. A melhor coisa era esquecer o que havia acontecido naquele dia... para sempre. Mas talvez Aria não devesse ter esquecido aquilo tudo tão rápido. Talvez devesse ter apanhado a caixa, tirado a tampa e examinado com bastante atenção o pedaço perdido da bandeira de Ali. Afinal, elas estavam em Rosewood, e em Rosewood *tudo* tinha um *significado*. O que Aria poderia encontrar naquela bandeira talvez tivesse lhe dado uma pista de algo que se aproximava de Ali, em um futuro não tão distante.

Seu assassinato.

1

A GAROTA QUE GRITOU "CADÁVER!"

O ar frio da noite fez Spencer Hastings tremer, enquanto se abaixava para desviar do galho espinhoso de um arbusto.

— Por aqui — disse ela por sobre o ombro, embrenhando-se na mata atrás da reformada casa de fazenda de sua família. — Foi aqui que nós o vimos.

Suas antigas melhores amigas Aria Montgomery, Emily Fields e Hanna Marin seguiam logo atrás dela. As garotas caminhavam com dificuldade, quase perdendo o equilíbrio sobre os saltos altos, enquanto seguravam a bainha de seus vestidos de festa. Era sábado à noite, e pouco antes dessa caminhada no meio do mato elas estavam em um evento beneficente de Rosewood Day na casa de Spencer. Emily choramingava, e as lágrimas escorriam pelo seu rosto. Aria rangia os dentes, como sempre fazia quando estava com medo. Hanna não fazia barulho nenhum, mas seus olhos estavam arregalados e ela carregava um enorme castiçal de prata pego na sala de jantar dos Hastings. O oficial Darren Wilden, o policial mais jovem da cidade, seguia as meninas, iluminando com uma lanterna a cerca de ferro que separava o jardim de Spencer do quintal da casa que um dia pertencera a Alison DiLaurentis.

— Ele está em uma clareira, no final desta trilha — disse Spencer.

Havia começado a nevar, primeiro flocos insignificantes, depois enormes e pesados. À esquerda de Spencer ficava o celeiro reformado de sua família, o último lugar onde ela e suas amigas viram Ali ainda viva, três anos e meio antes. À sua direita ficava o buraco aberto pelos pedreiros, onde o corpo de Ali fora encontrado em setembro. E logo ali na frente estava a clareira onde ela acabara de descobrir o corpo de Ian Thomas, o antigo namorado de sua irmã, o amor secreto de Ali e também seu assassino.

Bem, seu provável assassino.

Spencer ficara aliviada quando os policiais prenderam Ian pelo assassinato de Ali. Tudo fazia sentido: no último dia do sétimo ano, Ali dera um ultimato a ele. Ou ele terminava com Melissa, a irmã de Spencer, ou Ali iria contar para todo mundo que eles estavam juntos. Farto dos jogos dela, Ian se encontrara com Ali naquela noite. Sua fúria e frustração arrancaram dele o que tinha de pior... e ele a matara. Spencer inclusive tinha visto Ali e Ian na floresta na noite em que ela morreu, uma recordação traumática que ela suprimira por três longos anos.

Mas no dia anterior ao início do julgamento de Ian, ele desrespeitara sua prisão domiciliar e fora até o quintal de Spencer, implorando para que ela não testemunhasse contra ele. *Outra* pessoa havia matado Ali, ele insistira em dizer, e contou ainda que estava a ponto de desvendar um segredo terrível e perturbador que provaria sua inocência.

O problema foi que Ian não teve a chance de chegar a contar para Spencer qual era o grande segredo. Ele desapareceu antes da abertura de seu julgamento na última sexta. Enquanto todo o departamento de polícia de Rosewood entrava em ação, passando um pente fino em toda a cidade para descobrir onde ele poderia estar, tudo que Spencer havia considerado como certezas absolutas havia sido questionado. Ian fizera mesmo aquilo... ou não? Spencer tinha visto Ian com Ali... ou era outra pessoa? Então, poucos minutos atrás, na festa, alguém usando o nome Ian_T enviara uma mensagem a Spencer.

Encontre-me no bosque, onde ela morreu.
Tenho algo para mostrar a você.

Spencer correra pelo bosque, ansiosa para entender toda a história. Ao alcançar uma clareira, ela olhou para baixo e gritou. Ian estava caído no chão, inchado e azul, seus olhos vítreos e sem vida. Aria, Hanna e Emily apareceram logo em seguida, e um instante depois todas elas haviam recebido exatamente a mesma mensagem de A. *Ele teve que ir.* Elas correram de volta até a casa de Spencer para procurar Wilden, mas ele não estava em lugar nenhum. Quando Spencer foi até a entrada para verificar mais uma vez, Wilden de repente se materializou *ali,* perto dos carros estacionados. Pareceu assustado ao vê-la, como se tivesse sido apanhado fazendo algo que não devia. Antes que Spencer pudesse perguntar onde diabos Wilden estivera, as outras meninas apareceram histéricas, arfando, implorando que ele fosse com elas até a floresta. E agora, ali estavam eles.

Spencer parou, reconhecendo uma árvore retorcida, onde estava o velho tronco caído. Lá estava o antigo toco. O lugar onde a grama estava amassada. O ar estava assustadoramente estático, parecendo sem oxigênio.

– Bem, é aqui – disse ela por sobre o ombro, e olhou para baixo, preparando-se para o que iria ver. – Oh, meu Deus – sussurrou.

O corpo de Ian tinha... desaparecido.

Desconcertada, Spencer deu um passo para trás, colocando a mão na cabeça. Piscou com força e olhou outra vez. O corpo de Ian estivera ali meia hora antes, mas agora não havia nada ali, exceto uma camada fina de neve. Mas... como isso era *possível*?

Emily levou a mão à boca e gemeu baixinho:

– Spencer.

Aria fez um barulho, algo entre um gemido e um grito.

– Onde ele está? – gritou ela, olhando ao redor da floresta fora de si. – *Ele estava bem aqui!*

Hanna estava pálida. Ela não disse uma palavra. Vindo de algum lugar na floresta, um som agudo e muito estranho fez as meninas pularem assustadas, e Hanna agarrou o castiçal com força. Era apenas o walkie-talkie de Wilden preso em seu cinto. Ele deu uma olhada para o rosto das garotas e depois encarou o lugar vazio no chão.

– Talvez estejamos no lugar errado – disse Wilden.

Spencer balançou a cabeça, sentindo a pressão crescendo no peito.

– Não. Ele estava *aqui*. – Ela se abaixou próxima à ligeira elevação do terreno e apoiou um joelho sobre a grama, na qual a neve começava a derreter. A grama parecia meio achatada, como se algo pesado tivesse sido apoiado ali. Ela esticou os dedos para tocar a grama, mas depois recolheu a mão, com medo. Não poderia tocar o lugar onde um corpo estivera.

– Talvez Ian estivesse machucado, não morto. – Wilden mexeu inquieto nos botões de metal de sua jaqueta. – E talvez ele tenha fugido depois que vocês saíram.

Spencer arregalou os olhos, permitindo-se considerar essa possibilidade.

Emily balançou a cabeça.

– Não existe a menor possibilidade de que ele estivesse apenas *machucado*.

– Ele estava definitivamente morto – concordou Hanna, vacilante. – Ele estava... azul.

– Talvez alguém tenha retirado o corpo – disse Aria. – Nós ficamos fora por mais de meia hora. É tempo suficiente.

– *Havia* outra pessoa aqui – sussurrou Hanna. – Ela se aproximou de mim quando eu caí.

Spencer se virou e olhou pasma para Hanna.

– Como é?

Claro, a última meia hora havia sido uma correria, mas Hanna devia ter dito alguma coisa sobre isso!

Emily também olhou para Hanna boquiaberta.

– Você viu quem era?

Hanna engoliu em seco.

– Quem quer que fosse, vestia um capuz. Eu acho que era um homem, mas não tenho certeza. Talvez ele tenha arrastado o corpo de Ian para algum lugar.

– Talvez fosse A – disse Spencer com o coração disparado. Ela pegou seu celular Sidekick do bolso do casaco e mostrou a ameaçadora mensagem de texto de A para Wilden. *Ele teve que ir.*

Wilden examinou o telefone de Spencer, depois lhe devolveu.

Ele estava com a boca crispada de tensão.

— Eu não sei de quantas maneiras tenho que dizer isto. Mona está morta. Esse tal de A é uma imitação. A fuga de Ian não é segredo, o país inteiro sabe o que aconteceu.

As meninas se olharam sem jeito. No último outono, Mona Vanderwaal, uma colega de turma e melhor amiga de Hanna, enviara mensagens doentias e assustadoras para as garotas assinando como *A*. Mona arruinara a vida delas incontáveis vezes, e havia até tramado matá-las, atropelando Hanna com sua SUV e quase empurrando Spencer do penhasco na pedreira. Depois que Mona caíra do penhasco, elas pensaram que estivessem salvas... mas na semana anterior começaram a receber mensagens sinistras de uma *nova* A. No começo, elas acharam que as mensagens de A fossem de Ian, já que só começaram a recebê-las depois que ele saiu da prisão em liberdade condicional. Mas Wilden estava cético. Ele continuava dizendo a elas que era impossível — Ian não tinha acesso a celular, nem poderia ter se escondido livremente nas redondezas para observar cada movimento das garotas durante sua prisão domiciliar.

— A é real — protestou Emily, balançando a cabeça de forma desesperada. — E se A for o assassino de Ian? E se A arrastou Ian?

— Talvez A também seja o assassino de Ali — acrescentou Hanna, ainda segurando o castiçal com força.

Wilden passou a língua nos lábios, parecendo duvidar de tudo aquilo. Grandes flocos de neve caíam em sua cabeça, mas ele não ligou.

— Meninas, vocês estão histéricas. Ian é o assassino de Ali. Vocês, acima de todas as pessoas, deveriam saber disso. Nós o prendemos com as evidências que *vocês* nos deram.

— E se armaram para Ian? – pressionou Spencer. – E se A matou Ali e Ian descobriu? – E se há algo que os policiais estão encobrindo?, ela quase acrescentou. Era uma teoria que Ian havia sugerido.

Wilden tocou no distintivo do departamento de polícia de Rosewood bordado em seu casaco.

— Foi Ian que disse esse monte de bobagens quando vocês se encontraram em sua varanda na quinta-feira, Spencer?

O coração de Spencer pareceu parar.

— Como você soube?

Wilden olhou para ela.

— Acabei de receber uma ligação da delegacia. Recebemos uma denúncia. Alguém viu vocês dois conversando.

— *Quem avisou vocês?*

— Foi uma denúncia anônima.

Spencer se sentiu zonza. Olhou para as amigas – havia contado a elas, e apenas a elas, que tivera um encontro secreto com Ian –, mas elas pareciam surpresas e chocadas. Apenas outra pessoa sabia que ela e Ian haviam se encontrado. *A*.

— Por que você não nos procurou assim que isso aconteceu? – Wilden se aproximou de Spencer. Sua respiração cheirava a café. – Nós teríamos arrastado Ian de volta para a cadeia. Ele nunca teria escapado.

— A me ameaçou – protestou Spencer. Ela procurou na caixa de entrada de seu telefone e mostrou a Wilden a seguinte mensagem, também de A:

Se a Pequena-Senhorita-Não-Tão-Perfeita-Assim desaparecer, alguém se importaria?

Wilden oscilou para frente e para trás enquanto pensava. Ele deu uma olhada para o lugar no chão onde Ian estivera uma hora antes e suspirou.

— Olhe, vou voltar para sua casa e reunir uma equipe, mas vocês não podem culpar A por tudo.

Spencer olhou para o walkie-talkie na cintura dele.

— Por que você não os chama daqui? — pressionou ela. — Eles podem encontrar você na floresta e começar a procurar agora mesmo.

Wilden pareceu incomodado, como se não tivesse previsto essa pergunta.

— Me deixem fazer meu trabalho, meninas. Nós temos que seguir... os procedimentos.

— Procedimentos? — repetiu Emily.

— Oh, meu Deus — Aria respirou fundo. — Ele não acredita em nós.

— Eu acredito em vocês, acredito mesmo. — Wilden se abaixou para se desviar de alguns galhos baixos. — Mas a melhor coisa que vocês, garotas, devem fazer é ir para casa e descansar um pouco. Eu cuido das coisas por aqui.

O vento soprou, fazendo esvoaçar as pontas do cachecol de lã cinza que Spencer tinha colocado em volta do pescoço antes de correr até ali. Um pedaço da lua espiava na neblina. Em alguns segundos, nenhuma delas conseguia ver a luz da lanterna de Wilden.

Tinha sido apenas a imaginação de Spencer ou ele parecera ansioso para se livrar delas? Ele estava apenas preocupado com o corpo de Ian ter ido parar em outro lugar da floresta... ou havia algo mais? Ela se virou e encarou a clareira vazia, desejando que o corpo de Ian voltasse de onde quer que estivesse. Ela nunca esqueceria como um dos seus olhos estava arregalado, enquanto o outro permanecia fechado. O pescoço dele estava torto, formando um ângulo estranho. E ele ainda usava na mão direita o anel de platina de sua formatura em Rosewood Day, a pedra azul brilhando com a luz da lua. As outras garotas também estavam olhando para o espaço vazio. Nesse momento houve um estalo, longe na floresta. Hanna pegou no braço de Spencer. Emily deixou escapar um *"Ah!"*. Todas elas congelaram, esperando. Spencer podia sentir seu coração disparado.

— Eu quero ir para casa — choramingou Emily.

As outras meninas concordaram na mesma hora, todas elas pensando na mesma coisa. Até que a polícia de Rosewood começasse as buscas, elas não estavam a salvo ali, sozinhas.

Então as meninas seguiram suas pegadas de volta para a casa de Spencer.

Quando já estavam bem afastadas da clareira, Spencer viu o facho de luz da lanterna de Wilden ao longe, oscilando entre as árvores. Ela parou, seu coração na garganta outra vez.

— Meninas — sussurrou ela, apontando.

A luz da lanterna de Wilden apagou rápido, como se ele tivesse percebido que elas viram que ele estava ali. Seus passos ficaram cada vez mais abafados e distantes, até o som desaparecer completamente.

Ele não estava indo na direção da casa de Spencer para reunir uma equipe de busca, como dissera que faria. Não, ele estava indo para o interior da floresta... na direção exatamente oposta.

2

TUDO O QUE VAI VOLTA

Na manhã seguinte, Aria sentou-se à mesa de fórmica na minúscula cozinha de seu pai, em Old Hollis, a cidade universitária próxima a Rosewood, comendo uma tigela de cereal Kashi GoLean com leite de soja e tentando ler o jornal *Philadelphia Sentinel*. Seu pai, Byron, já terminara as palavras cruzadas, e havia manchas de tinta nas páginas.

Meredith, ex-aluna de Byron e atual noiva, estava na sala próxima à cozinha. Ela acendera incenso de patchuli, e todo o apartamento cheirava como uma tabacaria. O barulho calmante de ondas batendo e o som de gaivotas vinha da televisão da sala. *Inspire pelo nariz no começo de cada contração*, instruía a voz de uma mulher. *Quando você expirar, produza os sons hee, hee, hee. Vamos tentar juntas.*

— Hee, hee, hee — repetiu Meredith.

Aria abafou um gemido. Meredith, grávida de cinco meses, estava assistindo a vídeos sobre Lamaze havia uma hora, o que significava que Aria aprendera por osmose técnicas de respiração, bolas de ginástica e os males das anestesias epidurais.

Depois de uma noite quase toda insone, Aria ligara para o pai bem cedo naquela manhã e perguntara se poderia ficar com eles por um tempo. Em seguida, antes que sua mãe, Ella, acordasse, Aria colocou algumas coisas em sua bolsa de mão de tecido floral da Noruega e saiu. Queria evitar um confronto. Ela sabia que a mãe ficaria atordoada por estar querendo morar por um tempo com o pai e a namorada, que arruinara o casamento deles. Especialmente porque Ella e Aria haviam finalmente se acertado e feito as pazes, depois que Mona Vanderwaal (a malvada A) quase acabara com o relacionamento de mãe e filha. Aria odiava mentir, e não era como se pudesse contar a Ella a verdade a respeito do motivo pelo qual estava fazendo aquilo. *Seu novo namorado está dando em cima de mim, convencido de que eu também quero ficar com ele,* pensou em dizer. Ella provavelmente nunca mais falaria com a filha.

Meredith aumentou o volume da televisão – aparentemente ela não conseguia ouvir mais nada por causa do barulho de sua respiração *hee.* Som de ondas. Um gongo soou. *Você e seu companheiro aprenderão maneiras de amainar a dor natural do nascimento da criança e apressar o processo do parto,* disse a instrutora. *Algumas técnicas incluem imersão na água, exercícios de visualização e deixar seu companheiro levar você ao orgasmo.*

– Oh, meu Deus. – Aria tapou os ouvidos com as mãos. Era surpreendente que ela não tivesse ficado surda no ato.

Ela olhou para o jornal outra vez. Uma manchete estampava a página principal. *Onde está Ian Thomas?*, perguntava o jornal.

Boa pergunta, pensou Aria.

Os acontecimentos da noite anterior martelavam em sua cabeça. Como o corpo de Ian poderia estar na floresta em um instante e desaparecer no minuto seguinte? Alguém o matara e depois arrastara seu corpo quando elas saíram para procurar Wilden? O assassino de Ian o calara porque ele havia descoberto o grande segredo sobre o qual comentara com Spencer? Ou talvez Wilden estivesse certo — Ian estava machucado, não morto, e fugira quando elas voltaram para a casa de Spencer. Mas se era isso que tinha acontecido, Ian ainda estava... *por aí*. Aria tremeu. Ian odiava Aria e suas amigas por terem feito com que ele fosse preso. Ele poderia querer se vingar delas.

Aria ligou a televisão no balcão da cozinha, ansiando por alguma distração. O canal 6 exibia a reconstituição do assassinato de Ali — Aria já tinha visto aquilo duas vezes. Ela mudou de canal. No canal seguinte, o chefe de polícia de Rosewood conversava com alguns repórteres. Ele vestia um pesado casaco de lã azul-marinho forrado de pele, e havia pinheiros às suas costas. Parecia que aquela entrevista estava acontecendo na beira da floresta que margeava a casa de Spencer. Na parte inferior da tela, uma legenda dizia: *Ian Thomas morto?*

Aria se inclinou, o coração palpitando.

— Há relatos não confirmados de que o corpo do sr. Thomas foi visto nesta floresta na noite passada — dizia o chefe de polícia. — Nós reunimos uma grande equipe e começamos as buscas na floresta às dez da manhã de hoje. Entretanto, com toda esta neve...

O cereal Kashi borbulhou no estômago de Aria. Ela pegou o celular sobre a pequena mesa da cozinha e discou o número de Emily, que atendeu imediatamente.

— Você está assistindo ao noticiário? — perguntou Aria em vez de dizer "alô".

— Acabei de ligar a televisão — respondeu Emily, com a voz preocupada.

— Por que você acha que eles esperaram até esta manhã para começar a procurar? Wilden disse que reuniria uma equipe ontem mesmo.

— Wilden também disse alguma coisa sobre procedimentos — sugeriu Emily em voz baixa. — Talvez tenha alguma coisa a ver com isso.

Aria bufou.

— Wilden nunca se importou com procedimentos antes.

— Espere, o que você está dizendo? — Emily pareceu incrédula.

Aria pegou um dos jogos americanos que um dos amigos de Meredith havia tecido com cânhamo. Quase vinte horas haviam se passado desde que elas viram o corpo de Ian, e muita coisa poderia ter acontecido na floresta durante esse tempo. Alguém poderia ter eliminado as provas... ou plantado pistas falsas. Mas o departamento de polícia — Wilden — havia sido muito descuidado com esse caso desde o começo.

Wilden não tinha um suspeito sequer para a morte de Ali até que Aria, Spencer e as outras entregaram a cabeça de Ian para ele em uma bandeja. Ele deixara passar a escapadela de Ian para visitar Spencer e deixara Ian fugir no dia do início do julgamento. De acordo com Hanna, Wilden queria que Ian fosse condenado tanto quantos elas, mas ele não fizera um bom trabalho para manter Ian atrás das grades.

— Não sei — respondeu Aria finalmente. — Mas é estranho que eles só estejam tomando as providências necessárias agora.

— Você recebeu mais alguma mensagem de A? – perguntou Emily.

Aria ficou tensa.

– Não. E você?

– Não, mas continuo achando que vou receber uma a qualquer momento.

– Quem você acha que é esse novo A? – perguntou Aria.

Ela mesma não tinha nenhuma teoria. Seria alguém que desejava Ian morto, o próprio Ian, ou uma pessoa completamente diferente? Wilden acreditava que as mensagens eram trotes de alguém que não tinha nada a ver com aquela história, alguém que poderia inclusive estar muito longe dali. Mas A havia tirado fotos incriminadoras de Aria e Xavier juntos na semana anterior. Isso significava que A estava em Rosewood. A também sabia a respeito do corpo de Ian na floresta – todas elas receberam uma mensagem que dizia para irem encontrá-lo. Por que A estava tão desesperado para mostrar a elas o corpo de Ian – queria assustá-las? Ou alertá-las? E quando Hanna caiu, viu alguém perto dela. Qual era a probabilidade de alguém estar *por acaso* na floresta na mesma hora em que as meninas encontraram o corpo de Ian? Tinha que haver uma conexão.

– Eu não sei – concluiu Emily. – Mas não quero descobrir.

– Talvez A tenha ido embora – disse Aria, com a voz mais esperançosa que conseguiu.

Emily suspirou e disse que tinha que ir. Aria levantou, serviu um copo de suco de açaí que Meredith havia comprado na loja de comida natural e massageou as têmporas. Será que Wilden atrasara o começo da busca de propósito? Caso a resposta fosse positiva, *por quê*? Ele parecia tão inquieto e desconfortável na noite anterior, e elas o viram seguir na direção oposta da casa de Spencer. Talvez *ele* estivesse escondendo algo. Ou talvez Emily estivesse certa — a demora fosse devido aos procedimentos. Ele era apenas um policial obediente jogando de acordo com as regras.

Aria nunca deixava de se espantar com o fato de Wilden ter se tornado policial e, ainda por cima, um policial dedicado. Wilden era da mesma turma que Jason DiLaurentis e Ian em Rosewood Day e, naquela época, era um encrenqueiro. Quando Aria estava no sexto ano, e ele no décimo primeiro, ela frequentemente escapava até o pátio onde os alunos mais velhos se reuniam durante os intervalos para espionar Jason — ela era apaixonada por ele e o seguia sempre que podia. Às vezes, por alguns segundos, conseguia espiar pela janela da sala de marcenaria, para vê-lo fazendo suas estantes de livros, ou se perdia olhando para suas pernas musculosas enquanto ele corria durante os treinos de futebol. Aria sempre tomava muito cuidado para não deixar ninguém vê-la. Mas uma vez alguém viu.

As aulas haviam começado há uma semana. Aria estava observando Jason, do corredor, enquanto ele checava seus livros, quando ouviu um *clic* atrás dela. Lá estava Darren Wilden, com o ouvido colado na porta de um armário, girando a chave devagar. O armário abriu e Aria viu um espelho com formato de coração na parte de dentro da porta, além de uma caixa de absorventes Always Maxi na prateleira de cima. A mão de Wilden alcançou uma nota de vinte dólares posta entre dois livros. Aria franziu a testa ao perceber o que Wilden estava fazendo. Ele se endireitou e notou a presença da menina. Aria o encarou de volta, sem vacilar.

— Você não devia estar aqui. — Ele sorriu. — Mas não vou contar... desta vez.

Quando Aria olhou para a televisão outra vez, estava passando o comercial de uma loja de móveis que estavam em liquidação chamada The Dump. Ela olhou para o telefone sobre a mesa, dando-se conta de que havia outra ligação que deveria fazer. Eram quase onze horas — Ella com certeza já estava acordada. Aria discou o número de sua casa. O telefone tocou uma, duas vezes. Houve um *clic* e alguém disse:

— Alô?

As palavras de Aria ficaram presas na garganta. Era Xavier, o novo namorado de sua mãe. Ele parecia contente e relaxado, completamente à vontade para atender ao telefone dos Montgomery. Será que ele dormira lá depois do evento beneficente na noite anterior? *Ai, meu Deus.*

— Alô? — disse Xavier outra vez.

Aria sentiu a língua presa e ficou com nojo. Quando Xavier se aproximara dela no evento beneficente de Rosewood Day na noite anterior e perguntara se eles poderiam conversar, Aria supôs que ele fosse se desculpar por beijá-la poucos dias antes. Mas, aparentemente, no dicionário de Xavier, "conversar" significava "apalpar".

Após alguns segundos de silêncio, Xavier suspirou.

— E a Aria? — disse ele, com voz pegajosa. Aria produziu um pequeno grunhido. — Não há nenhuma necessidade de se esconder — provocou. — Pensei que tivéssemos nos entendido.

Aria desligou na mesma hora. O único entendimento que ela e Xavier tiveram foi que, se ela alertasse sua mãe sobre o tipo de pessoa que ele era, Xavier contaria a Ella que Aria tinha gostado dele por um nanossegundo. E isso arruinaria a relação das duas para sempre.

— Aria?

Aria pulou e olhou para cima. Seu pai, Byron, estava de pé diante dela, usando uma camisa velha da Hollis e exibindo seu típico cabelo de quem acabou de acordar. Ele sentou à mesa perto dela. Meredith, usando um vestido de grávida que parecia um sári e sandálias de dedo, andou até ela num passinho de pinguim e se inclinou sobre o balcão.

— Nós gostaríamos de falar com você — disse Byron.

Aria colocou as mãos no colo. Os dois pareciam muito sérios.

— Primeiro, nós vamos fazer um chá de bebê para Meredith na quarta-feira à noite — disse Byron. — Vai ser uma coisa pequena para alguns de nossos amigos.

Aria piscou. Elas tinham amigos em comum? Aquilo parecia impossível. Meredith estava na casa dos vinte, mal tinha saído da faculdade. E Byron era... velho.

— Você pode trazer uma amiga, se quiser — acrescentou Meredith. — E não se preocupe em me dar um presente. Eu não estou esperando nada.

Aria imaginou se Meredith estava registrada na Sunshine, a loja ecológica infantil de Rosewood que vendia sapatinhos orgânicos de bebê, feitos de garrafas de refrigerante recicladas, por cem dólares.

— E quanto ao lugar do chá de bebê... — Byron puxou os punhos das mangas de seu suéter branco de tricô. — Nós vamos fazê-lo em nossa nova casa.

As palavras demoraram um pouco para serem compreendidas. Aria abriu a boca e logo a fechou.

— Nós não quisemos contar a você até que tivéssemos certeza — Byron se aventurou. — Mas nosso empréstimo saiu hoje, e nós vamos fechar o negócio amanhã. Queremos mudar logo, e adoraríamos se você viesse com a gente.

– Uma... casa? – repetiu Aria. Ela não estava certa se sorria ou chorava.

Ali, naquele pequeno apartamento de sessenta metros quadrados para estudantes em Old Hollis, velho e cheio de goteiras, a relação de Byron e Meredith parecia quase... uma brincadeira. Uma casa, por outro lado, era coisa de adultos. Era pra valer.

– Onde é? – perguntou Aria finalmente.

Meredith correu os dedos sobre a tatuagem de teia de aranha na parte interna do punho.

– Em Coventry Lane. É muito bonita, Aria. Acho que você vai amar. Tem uma escada em espiral que leva a um quarto grande no sótão. Pode ser seu, se quiser. A iluminação lá em cima é ótima para pintar.

Aria olhou para uma pequena mancha no suéter de Byron. Coventry Lane soava familiar, mas ela não estava certa do porquê.

– Você pode começar a levar suas coisas para lá a partir de amanhã, na hora que quiser – disse Byron, olhando com cautela para Aria, como se não tivesse certeza da reação dela.

Aria se virou meio abobada para a televisão. O noticiário mostrava a fotografia que fora tirada de Ian na cadeia. Depois a mãe dele apareceu na tela, parecendo abatida, cansada.

– Nós não temos notícias de Ian desde quinta-feira à noite – chorava a sra. Thomas. – Se alguém souber o que aconteceu com ele, por favor, entre em contato.

– Espere aí – disse Aria com calma, um pensamento congelando em sua mente. – Coventry Lane não é o lugar que fica logo atrás da casa de Spencer?

— Isso! — Byron se iluminou. —Você estará perto dela.

Aria balançou a cabeça. Seu pai não tinha entendido.

— É a rua onde *Ian Thomas* morava.

Byron e Meredith trocaram olhares, seus rostos empalidecendo.

— É mesmo? — perguntou Byron.

O coração de Aria deu um pulo. Esta era uma das razões pelas quais ela amava o pai. Ele estava incrivelmente por fora de todas as fofocas. Ao mesmo tempo, como era possível ele não saber disso? Ótimo. Ela não só estaria perto da floresta onde encontraram o corpo de Ian, como também do lugar onde Ali havia morrido. E se Ian ainda estivesse vivo, espreitando naquela floresta?

Ela encarou o pai.

—Você não acha que aquela rua vai trazer um carma muito ruim?

Byron cruzou os braços sobre o peito.

— Desculpe, Aria, mas nós fizemos um excelente negócio e não podemos deixar passar. A casa é muito espaçosa e tenho certeza de que você vai achar mais confortável do que viver... nisto aqui. — Ele gesticulou, apontando especificamente para o único e minúsculo banheiro da casa, que eles tinham que dividir.

Aria olhou para a estaca de madeira esculpida com a cara de um pássaro no canto da cozinha, que Meredith tinha comprado em uma feira, mais ou menos um mês antes. Não era como se ela pudesse voltar para a casa da mãe. A voz provocativa de Xavier ecoava em sua cabeça. *Não há necessidade de se esconder. Eu achei que tivéssemos nos entendido.*

— Tudo bem, eu vou mudar na terça-feira — resmungou Aria.

Ela pegou os livros e o celular e foi para seu pequeno quarto nos fundos do estúdio de Meredith, sentindo-se exausta e derrotada.

Quando jogou suas coisas sobre a cama, algo do lado de fora da janela chamou sua atenção. O estúdio ficava no fundo do apartamento e dava para um beco e para uma garagem abandonada. Uma sombra se moveu nas janelas embaçadas da garagem. Em seguida, um par de olhos encarou Aria diretamente através do vidro.

Aria gritou e comprimiu o corpo contra a parede, com o coração galopando. Em um segundo, porém, os olhos já haviam desaparecido, como se jamais tivessem estado lá.

3

DEIXE-ME VOAR PARA A LUA

Na noite de domingo, Emily Fields acomodou-se de pernas cruzadas em uma lanchonete aconchegante, não muito longe de sua casa, chamada Penelope's. Seu novo namorado, Isaac, sentou do outro lado da mesa, com duas fatias de pão carregadas de manteiga de amendoim na frente dele. Ele estava ensinando a ela como fazer seu mundialmente famoso, enlouquecedor, sanduíche de manteiga de amendoim.

— O segredo — disse Isaac — é usar *mel* em vez de geleia.

Ele pegou uma garrafa em formato de urso no meio da mesa. O urso produziu um som de flatulência quando Isaac apertou o conteúdo sobre uma das fatias.

— Prometo que isso acabará com *todo* o seu estresse.

Ele passou o sanduíche para ela. Emily deu uma grande mordida, mastigou e sorriu.

— Noooossa — disse ela com a boca cheia. Isaac apertou sua mão, e Emily pensou que fosse desmaiar.

Isaac tinha olhos azuis delicados, expressivos, e havia algo em sua boca que fazia com que parecesse estar sorrindo mesmo quando não estava. Se Emily não o conhecesse, ela diria que era bonito demais para sair com alguém como ela.

Isaac apontou para a televisão sobre o balcão da lanchonete.

— Ei, aquela não é a casa da sua amiga?

Emily virou a tempo de ver a sra. McClellan, a vizinha de Spencer do fim da rua, parada em frente à propriedade dos Hastings, seu poodle branco preso em uma guia retrátil.

— Não consigo dormir desde sábado — disse ela. — A ideia de que há alguém morto *largado ali* na floresta atrás da minha casa é demais para suportar. Só espero que eles o encontrem logo.

Emily afundou em seu assento com um gosto estranho na boca. Estava feliz que a polícia estivesse procurando Ian, mas não queria ouvir nada a respeito daquilo. Não naquele momento.

Um policial apareceu na tela em seguida.

— O departamento de polícia de Rosewood deu todas as garantias necessárias, e os policiais começaram sua busca na floresta hoje. — Flashes pipocaram no rosto do policial. — Nós estamos levando este assunto a sério e tomando as devidas providências o mais rápido que podemos.

Os repórteres começaram a bombardear o policial com perguntas.

— Por que o oficial na cena do crime atrasou a busca?

— Os policiais estão encobrindo alguma coisa?

— É verdade que Ian desrespeitou a prisão domiciliar no começo da semana e se encontrou com uma das garotas que depois encontraram seu corpo?

Emily roeu a unha de seu dedo mindinho, surpresa por ver que a imprensa descobrira sobre a visitinha de Ian ao quintal de Spencer. Quem teria alertado a imprensa? Wilden? Um dos policiais? A?

O policial ergueu as mãos pedindo silêncio.

— Como acabo de explicar, o oficial Wilden não atrasou a busca. Nós tivemos que obter as permissões necessárias para entrar na floresta. Ela é propriedade privada. Quanto ao desrespeito do sr. Thomas à sua prisão domiciliar, é algo que eu não estou preparado para discutir no momento.

A garçonete fez um som *tsc* e mudou de canal, sintonizando num noticiário. *Rosewood reage*, dizia a grande legenda amarela na tela, que também mostrava o rosto de uma menina. Emily logo reconheceu seu cabelo preto e seus enormes óculos escuros Gucci. *Jenna Cavanaugh*.

Emily ficou enjoada. *Jenna Cavanaugh*. A garota que Emily e suas amigas haviam acidentalmente deixado cega no sexto ano. A garota que contara a Aria, apenas dois meses atrás, que Ali tinha *problemas* com seu irmão, Jason. Problemas que Emily não queria nem *imaginar* quais eram.

Emily pulou da mesa.

—Vamos embora — disse ela, desviando os olhos da televisão.

Isaac ficou de pé também, parecendo preocupado.

— Eu posso pedir que desliguem a televisão.

Emily balançou a cabeça.

— Eu realmente quero ir embora.

—Tudo bem, tudo bem — disse Isaac, gentilmente, colocando dinheiro sobre a mesa. Emily andou sem muita firmeza até a porta da lanchonete. Quando alcançou a entrada, sentiu Isaac pegando em sua mão.

— Desculpe — disse ela, culpada, os olhos cheios de lágrimas.

— Você nem chegou a comer seu sanduíche.

Isaac tocou o braço dela.

— Não se preocupe. Não posso nem imaginar o que você está passando.

Emily deitou a cabeça no ombro dele. Sempre que fechava os olhos, via o corpo de Ian, inerte e inchado. Ela nunca tinha visto uma pessoa morta, nem em funerais, nem em uma cama de hospital, e certamente não alguém assim, jogado na floresta, assassinado. Emily queria poder apagar esta lembrança apenas apertando um botão, como se fosse um *spam* em sua caixa de e-mail. Estar com Isaac era a única coisa que afastava um pouco sua dor e seu medo.

— Aposto que você não pensou em aturar esse tipo de coisa quando me pediu em namoro, não é? — murmurou ela.

— Ah, por favor — disse Isaac com carinho, beijando sua testa. — Eu estou ao seu lado em qualquer situação.

A cafeteira no balcão borbulhou. Do lado de fora da janela, um caminhão limpa-neve trabalhava no fim da rua. Pela milionésima vez, Emily pensou em como tinha sorte por ter encontrado alguém tão doce. Ele a aceitara mesmo depois que ela lhe contou sobre sua paixão por Ali no sétimo ano, e depois por Maya St. Germain no último outono. Escutara pacientemente quando ela explicou como sua família encarara sua sexualidade, enviando-a para o Tree Tops, um programa para "recuperar" jovens. Ele segurara sua mão quando ela contou que ainda pensava muito em Ali, mesmo que Ali tivesse escondido muitos segredos delas. E agora Isaac a estava ajudando a passar por tudo aquilo.

Escurecia, e o ar tinha cheiro de ovos mexidos e café. Eles andaram de mãos dadas até o Volvo da mãe de Emily que estava estacionado em paralelo ao meio-fio. Montes volumosos de neve se empilhavam na calçada e algumas crianças escorregavam em uma elevação atrás do terreno baldio no outro lado da rua.

Quando chegaram ao carro, um rapaz vestindo um casaco cinza pesado e um capuz forrado de pelo veio até eles. Seus olhos flamejavam.

– Este é o seu carro? – Ele apontou para o Volvo.

Emily parou, surpresa.

– S-sim...

– Olhe o que você fez! – O rapaz andou com pressa pela neve e apontou para um BMW estacionado em frente ao Volvo. Havia uma marca logo abaixo da placa. – Você estacionou aqui depois de mim – rosnou ele. – Você pelo menos olhou antes de estacionar?

– De-desculpe – gaguejou Emily. Ela não conseguia se lembrar de ter batido em nada quando estacionara, mas a verdade é que estivera *confusa* o dia inteiro.

Isaac encarou o rapaz.

– Isso poderia estar aí antes. Talvez você não tenha se dado conta.

– *Não estava.* – O rapaz deu um sorriso irônico.

Quando ele chegou mais perto, seu capuz caiu. O rapaz tinha um cabelo louro desgrenhado, olhos azuis penetrantes e um rosto familiar, em formato de coração. Emily sentiu-se mal. Era o irmão de Ali, Jason DiLaurentis. Ela esperou, certa de que Jason também a reconheceria. Emily passara praticamente todos os dias na casa de Ali durante o sexto e o sétimo anos, e Jason tinha acabado de *vê-la* no julgamento de Ian na sexta-feira. Mas o rosto dele estava vermelho, e seus olhos não fixavam nada diretamente. Ele parecia estar em um transe enfurecido. Emily cheirou o ar perto dele, imaginando se estava bêbado. Mas não sentiu cheiro de álcool em seu hálito.

— Vocês pelo menos têm idade suficiente para dirigir? — vociferou Jason.

Ele deu mais um passo ameaçador na direção de Emily. Isaac se postou entre eles, protegendo Emily de Jason.

— Epa, você não precisa gritar.

As narinas de Jason fumegaram. Ele cerrou os punhos e, por um instante, Emily pensou que ele fosse dar um soco em Isaac.

Depois, um casal saiu da lanchonete em direção à rua, e Jason virou a cabeça. Ele deixou escapar um grunhido frustrado, bateu com força no porta-malas do carro, deu uma volta e pulou no banco do motorista. Jason deu partida e arrancou com o carro, fechando um veículo que se aproximava. Buzinas soaram. Pneus cantaram. Emily observou com as mãos no rosto as luzes traseiras desaparecerem na esquina.

Isaac olhou para Emily.

— Você está bem? — Emily fez um sinal com a cabeça, em silêncio, chocada demais para falar. — Qual era o problema dele? Era um amassado quase imperceptível. Eu nem me lembro de vê-la batendo no carro dele.

Emily engoliu em seco.

— Aquele era o irmão de Alison DiLaurentis.

Dizer isso em voz alta fez com que ela desabasse e começasse a chorar. Isaac hesitou por um momento e depois a envolveu com os braços, puxando-a contra seu peito.

— *Shhh* — sussurrou ele. — Vamos entrar no carro. Eu dirijo.

Emily lhe entregou as chaves e sentou no banco do passageiro. Isaac saiu da vaga e entrou na estrada. As lágrimas corriam pelo rosto de Emily cada vez mais rápido. Ela não sabia dizer ao certo por que estava chorando. A explosão de Jason a assustara, sim, mas só o fato de *ver* Jason na frente dela fizera com que se sentisse mal. Ele era *tão* parecido com Ali.

Isaac olhou para ela parecendo preocupado.

– Emily... – disse ele com ternura. Depois virou em uma rua que levava a um complexo de prédios, seguiu em direção a um estacionamento vazio e escuro e estacionou. – Está tudo bem.

Ele tocou o braço de Emily. Eles ficaram sentados ali por uns instantes, sem dizer nada. O único som que se podia ouvir era do escapamento do Volvo. Depois de um tempo, Emily secou as lágrimas, inclinou-se e beijou Isaac, feliz de que ele estivesse ali. Ele a beijou de volta e eles se olharam demoradamente. Em seguida, Emily o beijou de novo, com mais intensidade. De repente, todos os seus problemas desapareceram como cinzas ao vento.

Os vidros do carro embaçaram. Em silêncio, Isaac pegou a ponta de sua camisa de manga comprida e a puxou sobre a cabeça. Seu peito era liso e musculoso, e ele tinha uma pequena cicatriz na parte interna do braço direito. Emily se esticou e a tocou.

– Como você conseguiu essa cicatriz?

– Caí de uma rampa de skate no segundo ano – respondeu ele.

Isaac baixou a cabeça e fez um gesto na direção da camisa de Emily. Ela levantou os braços. Isaac a tirou.

Ainda que o aquecedor estivesse a todo vapor, os braços de Emily estavam arrepiados. Ela olhou para baixo, envergonhada pelo sutiã de ginástica que havia desencavado de sua gaveta naquela manhã. Ele era estampado com luas, estrelas e planetas. Se ao menos tivesse vestido algo mais feminino e sexy... Mas ela não estava planejando tirar suas roupas.

Isaac apontou para o umbigo dela.

– Você tem um umbigo saltado.

Emily o cobriu.

– Todo mundo ri dele.

Em grande parte, ela se referia a Ali, que havia olhado para seu umbigo quando elas estavam se trocando no Country Clube de Rosewood.

– Eu achava que só garotos gordinhos tivessem umbigos assim – Ali provocara Emily.

Desde aquele dia, Emily usava apenas maiôs.

Isaac afastou as mãos dela.

– Eu acho lindo.

Seus dedos tocaram a parte de baixo de seu sutiã, escorregando as mãos para dentro. O coração de Emily estava descontrolado. Isaac se inclinou até ela, beijando seu pescoço. Sua pele nua tocou a dela. Ele puxou o sutiã de ginástica de Emily, como que pedindo a ela que o tirasse. Ela passou o sutiã pela cabeça, e um sorriso bobo surgiu no rosto de Isaac.

Ela sorriu, impressionada com a seriedade do que estava acontecendo. E ainda assim, não se sentia envergonhada. Isto parecia... certo.

Os dois se abraçaram apertado, seus corpos cálidos um contra o outro.

– Você tem certeza de que está bem? – murmurou Isaac.

– Eu acho que sim – disse ela com o rosto deitado no ombro dele. – Desculpe se minha vida parece tão maluca.

– Não se desculpe. – Isaac acariciou o cabelo dela com as mãos. – Como eu disse, estou com você para o que der e vier. Eu... amo você.

Emily se afastou um pouco, admirada. Isaac tinha um olhar tão sincero e vulnerável no rosto, e Emily se perguntou se ela era a primeira pessoa que ele amava. Sentiu-se tão grata de tê-lo em sua vida. Ele era a única pessoa que a fazia sentir-se ao menos um pouco segura.

– Eu amo você também – disse Emily.

Eles se abraçaram novamente, mais forte desta vez. Mas depois de alguns segundos deliciosos, o rosto furioso e transtornado de Jason surgiu na mente de Emily. Ela fechou os olhos, apertando-os, e sentiu o estômago se contrair.

Acalme-se, disse baixinho uma voz dentro dela. Provavelmente havia uma explicação lógica para a explosão de Jason. Todo mundo estava arrasado pela morte de Ali e pelo desaparecimento de Ian, e não era estranho que alguém, especialmente um membro da família, ficasse um pouco fora de si. Mas uma segunda voz também a cutucou.

Essa não é a história toda, disse a voz, e *você sabe disso.*

4

AQUELE GAROTO É MEU

Mais tarde, naquela noite, Hanna Marin sentou-se a uma das mesas brancas e brilhantes no Pinkberry do Shopping King James. Sua futura meia-irmã, Kate Randall, Naomi Zeigler e Riley Wolfe estavam com ela, e havia pequenos copos de frozen yogurt na frente de cada uma delas. Uma música pop japonesa animada soava nos alto-falantes, e uma fila de garotas da Escola Preparatória St. Augustus se concentrava no balcão, tentando escolher o que pedir.

– Vocês não acham que o Pinkberry é um lugar *muito* melhor para se reunir do que o Rive Gauche? – disse Hanna, referindo-se ao bistrô estilo francês na outra ponta do shopping. Ela fez um gesto na direção do átrio do shopping. – Nós estamos exatamente do outro lado da Armani Exchange *e* da Cartier. Podemos olhar garotos lindos *e* diamantes maravilhosos sem ficar de pé.

Ela afundou a colher no copo do Pinkberry e depois a enfiou na boca, deixando escapar um pequeno *hummm* para enfatizar o quanto achava aquilo uma boa ideia. Em seguida, deu um pouco para Dot, seu cãozinho, que carregava numa bolsa novinha de transportar cães, da Juicy Couture. Os funcionários da Pinkberry continuavam olhando feio para Hanna. Alguma regra idiota dizia que cachorros não eram permitidos ali, mas certamente eles se referiam a cachorros *sujos*, como labradores e são-bernardos e pequenos shih tzus asquerosos. Dot era o cão mais limpo em Rosewood. Hanna lhe dava banhos semanais de espuma com xampu de lavanda importado de Paris.

Riley brincava com uma mecha de seu cabelo acobreado.

— Mas você não pode beber vinho escondido aqui, como fazia no Rive Gauche.

— Sim, mas o Rive Gauche não aceita cães — disse Hanna, colocando as mãos em volta do focinho de Dot; ela deu a ele mais um pouco de Pinkberry.

Naomi tomou um pouco do iogurte e imediatamente reaplicou mais uma camada de batom Guerlain KissKiss.

— E a iluminação aqui é tão... desfavorável. — Ela olhou para os espelhos redondos que cobriam as paredes. — Sinto como se meus poros estivessem aumentados aqui.

Hanna bateu seu copo de Pinkberry na mesa, fazendo a pequena colher de plástico pular.

— Tudo bem, eu não queria ter que falar nisso, mas antes de terminarmos, Lucas me disse que há ratos na cozinha do Rive Gauche. Você realmente quer que a gente se reúna em um lugar com problema de roedores? Poderia haver cocô de rato em suas *batatas fritas*.

— Ou você não quer ir lá por causa de um problema com *Lucas*? — Naomi deu um riso abafado, jogando seu cabelo louro-claro sobre o ombro ossudo. Kate deu uma risada e ergueu sua xícara de chá de hortelã que comprara mais cedo no Starbucks para um brinde. Quem tomava chá de hortelã além de senhoras, afinal? *Esquisita*. Hanna olhou ressentida para sua futura meia-irmã, incapaz de compreendê-la. No começo da semana anterior, Kate e Hanna pareciam amigas, compartilhando alguns segredos no café da manhã. Kate insinuou que tinha um "problema ginecológico", sem, entretanto, explicar o que era, e Hanna confessou ter bulimia. Mas quando A começou a insinuar para Hanna que Kate não era realmente uma boa amiga e sim uma meia-irmã diabólica, ela ficara preocupada, achando que confiar em Kate pudesse ter sido um grande erro. Por isso, na festa beneficente de Rosewood Day, Hanna deixara escapar para a escola inteira que Kate tinha herpes. Hanna estava certa de que se não tivesse feito isso, Kate teria espalhado seu segredo.

Naomi e Riley haviam reconhecido de imediato o incidente do herpes como um grande jogo de poder, chamando Hanna e Kate naquela manhã de domingo para ir ao Shopping King James, como se nada tivesse acontecido. Kate parecia ignorar também, virando para Hanna no carro a caminho do shopping e dizendo num tom de voz amigável:

—Vamos esquecer tudo sobre a noite passada, está bem?

Infelizmente, nem *todo mundo* enxergou o truque do herpes como o movimento de abelha rainha que ele era na verdade. Logo depois que tudo aconteceu, Lucas, então namorado de Hanna, disse que estava tudo acabado entre eles. Ele não queria ficar com alguém obcecado por popularidade. E quando o pai de Hanna soube do que ela havia feito a Kate, decretou que ela passaria todos os segundos de seus dias com ela para que pudessem fazer as pazes. Até aquele momento, ele estava levando o castigo muito a sério. Naquela manhã, quando Kate quis ir ao Wawa comprar Coca Diet, Hanna teve que ir junto. Depois, quando Hanna quis ir à aula de bikram ioga, Kate correu até o andar de cima e vestiu sua calça cápri de ioga da Lululemon. E naquela tarde, a imprensa havia aparecido na porta de Hanna para fazer perguntas sobre Ian ter burlado a prisão domiciliar na semana anterior para se encontrar com Spencer.

— Sobre o que eles conversaram? — Os repórteres exultavam.

— Por que vocês não contaram à polícia que Ian escapou?

— Meninas, vocês estão escondendo algo de nós?

Enquanto Hanna explicava que ela *não* soube que Ian havia aparecido na varanda de Spencer até muito depois de ele ter escapado, Kate permanecera ao lado dela, passando uma camada nova de gloss da Smashbox, caso os repórteres precisassem da opinião de outra garota de Rosewood. Não importava que ela fosse uma garota de Rosewood há apenas uma semana. Depois que a mãe de Hanna conseguira um emprego com alta remuneração em Cingapura, Kate mudara para a casa de Hanna com sua mãe, Isabel, e o pai de Hanna. Eles estavam noivos e planejavam se casar. *Eca.*

Kate deu um sorriso doce.

—Você quer falar sobre Lucas?

Ela tocou a mão de Hanna.

— Não há nada para falar — retrucou Hanna, afastando a mão de Kate.

Ela não estava com nenhuma vontade de se abrir com Kate. Aquilo era *tão* semana passada. Hanna estava triste com relação a Lucas, e já estava começando a sentir falta dele, mas talvez eles não fossem certos um para o outro.

— Mas você parece bem irritada, Kate — devolveu Hanna com a mesma voz adocicada. — Você não tem falado com Eric, não é? Coitadinha. Está com o coração partido?

Kate baixou os olhos. Eric Kahn, o gato irmão mais velho de Noel, estava interessado em Kate... Bem, ele estava, até o comentário sobre herpes.

— Mas acho que foi melhor assim — disse Hanna. — Ouvi dizer que Eric é um galinha. E ele gosta só de garotas com seios grandes.

— Os seios de Kate são normais — se intrometeu Riley na conversa.

Naomi enrugou o nariz.

— Eu nunca soube que Eric era galinha.

Hanna agitou seu guardanapo, incomodada com a rapidez com que Naomi e Riley saíram em defesa de Kate.

— Acho que vocês não têm o mesmo tipo de informação privilegiada que eu tenho.

As garotas se concentraram em seus Pinkberries, em silêncio. De repente, um lampejo de cabelo louro no átrio chamou a atenção de Hanna, e ela se virou. Um grupo de garotas na casa dos vinte passou, balançando bolsas de compra da Saks. Todas eram morenas.

Hanna andara vendo muitos fantasmas de cabelo louro nos últimos tempos, e tinha sempre a estranha sensação de que poderia ser Mona Vanderwaal, sua antiga melhor amiga. Mona morrera dois meses antes, mas Hanna ainda pensava nela muitas vezes ao dia. Todas as vezes que dormiram uma na casa da outra, todas as viagens de compras que elas haviam feito, todas as noites que haviam se embebedado na casa de Mona, rindo e falando sobre os garotos que eram apaixonados por elas. E agora que Mona se fora, havia um vazio imenso na vida de Hanna. Ao mesmo tempo, ela se sentia uma idiota. Mona não fora realmente uma amiga. Mona era A. Ela havia arruinado os relacionamentos de Hanna, exposto sua vida e seus segredos e torturado Hanna de todas as formas possíveis por meses. E melhores amigas *definitivamente* não atropelam umas às outras com a SUV do pai. Depois que o grupo de garotas passou, Hanna notou uma figura familiar de cabelos negros do lado de fora do Pinkberry conversando ao telefone. Ela apertou os olhos para enxergar melhor. Era o oficial Wilden.

– Acalme-se – murmurava Wilden ao telefone, sua voz ansiosa e angustiada. Sua testa permanecia enrugada enquanto ele escutava a pessoa do outro lado da linha. – Tudo bem, tudo bem. Espere. Daqui a pouco estarei aí.

Hanna franziu a testa. Será que ele descobrira algo sobre o corpo de Ian? Ela também queria perguntar a ele sobre o assustador vulto encapuzado que vira na floresta na noite da festa. Independente de quem fosse, a pessoa se aproximara de Hanna de forma muito ameaçadora, e depois de um momento levou um dedo aos lábios e sussurrou *shhh*. Por que alguém mandaria Hanna se calar, a não ser que tivesse feito algo terrível e não quisesse ser visto? Hanna imaginou se a pessoa tinha alguma relação com a morte de Ian. Talvez fosse A. Hanna começou a se levantar, mas antes que conseguisse afastar sua cadeira, Wilden foi embora. Ela afundou de volta na cadeira, deduzindo que ele estivesse apenas ocupado e com pressa.

Diferente de Spencer, Hanna achava que Wilden não estava escondendo nada. Wilden namorara a mãe de Hanna antes de sua viagem a trabalho para Cingapura, e Hanna sentia que tinha mais intimidade com ele do que as outras meninas. Tudo bem, encontrá-lo logo após o banho, enrolado em sua toalha favorita da Pottery Barn, era mais *estranho* do que íntimo, mas ele era essencialmente um cara legal que estava cuidando delas, certo? Se ele achava que a nova A era apenas uma imitação da antiga, talvez tivesse razão. Por que ele as trairia? Além disso, Hanna não estava arriscando nada. Com isso em mente, ela tirou o iPhone novo em folha de sua capa de couro de bezerro da Dior e virou outra vez para as meninas:

– Olhem, eu mudei o número do meu celular, mas não vou dar para qualquer um. Vocês têm que prometer que não vão divulgá-lo. Se fizerem isso, eu saberei. – Ela encarou as amigas com seriedade.

– Nós prometemos – disse Riley, pegando ansiosamente seu BlackBerry.

Hanna mandou mensagens para todas elas com o novo número. Na verdade, ela deveria ter pensado em mudar de número muito antes. Era uma forma perfeita de colocar sua vida a salvo de A. Além disso, trocar de número era uma forma de se livrar de tudo o que havia acontecido no semestre anterior. *Voilà!* Todas as recordações desagradáveis iriam embora para sempre.

– Enfim – disse Kate em voz alta depois que as meninas terminaram de mandar mensagens, guiando a atenção de volta para ela –, continuando o assunto. Eu já superei Eric. Há vários outros garotos bonitos ao nosso alcance.

Ela inclinou o queixo na direção do átrio. Um grupo de jogadores de lacrosse de Rosewood Day, incluindo Noel Kahn, Mason Byers, e o irmão mais novo de Aria, Mike, estava matando tempo perto da fonte. Mike gesticulava enquanto contava uma história. Ele estava longe demais delas para que ouvissem

o que ele dizia, mas os outros meninos do lacrosse estavam prestando muita atenção.
— Garotos do time de *lacrosse*? — Hanna fez uma careta. — Você deve estar brincando.

Ela e Mona haviam feito um pacto de nunca namorar garotos do time de lacrosse. Eles faziam tudo juntos, desde estudar até malhar no Philly Sports Club, a academia nojenta nos fundos do Shopping King James, ou comer a comida asquerosa do Chickfil-A. Hanna e Mona costumavam fazer piada sobre isso, dizendo que eles também tinham um grupinho secreto cujos membros se reuniam para trançar os cabelos uns dos outros e dormir juntos.

Kate deu outro gole em seu chá de hortelã.
— Alguns deles são muito gatos.
— Tipo quem? — desafiou Hanna.

Kate observou os meninos enquanto eles passavam pela M.A.C., David Yurman, e Lush, a loja que vendia milhões de tipos de velas e sabonetes caseiros.
— Ele. — Ela apontou para um dos garotos no fim.
— Quem, Noel? — Hanna deu de ombros.

Noel serviria, se você gostasse de garotos ricos que não tinham nenhum senso de ridículo e eram obcecados por piadas sobre testículos, terceiros mamilos e animais transando.

Kate mordeu a colherzinha do chá de hortelã.
— Noel não, o outro. Com cabelo preto.

Hanna piscou.
— *Mike?*
— Ele é lindo, não é?

Hanna revirou os olhos, demonstrando incompreensão. Mike, *lindo*? Ele era barulhento, irritante e grosseiro. Tudo bem, talvez não fosse um cachorro completo. Ele tinha o mesmo cabelo preto azulado, corpo magro e olhos azul-gelo de Aria. Mas... *ainda assim*.

De repente, um sentimento de posse começou a correr nas veias de Hanna. O fato era: Mike havia seguido Hanna como um cachorrinho perdido por anos. Em um fim de semana, no sexto ano, quando ela, Ali e as outras meninas estavam dormindo na casa de Aria, Hanna levantara no meio da noite para usar o banheiro. No corredor escuro, um par de mãos se esticou e apalpou seus seios. Hanna deu um grito, e Mike, então no quinto ano, deu um passo para trás.

– Desculpe, pensei que você fosse Ali – disse ele. Depois de um silêncio, Mike se inclinou e a beijou assim mesmo. Hanna deixou que o menino a beijasse, secretamente lisonjeada. Na época, ela era gordinha, feia e desengonçada, e não tinha milhares de garotos brigando por ela. Mike foi tecnicamente seu primeiro beijo.

Hanna olhou para Kate. Ela se sentia como uma panela borbulhando.

– Odeio ter que contar isto para você, queridinha, mas Mike gosta de mim. Não notou o jeito que ele me olha no Steam toda manhã?

Kate passou os dedos no cabelo castanho.

– Eu estou no Steam toda manhã também, Han. É difícil saber para quem ele está olhando.

– É verdade! – intercedeu Naomi, escovando seu cabelo cada dia mais louro. – Mike olha para *todas* nós.

– É mesmo – disse Riley.

Hanna apertou sua perna com as unhas pintadas à francesinha. Que diabos estava acontecendo ali? Por que aquelas duas estavam descaradamente do lado de Kate? *Hanna* era a abelha rainha.

— Nós teremos que tirar isso a limpo — disse Hanna, estufando o peito. Kate ergueu a cabeça, como se para dizer: *Oh, sim?* Depois, Kate levantou.

— Meninas, de repente me deu uma vontade louca de tomar um vinho. Querem dar uma passada no Rive Gauche?

Os olhos de Naomi e Riley brilharam.

— É claro! — disseram as duas em uníssono e também ficaram de pé.

Hanna deixou escapar um grunhido indignado, e todo mundo parou.

Kate fez um beicinho de falsa preocupação.

— Oh, Han! Você está realmente... *chateada* a respeito do Lucas? Eu pensei mesmo que você não se importava.

— Não — respondeu Hanna, irritada por sua voz ter soado trêmula. — Eu não me importo com ele. Eu... Eu só não quero ir a um lugar com ratos.

— Não se preocupe — disse Kate gentilmente. — Não vou dizer ao seu pai se você não quiser vir.

Ela colocou sua bolsa Michael Kors sobre o ombro. Naomi e Riley olharam de um lado para o outro, de Hanna a Kate, tentando decidir o que fazer. Por fim, Naomi deu de ombros, mexendo no cabelo.

— Vinho *parece* uma ótima ideia. — Ela olhou para Hanna.

— Desculpe.

E Riley seguiu logo atrás, sem dizer nada. *Traidoras*, pensou Hanna.

— Cuidado com rabos de ratos nas suas taças — gritou Hanna para elas. Mas as garotas não se viraram, seguiram andando, cutucando umas às outras e rindo. Hanna as observou por um momento, o rosto vermelho de raiva. Depois, virou-se para Dot, respirou fundo algumas vezes, e envolveu os ombros com seu manto de caxemira. Kate poderia ter vencido a batalha de abelha rainha hoje, mas a guerra estava longe de terminar. Ela era a fabulosa Hanna Marin, afinal. Aquela vaquinha estúpida não fazia ideia de com quem estava se metendo.

5

ME DÊ UMA OPORTUNIDADE

No início da noite de segunda-feira, Spencer e Andrew Campbell sentaram no solário da casa dela, com as anotações de economia avançada espalhadas diante deles. Uma mecha do longo cabelo louro de Andrew caiu em seus olhos quando ele se debruçou sobre o livro e apontou para o desenho de um homem.

— Este é Alfred Marshall. — Ele cobriu o parágrafo abaixo da imagem. — Rápido, qual é a filosofia dele?

Spencer massageou a testa. Ela conseguia adicionar colunas de números na cabeça e fornecer sete sinônimos para a palavra *assíduo*, mas, quando estudava economia avançada, seu cérebro virava uma pasta. Acontece que aquilo era algo que ela *precisava* aprender. Seu professor, o sr. McAdam, declarou que Spencer seria expulsa do curso a menos que tirasse apenas notas máximas. Ele ainda estava indignado com o fato de ela ter roubado o trabalho de economia da irmã e confessado apenas depois de vencer o prestigiado prêmio Orquídea Dourada. Por isso,

Andrew, que tinha um talento especial para economia, agora era seu professor particular.

De repente, Spencer se lembrou.

— A teoria da oferta e demanda — recitou ela.

— Muito bem. — Andrew sorriu.

Ele virou a página do livro, seus dedos roçando nos dela sem querer. O coração de Spencer disparou, mas Andrew logo se afastou.

Spencer nunca estivera tão confusa. A casa estava vazia agora. Seus pais e sua irmã, Melissa, haviam saído para jantar, sem convidá-la, como sempre, o que significava que Andrew poderia avançar um pouco, se quisesse. Na festa beneficente de Rosewood Day, ele parecia querer beijá-la, mas desde então... nada. Bem, era verdade que Spencer estivera envolvida na história do desaparecimento do corpo de Ian no fim do sábado, e no domingo fizera uma viagem rápida à Flórida para ir ao funeral de sua avó. Andrew e ela haviam sido simpáticos um com o outro na escola naquela manhã. Ele não mencionou o que acontecera na festa, e não seria ela quem tocaria no assunto.

A visita de Andrew deixara Spencer tão ansiosa que ela fez uma faxina em seus troféus dos campeonatos de soletração, clube de teatro e hóquei só para ter o que fazer. Talvez o beijo de sábado tivesse sido apenas um beijo, nada mais. E, bem, Andrew fora sua tortura por anos. Eles competiram pelo primeiro lugar na turma desde que a professora do jardim de infância promovera uma competição para ver quem faria a melhor marionete de papel de embrulho. Ela não poderia *gostar* dele de verdade.

Mas ela não estava enganando ninguém.

Uma intensa luz brilhou através das paredes de vidro do solário, e Spencer se assustou. Ao voltar da Flórida, na noite anterior, havia quatro vans da imprensa no gramado dianteiro e uma multidão de câmeras perto do celeiro reformado da família, nos fundos da propriedade.

Agora um oficial da polícia com uma lanterna enorme e um pastor alemão da unidade K-9 fazia a ronda no perímetro e, ao passar pelos pinheiros que ficavam num dos cantos do terreno, pareceu intrigado com alguma coisa. Spencer teve a sensação de que o cão poderia ter farejado o saco de lixo cheio de lembranças de Ali que a terapeuta especializada em luto, Marion, pedira que as meninas enterrassem na semana anterior. Um repórter poderia tocar a campainha a qualquer minuto, perguntando a Spencer o que aqueles objetos significavam.

Era como se seus ossos tremessem, de medo e aflição.

Na noite anterior, ela não conseguira dormir nem por um segundo, horrorizada que não apenas uma, mas *duas* pessoas agora haviam morrido na floresta atrás de sua casa, a alguns passos de seu quarto. Toda vez que ouvia o estalar de um galho ou o uivo do vento, se levantava desesperada, certa de que o assassino de Ian ainda vagava pela floresta. Ela não conseguia parar de pensar que Ian fora assassinado porque chegara perto demais da verdade.

E se *Spencer* estivesse perto demais da verdade também, simplesmente por ter ouvido as vagas informações que Ian lhe dera quando eles conversaram na varanda, quando ele lhe contou que os policiais estavam acobertando algo e que havia um segredo ainda *maior* sobre o assassinato de Ali que toda Rosewood ainda não tinha descoberto?

Andrew pigarreou, atento à forma aflita como Spencer encravava as unhas na superfície da mesa.

— Tudo bem com você?

— Ah, tudo — respondeu Spencer. — Eu estou bem.

Andrew apontou para os policiais do lado de fora da janela.

— Encare dessa forma: pelo menos você tem proteção policial 24 horas por dia.

Spencer engoliu em seco. Sim, isso provavelmente era uma coisa boa. Ela precisava de toda a proteção que pudesse ter. Spencer olhou para suas anotações sobre a matéria e empurrou seus medos para longe.

— De volta ao trabalho?

— Claro — disse Andrew, parecendo muito concentrado. Ele voltou sua atenção para as anotações.

Spencer sentiu uma mistura de decepção e apreensão.

— Bem... Nós não *temos* que estudar — ela deixou escapar, esperando que Andrew tivesse entendido sua mensagem.

Andrew parou.

— *Eu* não quero estudar — murmurou ele.

Spencer tocou a mão dele. Devagar, ele se inclinou em direção a ela, que chegou mais perto também. Depois de longos instantes, seus lábios se tocaram. Foi um alívio eletrizante. Ela abraçou Andrew. Ele cheirava como o purificador de ar cítrico que ficava pendurado no espelho retrovisor de seu Mini Cooper. Eles tomaram fôlego e se beijaram novamente, um beijo mais longo dessa vez. O coração de Spencer batia acelerado. Depois, o telefone de Spencer fez um barulhinho, *ping*. Quando ela o pegou, seu coração bateu mais forte, preocupada que fosse uma mensagem de A. Mas o e-mail tinha o título Notícias Sobre Sua Possível Mãe!

— Oh, meu Deus — sussurrou Spencer.

Andrew se inclinou para ver.

— Eu estava para perguntar a você se havia alguma novidade sobre essa história.

Na semana anterior a avó de Spencer, Nana Hastings, deixara em testamento para cada um de seus "netos legítimos", Melissa e os primos de Spencer, a quantia de dois milhões de dólares. Para Spencer, no entanto, ela não deixara nada. Melissa tinha uma teoria sobre o motivo: talvez Spencer tivesse sido adotada.

Por mais que Spencer quisesse acreditar que esse fosse mais um dos truques de Melissa para humilhá-la — elas estavam constantemente tentando superar uma à outra, com Melissa ganhando na maioria dos casos — a ideia a incomodava. Era por *isso* que seus pais tratavam Spencer como lixo e Melissa como ouro, mal reconhecendo as realizações de Spencer, descumprindo a promessa de deixá-la morar no celeiro durante o ensino médio, e até mesmo cancelando os cartões de crédito dela? Era por *isso* que Melissa parecia um clone de sua mãe e Spencer não?

Ela confessara a teoria a Andrew, e ele contara a Spencer sobre o serviço de busca da mãe biológica que uma amiga havia usado. Curiosa, Spencer registrou suas informações pessoais, dados como data de nascimento, o hospital onde nasceu, a cor dos olhos, coisas assim. No sábado, ao receber um e-mail na festa beneficente de Rosewood Day que dizia que o site havia combinado sua data de nascimento com a da mãe em potencial, ela não soubera o que pensar. Tinha que ser um erro. Certamente eles entrariam em contato com a mulher e ela diria que Spencer não poderia ser sua filha.

Com as mãos trêmulas, Spencer abriu o e-mail.

Olá, Spencer.
Meu nome é Olivia Caldwell.
Eu estou tão empolgada.
Acredito que possamos ser mãe e filha.
Se você estiver disposta, adoraria conhecê-la.
Com sincero afeto, O.

Spencer olhou para o e-mail por um longo tempo, depois levou a mão à boca. *Olivia Caldwell.* Este poderia ser o nome verdadeiro da sua mãe biológica?

Andrew deu uma sacudidela nela.

—Você vai responder?

— Não sei — disse Spencer inquieta, retraindo-se enquanto um carro da polícia do lado de fora ligava sua sirene penetrante e aguda. Ela olhou tanto para a tela de seu celular Sidekick que as letras começaram a embaçar. — Quero dizer... é difícil acreditar até que isto é real. Como meus pais poderiam esconder isso de mim? Significa que minha vida inteira foi uma... mentira.

Nos últimos tempos, ela descobrira que muito da sua vida, especialmente as experiências que tivera com Ali, havia sido construído em cima de mentiras. Spencer não tinha certeza se poderia aguentar mais decepções.

— Por que não tentamos tirar isso a limpo? — Andrew levantou e ofereceu a mão. — Talvez haja algo nesta casa que nos ajude a descobrir a verdade.

Spencer ponderou por um instante.

— Tudo bem — ela cedeu hesitante. Era provavelmente uma boa hora para bisbilhotar. Seus pais e sua irmã demorariam muito a voltar.

Ela pegou a mão de Andrew e o guiou até o escritório de seu pai. O lugar cheirava a conhaque e charutos — seu pai às vezes recebia seus clientes do escritório de advocacia em casa — e quando ela tocou no interruptor na parede, várias luzes fracas acenderam sobre a pintura monumental de uma banana de Warhol.

Ela afundou na cadeira que ficava na frente da mesa de madeira de bordo e olhou para a tela do computador. Uma série de fotos da família servia de descanso de tela no computador. A primeira era uma foto da formatura de Melissa na Universidade da Pensilvânia, o cabelo quase cobrindo os olhos dela. Depois havia uma foto de Melissa de pé na escada que dava acesso à casa nova que os pais haviam comprado para ela quando entrou na Wharton School. Depois, uma foto de Spencer surgiu na tela. Era uma foto instantânea de Spencer, Ali e as outras amontoadas em uma boia enorme no meio de um lago. O irmão de Ali, Jason, nadava próximo a elas, seu cabelo longo ensopado. Essa foto havia sido tirada no lago da casa da família de Ali nas montanhas Poconos. Pela aparência de todas elas, tão jovens, devia ter sido tirada em uma das primeiras vezes que Ali as convidara para ir até lá, poucas semanas depois que elas se tornaram amigas.

Spencer recuou, surpresa de se ver em uma série de fotos da família. Depois que Spencer admitira ter trapaceado para ganhar o prêmio Orquídea Dourada, seus pais a vinham tratando de forma muito, muito distante. E era estranho ver uma foto antiga de Ali. Nada de ruim havia acontecido entre Spencer, Ali e as meninas ainda — nem A Coisa com Jenna, nem a relação secreta de Ali com Ian, nem os segredos que Spencer e as outras tentavam esconder de Ali, nem os segredos que Ali escondia delas. Ah, se a amizade delas tivesse continuado daquela forma para sempre... Spencer tremeu, tentando afastar todos aqueles pensamentos incômodos.

— Meu pai costumava manter todas as coisas dele em um arquivo — explicou ela, mexendo no mouse para fazer o descanso de tela desaparecer. — Mas minha mãe é louca por limpeza e odeia pilhas de papéis, e por isso ela o obrigou a escanear tudo. Se há algo sobre o fato de eu ser adotada, está neste computador.

Seu pai tinha algumas janelas do Internet Explorer abertas desde a última vez que estivera no computador. Uma delas era a página principal do *Philadelphia Sentinel*. A manchete dizia *Continua a busca pelo corpo de Ian*. Logo abaixo, havia um editorial *O departamento de polícia de Rosewood deveria ser punido por negligência*. E depois, uma matéria com o título *Adolescente do Kansas recebe uma mensagem de A*.

Spencer franziu a testa e minimizou a tela. Ela olhou os ícones de pastas no lado esquerdo da tela do computador.

— *Impostos* — leu em voz alta. — *Textos antigos. Trabalho. Coisas.* — grunhiu ela. — Minha mãe o mataria se soubesse que ele organizou os arquivos desse jeito.

— E aquele? — Andrew apontou para a tela. — *Spencer, faculdade.*

Spencer clicou nele. Havia apenas um arquivo em PDF dentro da pasta. O pequeno ícone da ampulheta girou enquanto o PDF lentamente carregava na tela. Ela e Andrew se inclinaram. Era um demonstrativo recente de uma conta poupança.

— Uau! — Andrew apontou para o total.

Havia um dois e mais do que alguns zeros. Spencer olhou o nome na conta. *Spencer Hastings*. Ela arregalou os olhos. Talvez seus pais não a tivessem excluído completamente. Ela fechou o PDF e continuou olhando. Os dois abriram mais alguns documentos, mas a maioria dos arquivos eram planilhas que Spencer não entendia. Havia milhões de pastas que não possuíam classificação alguma. Spencer mexeu na pena de escrever que o pai havia comprado em um leilão com peças da Revolução Americana na Christie's.

— Ler isso tudo vai demorar um tempão.

— Copie os arquivos e leia depois com calma — sugeriu Andrew.

Ele abriu uma caixa de CDs na prateleira do pai de Spencer e colocou um no computador. Spencer olhou para ele aflita. Ela não queria adicionar "invasão de privacidade" à enorme lista de queixas que os pais tinham contra ela.

— Seu pai nunca saberá — disse Andrew, percebendo seu nervosismo. — Eu prometo. — Ele apertou alguns botões no computador. — Só mais alguns minutos.

Spencer olhou para a ampulheta rodando no monitor, arrepiada de tanto nervosismo. Era bem possível que a verdade sobre seu passado estivesse naquele computador. Tinha provavelmente estado sob seu nariz durante anos, e ela nunca fizera a menor ideia.

Ela pegou o celular e abriu o e-mail de Olivia Caldwell outra vez. *Eu adoraria conhecer você. Com sincero afeto.* De repente, sua mente clareou: quais eram as chances de uma mulher ter abandonado um bebê no mesmo dia que Spencer nasceu, no mesmo hospital? Uma mulher com olhos verde-esmeralda e cabelo louro-escuro? E se aquilo tudo não fosse uma teoria... mas a verdade?

Spencer olhou para Andrew.

— Acho que não faria mal se eu fosse encontrá-la.

Andrew deu um sorriso surpreso. Spencer voltou os olhos para seu Sidekick e clicou em responder, enquanto uma sensação vertiginosa tomava conta de seu corpo. Apertando a mão de Andrew, ela respirou fundo, escreveu uma mensagem e clicou em enviar. Em um piscar de olhos, o e-mail foi enviado.

6

ACHO QUE ESSE É O NOSSO TREM

Na manhã seguinte, o irmão de Aria, Mike, aumentou o volume do rádio no Subaru Outback da família. Aria se encolheu enquanto "Black Dog", do Led Zeppelin, rosnava nos alto-falantes.

— Você pode abaixar um pouco o volume? — ela se queixou.

Mike continuou balançando a cabeça:

— É melhor ouvir Zeppelin no volume máximo. É o que Noel e eu fazemos. Você sabia que os caras da banda eram muito irados? Jimmy Page andava de moto pelos corredores dos hotéis! Robert Plant atirava televisões pela janela na Sunset Strip!

— Não, não posso dizer que sabia disso — disse Aria, séria.

Naquele dia, Aria tinha a triste tarefa de levar o irmão para a escola. Mike geralmente pegava carona com seu mentor, um Típico Garoto de Rosewood, Noel Kahn, mas o Range Rover de Noel estava na loja para a instalação de um som ainda mais potente. E Deus não permitia que Mike andasse de ônibus.

Mike estava distraído mexendo em sua pulseira amarela de borracha do time de lacrosse de Rosewood Day.

– Quer dizer que você está morando com o papai outra vez?

– Achei que deveria passar um tempo igual com Ella e com Byron – resmungou Aria. Ela fez uma curva à esquerda na rua que levava à escola e quase atropelou um esquilo gorducho que atravessava a pista. – E nós deveríamos conhecer Meredith melhor, você não acha?

– Mas ela é uma máquina de vômito. – Mike fez uma careta.

– Ela não é tão ruim assim. E eles estão mudando para uma casa maior hoje. – Por acaso, Aria havia escutado Byron contar a novidade para Ella ao telefone na noite anterior e supôs que Ella tivesse contado a Mike e Xavier. – Eu vou ter um andar inteiro para mim.

Mike olhou desconfiado para a irmã, mas Aria não pareceu se abalar.

O telefone de Aria, que estava guardado dentro de sua bolsa de pelo de iaque, tocou. Ela olhou para ele, nervosa. Não tinha recebido uma mensagem de quem quer fosse essa nova A desde que descobrira o corpo de Ian na noite de sábado, mas, como Emily dissera no outro dia, Aria tinha a sensação de que iria receber uma a qualquer momento.

Respirando fundo, ela pegou a bolsa. A mensagem era de Emily.

Entre pelos fundos. A escola está lotada de vans da imprensa.

Aria grunhiu. As vans haviam se amontoado em frente à escola no dia anterior também. Repórteres de todas as redes de televisão de pelos menos três estados diferentes haviam fincado seus dentes na história do corpo de Ian. No noticiário das sete da manhã, repórteres entrevistaram mães que esperavam seus filhos nos pontos de ônibus e pessoas que esperavam o trem, perguntando se eles achavam que a polícia havia sido negligente naquele caso. A maioria dos entrevistados dizia que sim. Muitos deles estavam indignados com a possibilidade de a polícia estar escondendo algo a respeito do assassinato de Ali. Alguns jornais mais sensacionalistas elaboravam teorias conspiratórias, dizendo que Ian usara um dublê na floresta, ou que Ali tinha um primo distante transformista que era responsável não só pelo assassinato dela, como também por uma série de mortes em Connecticut. Aria esticou o pescoço para ver por cima da fila de Audis e BMWs que se apinhavam na entrada de veículos da escola. E claro, havia quatro caminhonetes de emissoras de televisão na faixa de ônibus, bloqueando o trânsito.

– Legal! – disse Mike, olhando as caminhonetes. – Me deixe aqui. Aquela Cynthia Hewley é muito gostosa. Você acha que ela ficaria comigo?

Cynthia Hewley era a repórter loura supersexy que cobria implacavelmente o julgamento de Ian. *Todo* garoto de Rosewood Day tinha fantasias com ela.

Aria não parou o carro.

– E se Savannah soubesse disso? – Ela cutucou o braço de Mike. – Ou você esqueceu que tem namorada?

Mike mexeu em um broche preso a seu casaco azul-marinho.

– Eu meio que não tenho mais.

– *O quê?* – Aria havia conhecido Savannah na festa beneficente de Rosewood Day e se surpreendera ao constatar que ela era normal e gentil. Aria sempre se preocupara que a primeira namorada real de Mike fosse uma Barbie depravada, sem cérebro e a funcionária do mês do Turbulence, o clube de striptease local.

Mike deu de ombros.

— Se você quer mesmo saber, ela terminou comigo.

— O que você fez? — perguntou Aria. Em seguida, ela ergueu a mão, para fazê-lo ficar quieto. — Pensando bem, não me conte. Provavelmente Mike havia sugerido que Savannah começasse a vestir roupas vulgares ou implorado que ela ficasse com uma garota e o deixasse ver.

Aria dirigiu em direção à parte de trás da escola, onde ficavam o campo de futebol e o galpão de arte. Quase no fim do terreno da propriedade, ela notou um folheto balançando em um dos holofotes de metal do terreno que ficavam no alto. As letras garrafais diziam:

Cápsula do Tempo, a edição de inverno, começa hoje!
Aqui está sua chance de ser imortalizado!

— *Estão brincando comigo* — sussurrou Aria.

A escola promovia a competição da Cápsula do Tempo todo ano, embora Aria tivesse perdido as três últimas edições porque sua família estava morando em Reykjavík, na Islândia. O jogo geralmente acontecia no outono, mas Rosewood Day fora hábil o bastante para suspender este ano, depois que alguns operários encontraram o corpo de Ali DiLaurentis em um buraco cavado em seu antigo quintal. Mas Rosewood não ousaria simplesmente cancelar sua tradição mais venerável. O que os doadores pensariam?

Mike se endireitou para ler o aviso.

— *Legal*. Eu tenho a ideia perfeita para decorá-la. — Ele esfregou as mãos, todo animado.

Aria revirou os olhos.

— Você vai desenhar unicórnios nela? Escrever um poema sobre sua relação amorosa com Noel?

Mike balançou a cabeça.

— É muito melhor. Mas se eu contasse a você, teria que matá-la.

Ele acenou para Noel Kahn, que estava saindo do Hummer de James Freed, e saiu do carro sem dizer tchau. Aria suspirou, olhando mais uma vez para o anúncio da Cápsula do Tempo. No sexto ano, o primeiro ano em que ela pudera participar do jogo, a Cápsula do Tempo havia sido um acontecimento. Mas quando Aria, Spencer e as outras entraram sorrateiramente no jardim de Ali, esperando roubar seu pedaço da bandeira, tudo dera muito errado. Aria pensou na caixa de sapato no fundo do seu armário. Durante todos aqueles anos, ela não tivera coragem de espiar dentro daquela caixa. Talvez a parte de Ali da bandeira já tivesse se decomposto, exatamente como seu corpo.

— Srta. Montgomery?

Aria deu um pulo. Uma mulher de cabelos pretos, com um microfone na mão, estava parada ao lado do carro. Atrás dela, um rapaz segurava uma câmera de televisão.

Os olhos da mulher se iluminaram quando ela viu o rosto de Aria.

— Srta. Montgomery! — exclamou ela, batendo na janela de Aria. — Posso fazer algumas perguntas?

Aria trincou os dentes, sentindo-se como um macaco no zoológico. Ela fez um gesto para a mulher se afastar, ligou o carro outra vez e deu ré para sair do terreno. A repórter correu ao lado dela. O cinegrafista continuou com as lentes de sua câmera voltadas para Aria enquanto ela seguia em direção à rua principal.

Ela precisava cair fora dali. Agora.

Quando Aria chegou à estação de trem de Rosewood, o estacionamento estava praticamente lotado de Saabs, Volvos e BMWs. Ela finalmente encontrou um espaço, enfiou algumas moedas no parquímetro e foi até a plataforma. Os trilhos do trem passavam sob uma ponte coberta e enferrujada. Do outro lado da rua havia uma loja de animais, que vendia comida caseira para cães e roupas para gatos.

Não havia nenhum trem à vista. Aria ficara tão desesperada para deixar Rosewood Day que não passara por sua cabeça verificar a escala dos trens. Suspirando, ela foi até uma galeria onde havia um guichê para compra de passagens, um caixa eletrônico e um pequeno balcão de café que também vendia livros sobre a viagem de trem pela histórica região de Main Line. Havia algumas pessoas sentadas nos bancos de madeira enfileirados ao longo da plataforma, olhando sem grande interesse para a televisão no canto, sintonizada no programa *Regis & Kelly*. Aria foi até a parede distante onde estavam as escalas de trem e descobriu que a próxima saída seria em meia hora. Resignada, ela se sentou em um banco. Algumas pessoas a encararam fixamente. Ela ficou imaginando se a teriam reconhecido da televisão. Afinal de contas, havia repórteres atrás delas desde domingo.

– Ei! – disse uma voz. – Eu conheço você.

Aria grunhiu, antecipando o que viria. *Você é aquela amiga da garota assassinada! Você é aquela garota que estava sendo perseguida! Você é aquela garota que encontrou o corpo na floresta!*

Quando procurou pela voz, seu coração parou. Um conhecido rapaz louro estava sentado em um banco do outro lado do corredor, olhando para ela. Aria reconheceu seus dedos longos, sua boca curvada, até o pequeno sinal na maçã do seu rosto. Ela sentiu calor, depois frio.

Aquele era Jason DiLaurentis.

— O-oi — gaguejou Aria. Ultimamente, ela passava muito tempo pensando em Jason, especialmente na atração que sentira por ele. Era estranho de repente vê-lo ali, na frente dela.

— É Aria, certo? — Jason fechou o livro que estava lendo.

— Isso mesmo. — Aria tremia por dentro. Ela não tinha certeza de ter ouvido Jason dizer seu nome antes. Ele costumava se referir a ela e às outras simplesmente como "as Alis".

— Você é a que fazia filmes. — Os olhos azuis de Jason estavam fixos nela.

— Sim. — Aria sentiu seu rosto enrubescer. Elas costumavam passar os filmes pseudoartísticos de Aria no quarto de Ali, e às vezes Jason parava no corredor para assistir. Aria normalmente se sentia muito sem graça na presença dele, mas, ao mesmo tempo, queria muito que ele dissesse alguma coisa sobre seus filmes. Queria ouvir que eles eram brilhantes, talvez, ou pelo menos instigantes.

— Você era a única com conteúdo — falou, olhando para ela de forma gentil, sedutora. Aria achou que fosse desmaiar. Conteúdo era bom... certo?

— Você está indo para Filadélfia? — Aria deixou escapar, tentando começar uma conversa.

Ela logo teve vontade de bater na própria testa. *Dã*. É claro que ele estava indo para a Filadélfia. Este trem não ia para outro lugar.

Jason concordou.

– Para Penn. Acabo de pedir transferência. Eu estudava em Yale.

Aria se segurou para não dizer *Eu sei*. No dia em que Ali contou a elas que Jason tinha entrado para Yale, a primeira opção dele, Aria pensara em mandar um cartão de *Parabéns*. Mas decidiu não fazer, com medo de Ali rir dela.

– É ótimo – prosseguiu Jason. – Tenho aula apenas às segundas, quartas e quintas-feiras, e saio cedo o suficiente para pegar o trem das três da tarde de volta para Yarmouth.

– Yarmouth? – repetiu Aria.

– Meus pais se mudaram para lá para acompanhar o julgamento. – Jason deu de ombros e folheou o livro que tinha nas mãos. – Mudei para um apartamento em cima da garagem. Imaginei que eles precisariam do meu apoio para passar por essas coisas.

– Claro. – O estômago de Aria começou a doer. Ela não conseguia imaginar como Jason estava lidando com o assassinato de Ali. Não apenas seu antigo colega de turma a matara, como também desaparecera depois.

Ela passou a língua sobre os lábios, pensando nas respostas para o que imaginava que seriam suas próximas perguntas: *Como foi ver o corpo de Ian na floresta? Onde você acha que ele está agora? Você acha que alguém o tirou de lá?*

Mas Jason apenas suspirou.

– Geralmente fico em Yarmouth, mas hoje eu tinha uma coisa para fazer em Rosewood, portanto aqui estou.

Ao longe, o barulho de um trem-bala da Amtrak indicava que ele vinha em direção à estação. As outras pessoas que esperavam pelo trem se levantaram e se encaminharam para a porta que dava para a plataforma. Depois que o trem se afastou, Jason cruzou o corredor e sentou ao lado de Aria:

– Hãã... Hoje você não tem aula? – perguntou ele.

Aria abriu a boca, atrapalhando-se em busca de uma resposta. Jason de repente estava perto dela, ela conseguia facilmente sentir seu cheiro do sabonete de nozes. Era inebriante.

– Hã... Não. É dia de reunião de pais e mestres.

– Você sempre veste seu uniforme em dias que não tem aula? – Jason apontou para a bainha da saia xadrez de Rosewood Day de Aria. Ela estava aparecendo embaixo de seu longo casaco de lã. Aria sentiu as bochechas queimarem.

– Eu não mato aula com frequência, juro.

– Eu não contarei para ninguém – provocou Jason. Ele se inclinou, fazendo o banco ranger. – Você conhece o lugar onde se pode alugar carrinhos de kart na Wembley Road? Uma vez eu fiquei lá o dia inteiro. Dirigi um daqueles carrinhos por horas.

Aria riu.

– O rapaz magro já trabalhava lá? O que usa macacão da NASCAR? – Mike costumava ser obcecado por aquela pista de kart antes de ficar obcecado por lacrosse e dançarinas de striptease.

– Jimmy? – Os olhos de Jason brilharam. – Claro.

– E ele não perguntou a você por que não estava na escola? – quis saber Aria, colocando a mão sobre o apoio de braço do banco. – Ele geralmente é muito curioso.

– Não. – Jason cutucou seu ombro. – Mas *eu* tinha juízo o suficiente para trocar meu uniforme da escola, para não dar tanto na vista. De qualquer forma, o uniforme das garotas é muito mais bonito do que o dos garotos.

Aria de repente se sentiu tão envergonhada que virou o rosto e olhou fixamente para a fileira de batatas fritas e pretzels que estavam na máquina de vender comida. Jason estava *flertando com ela?*

Os olhos de Jason brilhavam. Ele inspirou, talvez para dizer outra coisa. Aria esperou que ele fosse marcar um encontro com ela, ou talvez até pedir o número de seu telefone. Mas aí a voz do condutor anunciou pelo alto-falante que o trem que ia no sentido leste, para a Filadélfia, chegaria em três minutos.

— Acho que é o nosso trem — disse Aria, fechando o casaco. — Quer viajar comigo?

Mas Jason não respondeu. Quando Aria olhou, ele estava encarando a televisão. Estava pálido e sua boca não passava de uma linha, tensa e angustiada.

— Eu... ah... acabo de me dar conta. Eu tenho que ir. — Ele se levantou parecendo meio confuso, apertando seus livros contra o peito.

— O-o quê? Por quê? — disse Aria.

Jason deu a volta no banco, sem responder. Depois tropeçou em Aria enquanto passava, derrubando sua bolsa.

— Opa — murmurou ela, quase morrendo de vergonha quando um absorvente superplus e sua vaquinha de pelúcia da sorte caíram no pegajoso chão de concreto.

— Desculpe — resmungou Jason, empurrando a porta que dava para o estacionamento.

Aria olhou para ele, atordoada. O que havia acabado de acontecer? E por que Jason estava voltando para seu *carro*... e não indo para a cidade?

Seu rosto queimou com um pensamento repentino. Jason havia provavelmente descoberto como Aria se sentia a respeito dele. E talvez, por não ter intenção de lhe dar esperanças, resolvera que era melhor dirigir até a Filadélfia em vez de ir de trem com ela. Como Aria pôde ser tão estúpida de pensar que Jason estava flertando com ela? E daí se ele dissera que ela era a única menina da turma com conteúdo, ou que ela estava bonita com aquela saia? E daí se anos atrás ele dera a ela o pedaço da bandeira que Ali decorara para a Cápsula do Tempo? Nada daquilo precisava significar alguma coisa. No fim das contas, Aria não era nada mais do que uma das Alis sem nome.

Humilhada, Aria se virou lentamente para a televisão. Para sua surpresa, o programa *Regis & Kelly* havia sido interrompido pela transmissão do noticiário. Na tela as palavras: *A história do corpo de Thomas é uma fraude.* O sangue sumiu do rosto de Aria. Ela se voltou para os carros no estacionamento. Ou teria sido *esse* o motivo pelo qual Jason lembrou tão rápido que tinha outras coisas a fazer?

Na televisão, o chefe de polícia de Rosewood falava em frente a vários microfones.

— Nós procuramos na floresta por dois dias e não encontramos nenhum vestígio do corpo do sr. Ian Thomas — disse ele. — Talvez precisemos dar um passo atrás e considerar outras possibilidades.

Aria franziu a testa. *Quais* outras possibilidades?

A mãe de Ian apareceu na tela. Havia vários microfones na frente do seu rosto.

— Ian nos enviou um e-mail ontem — disse ela. — Ele não contou onde estava, só que estava a salvo... e que não é o responsável por nada do que aconteceu. — Ela parou de falar para limpar os olhos. – Nós ainda estamos verificando se este e-mail veio realmente dele ou não. Espero que não seja ninguém usando a conta dele para nos enganar.

Em seguida, o oficial Wilden surgiu na tela.

– Eu quis acreditar nas meninas quando elas me contaram que viram Ian na floresta – disse ele, parecendo arrependido. – Mas mesmo no começo, eu não tinha muita certeza. Tive a sensação terrível de que poderia ser um truque para conseguir nossa atenção.

Aria estava boquiaberta.

– O quê?

E finalmente a câmera focou em um homem de barba com óculos grossos e suéter cinza. *Dr. Henry Warren, Psiquiatra, Hospital de Rosewood*, dizia a legenda abaixo.

– Ser o centro das atenções é um sentimento que causa dependência – explicou o doutor. – Se o foco está em alguém por muito tempo, eles começam a... *cobiçá-lo*. Às vezes, as pessoas tomam qualquer medida para manter todos os olhos voltados para elas, mesmo que isto signifique embelezar a verdade. Criar realidades falsas.

Um âncora do telejornal apareceu para dizer que mais detalhes daquela história seriam apresentados dentro de uma hora. Em seguida, um comercial começou e Aria apoiou as mãos sobre o banco e respirou fundo. Que droga era aquela?

O trem leste surgiu na estação e seus freios guincharam. De repente, Aria perdeu a vontade de ir para Filadélfia. Não havia sentido em fazer aquilo. Não importava para qual lugar ela fosse, a bagagem de Rosewood sempre a seguiria.

Ela andou de volta para o estacionamento, procurando a figura alta e loura de Jason. Não havia nenhuma pessoa à vista.

A rodovia em frente à estação estava vazia também, as luzes do tráfego se movimentando silenciosamente. Por um instante, Aria sentiu como se fosse o último humano do mundo. Engoliu em seco, arrepios percorriam todo o seu corpo. Jason *estivera* ali agora, não estivera? E elas *haviam* visto o corpo de Ian na floresta... Certo? Por um instante, Aria se sentiu como se *estivesse* realmente ficando louca, como insinuara o psiquiatra.

Mas ela logo afastou aquele pensamento. Quando o trem deixou a estação, Aria andou de volta para o seu carro. Não tendo nenhum lugar melhor para ir, finalmente dirigiu de volta para a escola.

7

KATE | X | HANNA

Hanna colocou seu *venti skim latte* com açúcar no balcão do Steam, a cafeteria de Rosewood Day. Era hora do almoço naquela terça-feira, e Kate, Naomi e Riley ainda estavam na fila. Uma por uma, Hanna as escutou pedir um chá de hortelã extragrande. Hanna havia perdido a revelação, mas, ao que tudo indicava, chá de hortelã era a bebida da vez.

Ela rasgou mais um sachê de adoçante Splenda com os dentes. Se ao menos tivesse uma pílula de Percocet para tomar com seu leite, ou, melhor ainda, uma arma. Até agora, o almoço tinha sido um desastre. Primeiro, Naomi e Riley haviam se derramado em elogios a respeito das botas da Frye de Kate, sem dizer nada a respeito de seus sapatos Chanel Chie Mihara, que eram muito mais bonitos. Depois, elas cochicharam sobre o quanto haviam se divertido no dia anterior no Rive Gauche. Um dos garçons, um universitário, desviara litros de vinho *pinot noir* para as meninas. Depois de beber até dizer chega, elas foram até a loja Sephora, onde Kate comprou máscaras de gel para os olhos, para diminuir a ressaca de Naomi e Riley.

As meninas levaram as máscaras para a escola e as usaram na sala de estudos, durante o longo intervalo do segundo período. A única coisa que levantou o ânimo de Hanna foi ver que a máscara fria havia marcado a região ao redor dos olhos castanhos de Riley, deixando-a avermelhada.

— *Hunf* — Hanna fungou baixinho.

Ela atirou o sachê de Splenda na pequena lixeira de aço, prometendo-se comprar algo melhor do que aquela máscara estúpida para Naomi e Riley.

Em seguida, voltou sua atenção para a televisão de tela plana sobre a grande jarra de água com limão. Geralmente, a televisão ficava sintonizada no canal de circuito fechado de Rosewood Day, que mostrava recapitulações de eventos esportivos da escola, corais e entrevistas, mas alguém tinha colocado no canal de noticiários. *Corpo de Thomas não é encontrado na floresta*, dizia uma legenda na parte de baixo da tela. Seu estômago se contraiu. Aria havia contado a ela essa história, mais cedo, na aula de inglês avançado. Como os Thomas podiam ter recebido uma mensagem de Ian? Como poderia não haver *nenhum vestígio* de Ian naquela floresta, nenhum sangue, nenhum cabelo, nada? Isso significava que elas *não o viram de verdade?* Isso significava que ele ainda estava... *vivo?*

E por que os policiais estavam dizendo que Hanna e as outras meninas tinham inventado a coisa toda? Wilden não parecera achar que elas tinham inventado aquilo tudo na noite da festa. Aliás, se não tivesse sido tão difícil encontrar Wilden naquela noite, elas teriam voltado para a floresta mais rápido. E talvez assim eles tivessem achado o corpo, antes que Ian desaparecesse ou fosse arrastado. Mas *nãããão*, o departamento de polícia de Rosewood não poderia parecer tããão incompetente... Por isso, os policiais tinham que fazer Hanna e suas amigas parecerem loucas. E durante todo esse tempo, ela acreditara que Wilden estava do lado dela.

Hanna se afastou da televisão, querendo esquecer aquilo tudo. E foi aí que algo atrás do pote de canela chamou sua atenção. Parecia... tecido. E tinha exatamente a mesma cor da bandeira de Rosewood Day.

Hanna engoliu em seco, tirou o tecido lá de trás, esticou-o e arquejou. Era um pedaço de pano, um quadrado. A ponta do brasão de Rosewood Day estava no canto superior direito. Preso na parte de trás, havia um pedaço de papel com o número 16 escrito nele. Rosewood Day sempre numerava cada parte para que eles pudessem refazer a bandeira costurando de volta todos os pedaços.

– O que é isto? – perguntou alguém.

Hanna saltou, surpresa. Kate havia se esgueirado por trás dela. Hanna levou um segundo para reagir, sua mente ainda desnorteada com a notícia de Ian.

– É um negócio daquele jogo idiota – murmurou ela.

Kate fez uma careta.

– O jogo que começou hoje? Túnel do Tempo?

Hanna revirou os olhos com desdém.

– *Cápsula* do Tempo.

Kate tomou um longo gole de seu chá de hortelã.

– "Quando todas as vinte partes da bandeira forem encontradas, serão costuradas e a bandeira será enterrada na Cápsula do Tempo atrás do campo de futebol" – recitou, lendo em um dos pôsteres pendurados por toda a escola. Deixe que a certinha da Kate memorize as regras da Cápsula do Tempo, como se fosse responder a um questionário depois. – E você ainda terá seu nome imortalizado em uma placa de bronze. É uma coisa legal, não é?

– Sei lá – murmurou Hanna. A vida tinha um senso de humor cruel: quando ela não se importava mais com a Cápsula do Tempo, encontrava um pedaço da bandeira sem fazer esforço, sem sequer ler as pistas postadas no saguão da escola.

No sexto ano, o primeiro ano em que tivera autorização para participar, Hanna fantasiara sobre como decoraria seu pedaço da bandeira se tivesse sorte o bastante para encontrar um deles. Algumas pessoas desenhavam coisas sem sentido em suas peças, como uma flor ou um rosto sorrindo ou – o mais ridículo de todos – o brasão de Rosewood Day, mas Hanna achava que uma bandeira da Cápsula do Tempo bem decorada era tão importante quanto carregar a bolsa certa ou fazer luzes no salão Henri Flaubert, no Shopping King James.

Quando Hanna, Spencer e as outras garotas encararam Ali no quintal no dia seguinte ao início do jogo, Ali descrevera em detalhes o que havia desenhado em sua peça roubada. *Um logo da Chanel. As letras da Louis Vuitton. Um sapo de mangá. Uma menina jogando hóquei.* Assim que Hanna chegou em casa naquele dia, anotou tudo o que Ali disse que tinha usado para decorar seu pedaço de bandeira, para não esquecer. Parecia tão elegante, exatamente *adequado*.

Depois, no oitavo ano, Hanna e Mona encontraram uma peça da Cápsula do Tempo juntas. Hanna quis acrescentar os elementos de Ali ao desenho, mas ficou com medo de que Mona pudesse perguntar o que eles significavam – ela odiava trazer Ali à tona, já que Mona havia sido uma das garotas que Ali adorava humilhar. Hanna pensava estar sendo uma boa amiga. Nem imaginava que Mona estava tramando um jeito de arruinar a sua vida.

Naomi e Riley se aproximaram e imediatamente notaram a bandeira de Hanna. Os olhos castanhos de Riley ficaram atônitos. Ela esticou um braço pálido e flácido para tocar a peça, mas Hanna puxou-a para si, protegendo seu pedaço de bandeira. Era bem capaz que uma daquelas vagabundinhas tentasse roubar a bandeira de Hanna quando ela não estivesse olhando. De repente, ela entendeu o que Ali quis dizer quando falou a Ian que ia defender seu pedaço de bandeira com a própria vida. E compreendeu, também, por que Ali havia ficado furiosa no dia em que alguém a roubara dela. Ficara com raiva, mas não exatamente *arrasada*. Na verdade, Ali estivera mais distraída naquele dia do que jamais estivera. Hanna lembrou com detalhes como Ali não parava de olhar na direção da floresta e para a casa dela, como se achasse que alguém estava ouvindo. Mas depois de lamentar por um tempo sua peça perdida, Ali de repente voltou a ser indiferente e má como sempre, afastando-se de Hanna e das meninas sem dizer uma palavra, como se houvesse algo mais importante em sua cabeça do que falar com quatro perdedoras.

Quando ficou claro que Ali não sairia de casa outra vez, Hanna andou até o jardim da frente e pegou sua bicicleta. A rua de Ali parecia tão agradável. Os Cavanaugh tinham uma casa da árvore vermelha muito fofa em seu jardim lateral. A família de Spencer tinha um moinho nos fundos da propriedade. Havia uma casa no fim daquela rua que possuía uma garagem gigantesca para seis carros e uma fonte de água no jardim da frente. Depois, Hanna descobriria que aquela era a casa de Mona.

Enquanto se ajeitava na bicicleta, Hanna ouviu um carro sendo ligado. Um carro preto, antigo e bem cuidado, com vidros escuros, se moveu devagar, fazendo barulho como se estivesse esperando... ou observando. Havia alguma coisa naquele carro que fez com que o cabelo da nuca de Hanna se arrepiasse.

Talvez o ladrão do pedaço da bandeira de Ali esteja nesse carro, ela pensou. Não que tivesse descoberto depois quem era.

Hanna olhou para Naomi, que estava colocando Splenda em seu chá de hortelã. Naomi e Riley eram as melhores amigas de Ali no sexto ano, mas logo depois que a Cápsula do Tempo começou, Ali as dispensou. Ela nunca explicou a razão. Talvez Naomi e Riley tivessem sido as pessoas que roubaram a peça de Ali – talvez *elas* estivessem dentro do carro preto que Hanna tinha visto naquele dia. E esse poderia ser o motivo pelo qual Ali as dispensara – talvez Ali tivesse pedido que devolvessem a bandeira, e quando elas alegaram que não tinham roubado nada, ela as dispensara.

Mas se foi isso o que aconteceu, por que Naomi e Riley não tomaram a bandeira como delas? Por que a bandeira ficou perdida?

Houve uma movimentação na frente do Steam, e a multidão se dividiu. Oito garotos do time de lacrosse de Rosewood Day apareceram. Eles formavam um grupo arrogante, insolente e que parecia muito confiante. Mike Montgomery estava ladeado por Noel Kahn e James Freed. Riley sacudiu o braço de Kate, e as pulseiras de ouro no pulso de Kate fizeram barulho.

– Lá está ele!

– Você super devia ir lá falar com ele – murmurou Naomi, seus olhos azuis arregalados.

Então as três se levantaram e saíram. Naomi deu uma olhada para Noel. Riley balançou seu longo cabelo ruivo na direção de Mason. Agora que os meninos do time de lacrosse estavam liberados, o céu era o limite.

– Rosewood Day fica toda cheia de coisa com pessoas desenhando coisas impróprias na bandeira da Cápsula do Tempo – Mike estava dizendo para seus amigos. – Mas se o time de lacrosse encontrasse todas as peças e fizesse um desenho impróprio enorme de, por exemplo, um pênis, o diretor Appleton não poderia fazer nada. Ele nem *saberia* que é um pênis até expor a bandeira na cerimônia.

Noel Kahn bateu nas costas de Mike.

– *Legal*. Eu mal posso esperar para ver a cara de Appleton.

Mike imitou o diretor Appleton, que estava envelhecendo, desdobrando a bandeira recosturada e agitando-a para a escola toda ver.

– Agora, o que é isto? – disse ele com uma voz áspera de homem mais velho, segurando uma lupa invisível perto dos olhos. – Isto é o que vocês, seus pequenos vândalos, chamam de... *pênis?*

Kate caiu na gargalhada. Hanna olhou para ela, espantada. Não havia a menor possibilidade de Kate achar que esses idiotas eram minimamente engraçados. Mike percebeu que ela estava rindo e sorriu.

– Essa imitação de Appleton está perfeita – disse Kate.

Hanna fez uma careta. Como se Kate conhecesse o diretor Appleton. Ela era estudante de Rosewood Day fazia apenas uma semana.

– Valeu – disse Mike, dando uma geral em Kate, observando suas botas e pernas esguias e erguendo os olhos para seu blazer de Rosewood Day que marcava as formas bem torneadas de seu corpo. Hanna percebeu, um pouco magoada, que Mike não olhara nenhuma vez em sua direção.

– Eu também faço uma boa imitação de Lance, o professor de marcenaria.

– Eu adoraria ver um dia desses – disse Kate.

Hanna trincou os dentes. Chega. Não ia deixar que sua futura meia-irmã ficasse de gracinha com o menino que deveria venerar *a ela*. Ela marchou até os garotos, empurrou Kate para o lado e alisou o pedaço da bandeira da Cápsula do Tempo que acabara de encontrar.

– Não consegui deixar de ouvir sua ideia brilhante – disse Hanna em voz alta. – Mas sinto dizer que seu *pênis* vai ficar incompleto. – Ela balançou a bandeira sob o nariz de Mike.

Mike arregalou os olhos. Ele esticou a mão para pegar a bandeira, mas Hanna a afastou. Mike mordeu o lábio.

– Ah, vamos lá, Hanna. O que eu preciso fazer para que você me dê esse pedaço?

Hanna tinha que admitir que não faltava presença de espírito naquele menino. A maioria dos terceiranistas ficava tão nervosa com a presença de Hanna que começava a tremer e gaguejar. Ela pressionou seu pedaço de bandeira contra o peito.

– Não vou deixar este bebê longe da minha vista nem por um segundo.

– Tem que haver *algo* que eu possa fazer por você – suplicou Mike. – Seu dever de história? Lavar seus sutiãs à mão? Acariciar seus mamilos?

Kate deixou escapar um risinho tolo, tentando voltar ao centro das atenções, mas Hanna rapidamente pegou o braço de Mike e o empurrou na direção do balcão de doces, longe da multidão.

— Eu posso dar a você algo bem melhor do que este pedaço de bandeira — murmurou ela.

— O quê? — perguntou Mike.

— Eu, seu bobo — disse Hanna de forma galanteadora. — Talvez você e eu pudéssemos sair um dia desses.

— Tudo bem — disse Mike para Hanna enfaticamente. — Quando?

Hanna espiou por sobre o ombro de Mike. Kate estava boquiaberta.

Rá!, pensou Hanna, sentindo-se triunfante. *Essa foi fácil.*

— Que tal amanhã? — perguntou ela.

— Hum. Meu pai vai dar um chá de bebê para a amante dele.

Mike enfiou as mãos no bolso de seu blazer. Hanna se encolheu. Aria havia lhe contado que seu pai estava saindo com uma aluna dele, mas ela não sabia que o assunto era discutido com tanta tranquilidade.

— Eu cairia fora, mas meu pai me mataria.

— Oh, mas eu *amo* bebês! — exclamou Hanna, embora meio que os odiasse.

— Eu também. Amo *praticar* fazer bebês — disse Mike, piscando.

Hanna lutou contra a vontade de revirar os olhos, achando aquilo uma grande bobagem. Sério, o que Kate via nele? Ela espiou de novo por sobre o ombro de Mike. Agora, Kate, Naomi e Riley estavam sussurrando com Noel e Mason. Eles provavelmente estavam tramando um jeito de pegar o pedaço da bandeira de Hanna e tirá-la da jogada, mas ela não cairia em truque nenhum.

— Bom, se você realmente quiser ir, ótimo — disse Mike, e Hanna se virou para ele. — Me dê o número do seu celular e eu mando uma mensagem com os detalhes. Mas se você for, saiba que Meredith é ecologicamente correta. Assim, tipo, não compre fraldas descartáveis para ela. E não compre uma bomba de tirar leite, porque já cuidei disso. — Ele cruzou os braços, como se estivesse terrivelmente satisfeito com sua ideia.

— Entendi — disse Hanna. Ela deu um passo à frente, até ficar apenas a alguns centímetros de distância da boca de Mike. Ele tinha aquele cheiro de garoto suado, depois de passar a manhã na academia. Surpreendentemente, era um pouco sexy.

— Eu vejo você amanhã — sussurrou, seus lábios tocando a bochecha dele.

— Claro — suspirou Mike.

Ele andou de volta até Noel e Mason, que estavam olhando, e fez aquele movimento com os ombros que os garotos do lacrosse adoravam.

Hanna estava satisfeita. *Missão cumprida.* Quando ela virou, Kate estava de pé logo atrás dela.

— Oh! — Hanna sorriu. — Oi, Kate! Desculpe, eu tinha que perguntar um negócio ao Mike.

Kate cruzou os braços.

— Hanna! Eu *falei* para você que queria ficar com ele.

Hanna teve vontade de rir do tom de voz magoado de Kate. A Pequena Senhorita Perfeição nunca lutara por um cara antes?

— Hummm — respondeu Hanna. — Parece que ele gosta de mim.

Os olhos pálidos de Kate escureceram. Uma expressão serena surgiu em seu rosto.

– Bom, eu acho que vamos ter que ver isso – disse ela.

– Eu acho que sim – cantarolou Hanna, com a voz gelada.

Elas encararam uma à outra. O som dos alto-falantes do Steam mudaram de uma música emo-punk para uma pulsante batida dance africana. Hanna achou que a música parecia com algo que uma tribo poderia cantar antes de sair para a batalha. *Vamos ver quem é a melhor, sua vaca*, ela gesticulou para Kate. Em seguida, graciosamente, colocou a bolsa sobre o peito e passou por sua futura meia-irmã, seguindo em direção ao corredor principal, balançando os dedos para se despedir de Mike, Noel e os outros. Mas quando ela estava passando pelo refeitório, escutou uma gargalhada escandalosa ecoando nos corredores. Ela parou, arrepiada. A risada não vinha do Steam, e sim do refeitório.

Todas as mesas estavam cheias. Com o canto dos olhos, Hanna viu um vulto atrás da máquina de pretzel escapar pela porta dos fundos. Era o vulto de alguém alto e esbelto, e tinha cabelo louro encaracolado. O coração de Hanna parou.

Ian?

Ah, não. Ian estava morto. A pessoa que tinha enviado as mensagens para os pais dele nesta manhã era uma impostora. Afastando esse pensamento da mente, Hanna colocou seu blazer sobre os ombros, terminou de beber seu *latte* e seguiu pelo corredor, tentando ao máximo agir como a garota destemida, maravilhosa e imperturbável que ela era.

8

SE AS BONECAS FALASSEM...

Assim que Emily terminou o treino de natação na tarde de terça-feira, dirigiu para a casa de Isaac e estacionou no meio-fio. Isaac abriu a porta da frente, abraçou Emily com força e cheirou o cabelo dela.

– Hummm. Eu adoro quando você está com cheiro de cloro.

Emily sorriu. Apesar de lavar duas vezes o cabelo nos chuveiros do vestiário depois do treino, o inconfundível cheiro da piscina se impregnava nele.

Isaac deu um passo para o lado e Emily entrou. A sala cheirava a *pot-pourri* de maçã e pera. Sobre a lareira, havia uma fotografia que mostrava Isaac, sua mãe e Minnie Mouse na Disney. O sofá coral estava coberto de almofadas bordadas pela sra. Colbert com mensagens como *Abraçar é Saudável* e *A Oração Muda Tudo*.

Isaac ajudou Emily a tirar o casaco, primeiro uma manga, depois a outra.

Quando ele se virou para abrir a porta do armário, ela ouviu um *rangido* vindo do vestíbulo. Emily arregalou os olhos e ficou paralisada. Isaac se virou para ela e tocou sua mão.

– Por que você está tão assustada? A imprensa não está aqui, juro.

Emily passou a língua sobre os lábios. A imprensa vinha correndo sem trégua atrás dela e de suas amigas e, mais cedo, ela escutara a última: que a família de Ian Thomas havia recebido um e-mail dele, e que Emily e as outras garotas inventaram ter visto o corpo de Ian na floresta. *Aquilo* obviamente não era verdade. Mas o que era? Para onde Ian tinha ido? Ele estava realmente vivo... ou alguém queria que todos pensassem que estava? Além disso, Emily não conseguia parar de pensar no incidente com Jason DiLaurentis na noite de domingo. Ela não tinha ideia do que teria feito se Isaac não estivesse com ela. Toda vez que considerava a possibilidade de encarar Jason sozinha, Emily tremia de medo.

– Desculpe – disse ela para Isaac, tentando disfarçar. – Estou bem.

– Que bom – disse Isaac. Ele pegou a mão dela. – Já que temos a casa para nós, pensei em mostrar meu quarto a você.

– Você tem certeza? – Emily olhou para a foto de Isaac, sua mãe e Minnie Mouse outra vez.

A sra. Colbert tinha uma política de jamais permitir que Isaac levasse meninas para o quarto.

– Claro que tenho certeza – respondeu Isaac. – Minha mãe não vai saber.

Emily sorriu. A verdade é que ela *estava* curiosa a respeito do quarto dele. Isaac apertou a mão dela e a levou para o andar de cima. Cada degrau da escada era decorado com uma boneca diferente. Algumas delas eram bonecas de pano com cabelos de linha de crochê e vestidos de chita, e outras eram bonecas-bebês, com cabeças de borracha e olhos que fechavam quando estavam deitadas. Emily desviou os olhos delas. Ela nunca fora de brincar com bonecas como as outras meninas – elas sempre meio que a assustaram.

Isaac empurrou uma porta no fim do corredor.

– *Voilà!*

Emily viu um quarto, com uma coberta listrada sobre a cama de casal no canto, três guitarras em descansos, e uma pequena mesa com um iMac novo.

– Muito legal! – disse Emily.

Depois, ela percebeu um objeto branco grande sobre a cômoda.

– Você tem um crânio com um mapa frenológico! – Ela andou até a escultura em formato de crânio e passou os dedos sobre as palavras que estavam escritas na superfície. *Astúcia. Adivinhação. Avareza.* Os médicos da era vitoriana acreditavam que poderiam determinar o caráter de uma pessoa simplesmente pela forma do crânio. Se a pessoa tivesse um caroço em um canto específico da cabeça, seria boa em poesia. Se o caroço estivesse em outro lugar, seria muito religiosa. Emily pensou no que as protuberâncias de sua cabeça diriam a seu respeito.

Ela sorriu para Isaac.

– Onde você conseguiu isto?

Isaac andou até ela.

– Lembra a tia que mencionei quando fomos ao restaurante de comida chinesa, semana passada? A que gosta de horóscopo e coisas do gênero? Ela comprou para mim em uma feira. – Ele tocou em um canto da cabeça de Emily. – Ah...Você tem muitas protuberâncias. – Ele olhou para a escultura. – De acordo com ela, você é realmente boa em dar afeto... ou você faz os outros *quererem* dar afeto a você. Eu nunca consigo lembrar qual é.

– Muito científico – provocou Emily. Ela tocou o topo da cabeça dele, buscando uma protuberância. – E você é... – Ela se inclinou para trás, procurando na cabeça do manequim a característica certa. *O ladrão. O mímico. O assassino.* O departamento de polícia de Rosewood precisava de uma dessas cabeças... Eles poderiam massagear todos os crânios da cidade e descobrir o assassino de Ali. – Você é esperto – concluiu ela.

– *Você é* bonita – disse Isaac. Devagar, ele a conduziu até a cama e a deitou. Emily estava sem ar e com calor. Ela não havia pensado em deitar na cama de Isaac, mas não quis levantar.

Os dois se beijaram por mais algum tempo, escorregando até alcançarem os travesseiros. Emily colocou sua mão sob a camisa de Isaac para sentir o calor de seu peito nu. Depois sorriu, admirada com seu comportamento.

– O que foi? – perguntou Isaac, enquanto se afastava um pouco dela. – Você quer parar?

Emily baixou os olhos. A verdade era que quando ela estava perto de Isaac, uma calma se apoderava dela. Todas as suas angústias e preocupações voavam pela janela. Estando com ele, Emily se sentia salva e segura... e apaixonada.

– Eu não quero parar – sussurrou ela, o coração palpitando. – Você quer?

Isaac balançou a cabeça. Em seguida, ele tirou a camisa. Sua pele era clara e suave. Isaac desabotoou a camisa de Emily, um botão por vez, até ela se abrir. O único som era o de sua respiração. Isaac tocou a ponta do sutiã cor-de-rosa de renda de Emily. Desde que ele tirara seu sutiã dois dias antes no carro, ela sempre usava sutiãs bonitos para ir à escola. Calcinhas legais também, não os shorts confortáveis de menino que costumava usar. Talvez Emily não admitisse nem para ela mesma, mas talvez, só talvez, aquilo fosse exatamente o que ela queria que acontecesse.

Quando o relógio digital da mesa de cabeceira de Isaac passou de 5:59 para 6:00, Emily levantou e se enrolou com os lençóis de flanela. As luzes de cima a baixo no quarteirão de Isaac estavam acesas agora, e uma mulher na rua estava chamando seus filhos no jardim da frente para entrar e jantar.

— Eu deveria ir embora — disse Emily, beijando Isaac mais uma vez.

Os dois sorriram.

Isaac a colocou de volta na cama e começou a beijá-la outra vez. Finalmente, eles se levantaram, olhando um para o outro enquanto se vestiam. Muito havia acontecido... mas Emily se sentia segura a respeito disso. Isaac fora deliciosamente lento, beijando cada centímetro de seu corpo, admitindo que também era a sua primeira vez.

Não poderia ter sido mais perfeito.

Eles começaram a descer as escadas, ajeitando as roupas. No meio do caminho, Emily ouviu alguém tossir. Os dois congelaram. Emily olhou para Isaac, assustada. Não estava previsto que os pais de Isaac estivessem de volta antes das sete. Um estalido veio da direção da cozinha. Um chaveiro retiniu, depois caiu em um vaso de cerâmica.

O estômago de Emily pareceu afundar. Ela olhou para as bonecas com olhos de vidro e mudas, acomodadas nos degraus. Elas pareciam estar sorrindo para ela com desprezo.

Emily e Isaac desceram as escadas correndo e se jogaram no sofá. Assim que seus traseiros se encostaram às almofadas, a sra. Colbert entrou na sala. Vestia uma saia comprida de lã e um suéter branco de tricô. Devido à forma com que a luz refletia em seus óculos, Emily não conseguia distinguir para onde ela estava olhando. Havia um olhar inflexível e desaprovador em seu rosto. Por um segundo agonizante, Emily temeu que a sra. Colbert tivesse escutado tudo o que havia acontecido. Depois, ela se virou e colocou a mão sobre o coração.

– Crianças! Eu não vi vocês aí!

Isaac saltou, derrubando de um jeito estranho a pilha de álbuns de fotografia sobre a mesa de centro.

– Mãe, você se lembra da Emily, não é?

Emily ficou de pé, esperançosa de que seu cabelo não estivesse uma bagunça completa e que ela não tivesse um chupão no pescoço.

– O-oi – gaguejou ela. – Prazer em vê-la novamente.

– Olá, Emily. – Havia um sorriso agradável no rosto da sra. Colbert, mas o coração de Emily continuava disparado. Ela estava realmente surpresa de vê-los ou estava só esperando Emily ir embora para gritar com Isaac?

Ela olhou para Isaac, que parecia incomodado. Ele ajeitou o cabelo bagunçado.

– Ah, Emily, você quer ficar para jantar? – perguntou Isaac.

– Está tudo bem, não é, mãe?

A sra. Colbert hesitou, apertando os lábios com tanta força que sua boca praticamente desapareceu.

— Eu... Hã, eu não deveria — gaguejou Emily, antes que a sra. Colbert pudesse responder. — Minha mãe está me esperando em casa.

A sra. Colbert suspirou. Emily podia jurar que ela parecia aliviada.

— Bem, talvez outra hora — disse ela.

— Que tal amanhã? — pressionou Isaac.

Emily olhou para Isaac incomodada, desejando que ele esquecesse essa história de jantar. Mas a sra. Colbert esfregou as mãos e disse:

— Amanhã seria ótimo. Quarta-feira é dia de carne assada.

— Hããã, bom, tudo bem — respondeu Emily. — Eu acho que posso vir. Obrigada.

— Ótimo. — A sra. Colbert deu um sorriso. — Traga seu apetite!

Ela voltou para a cozinha.

Emily afundou de volta no sofá e cobriu o rosto com as mãos.

— Me mate agora — sussurrou ela.

Isaac tocou o braço dela.

— Nós estamos salvos. Ela não sabe que estávamos lá em cima.

Mas quando Emily olhou pela porta em arco da cozinha, viu a mãe de Isaac de pé em frente à pia, lavando a louça do café da manhã. Ainda que suas mãos continuassem a esfregar freneticamente os pratos, os olhos escuros da sra. Colbert não desgrudavam deles. Seus lábios estavam enrugados, seu rosto vermelho e as veias do pescoço estavam inchadas de raiva. Emily se encolheu, apavorada.

A sra. Colbert percebeu que Emily estava observando, mas sua expressão não se alterou. Ela olhava para Emily sem piscar, como se soubesse exatamente o que Isaac havia feito.

E talvez, até mesmo culpando Emily – e apenas Emily – pelo que havia acontecido.

9

SURPRESA! ELE AINDA ESTÁ AQUI...

Enquanto o sol mergulhava no horizonte, fazendo toda a cidade de Rosewood escurecer, Spencer olhava, pela janela de seu quarto, os carros do departamento de polícia de Rosewood e as vans dos noticiários deixarem a sua rua. Os policiais haviam suspendido abruptamente a busca pelo corpo de Ian, sem encontrar nada na floresta. E muitas pessoas aceitaram a teoria de que as garotas inventaram ter visto o corpo de Ian, permitindo, assim, que ele escapasse de Rosewood para sempre.

Quanta bobagem! E parecia impossível que os policiais não tivessem conseguido encontrar nenhuma simples evidência do corpo de Ian na floresta. Tinha que haver algo ali. Uma pegada, casca de árvore arrancada pela unha de alguém.

A mesa de computador no canto do quarto zumbiu com raiva. Spencer olhou naquela direção, seus olhos pousando sobre o CD que ela e Andrew haviam carregado no disco rígido de seu pai no dia anterior. Fora ali que ela o havia deixado, depois que eles terminaram de carregar na noite passada, dentro de uma capa de papel sobre seu antigo risque-e-rabisque da Tiffany. Ela ainda não tinha olhado os arquivos, mas aquele seria um ótimo momento. Foi até sua mesa e inseriu o CD no computador. Instantaneamente, o computador fez um barulho de flatulência, e todos os ícones no monitor de Spencer se transformaram em uma interrogação. Ela tentou reiniciar, mas ele não ligava.

– Droga! – sussurrou ela, retirando o CD. Ela tinha backups de tudo em seu disco rígido, como seus antigos trabalhos de escola, milhões de fotos e vídeos, e de seu diário, que ela escrevia desde antes de Ali desaparecer. Mas, sem um computador que funcionasse direito, ela não conseguiria mexer nos arquivos do pai para procurar evidências.

Uma porta bateu no andar de baixo. Ela ouviu a voz abafada do pai falando com alguém e depois a da mãe. Spencer tirou os olhos da tela, seu estômago borbulhando. Ela não falava direito com eles desde que todos haviam voltado do funeral de Nana. Spencer olhou para o computador outra vez, depois se levantou e desceu. O ar tinha cheiro de queijo *brie* assado que os pais sempre compravam na *delicatéssen* Fresh Fields, e os dois labradoodles da família, Rufus e Beatrice, estavam descansando no grande tapete redondo perto da mesa de café da manhã. A irmã de Spencer, Melissa, estava zanzando pela cozinha também, amontoando em uma bolsa de compra as revistas de design e os livros que ela havia espalhado pelo aposento. A mãe de Spencer vasculhava a gaveta onde guardava as agendas e papeizinhos soltos com os números de telefone das várias pessoas que ajudavam na manutenção da casa – jardineiros, pedreiros, eletricistas. O sr. Hastings estava indo da cozinha para a sala de jantar, com seu telefone no ouvido.

– Hã... Meu computador está com vírus – disse Spencer. Seu pai parou de andar. Melissa olhou para cima. Sua mãe se assustou e virou de costas. Ela estava séria. Voltou para a gaveta.

– Mãe...? – Spencer tentou mais uma vez. – Meu computador. Ele não está funcionando.

A sra. Hastings não se virou para encarar Spencer.

– E...?

Spencer passou os dedos pelo enfeite de flores levemente murchas no balcão até perceber onde as havia visto pela última vez – no caixão da avó. Ela rapidamente afastou as mãos.

– Bem, preciso dele para fazer meus deveres. Posso ligar para o Geek Squad?

Sua mãe por fim se virou e examinou Spencer por alguns longos instantes. Quando Spencer olhou de volta, perdida, a sra. Hastings começou a rir.

– O que foi? – perguntou Spencer, confusa. Beatrice ergueu a cabeça, depois abaixou outra vez.

– Por que eu deveria pagar para alguém vir consertar seu computador quando o que deveria é fazer com que *você* pague pelo que aconteceu com a garagem? – ralhou a sra. Hastings.

Spencer piscou.

– A... garagem?

Sua mãe bufou.

– Não me diga que você não viu.

Spencer olhou de um lado para o outro, para o pai e a mãe, sem entender. Em seguida, correu até a porta da frente e, ainda de meias, foi ao jardim, embora estivesse frio e o chão encharcado. Uma luz havia sido acesa na garagem. Quando Spencer viu o que havia acontecido ali, levou a mão à boca.

Ocupando os dois portões da garagem, com tinta vermelho-sangue, estava escrita a palavra ASSASSINA.

Aquilo não estava ali quando ela voltou da escola. Spencer olhou ao redor, com a nítida sensação de que alguém estava observando da floresta. Um galho de árvore acabara de se mexer? Alguém se agachara atrás de um arbusto? Seria... A?

Ela olhou para a mãe, que havia marchado até ela e estava ao seu lado.

—Você ligou para a polícia?

A sra. Hastings soltou mais uma gargalhada.

—Você acha que a polícia realmente quer falar *conosco* agora? Você acha que eles vão se importar com o que alguém fez com a nossa casa?

Spencer arregalou os olhos.

— Espere, você acredita no que os policiais disseram?

A mãe de Spencer soluçou.

— Nós duas sabemos que nunca houve nada naquela floresta.

O mundo começou a girar. A boca de Spencer ficou seca.

— Mãe, eu vi Ian. Eu realmente *vi*.

O rosto da sra. Hastings estava a centímetros do rosto de Spencer.

—Você sabe o quanto vai custar para refazer esses portões? Eles são raríssimos, foram comprados em um mercado de pulgas que funcionava num celeiro antigo em Maine.

Os olhos de Spencer se encheram de lágrimas.

— Me desculpe por ser *um estorvo tão grande*.

Ela deu as costas para a mãe, marchou até a varanda e subiu as escadas sem se incomodar em limpar suas meias enlameadas no capacho. Seus olhos ardiam com as lágrimas quentes quando ela subiu e escancarou a porta do seu quarto. Por que a surpreendia o fato de sua mãe estar do lado dos policiais? Por que ela deveria ter esperado algo diferente?

— Spence?

Melissa enfiou o rosto dentro do quarto. Ela estava vestindo um *twinset* de caxemira amarelo-claro e jeans de corte reto. Seu cabelo estava preso com um laço de veludo e seus olhos pareciam cansados e inchados, como se estivesse chorando.

— Vá embora — murmurou Spencer.

Melissa suspirou:

— Eu só queria dizer que você pode usar meu laptop antigo, se precisar. Está no celeiro. Eu tenho um computador novo no meu apartamento. Estou mudando para lá esta noite.

Spencer virou levemente, franzindo a testa:

— A reforma já acabou?

A reforma do apartamento de Melissa na Filadélfia parecia não ter fim. Toda hora ela pedia um detalhe novo. Melissa estava com os olhos fixos no tapete creme que se estendia pelo chão do quarto de Spencer.

— Eu tenho que sair daqui. — A voz dela falhou.

— Está tudo... bem? — perguntou Spencer.

Melissa puxou as mangas sobre as mãos.

— Sim. Bem.

Spencer se ajeitou em seu lugar. Ela havia tentado falar com Melissa a respeito do corpo de Ian, durante o funeral da avó no domingo, mas Melissa a evitara. Ela queria saber o que a irmã achava sobre aquilo tudo. Quando Ian foi liberado para prisão domiciliar, Melissa parecera solidária a ele. Ela até tentara convencer Spencer da inocência de Ian. Talvez, como a polícia, ela acreditasse que o corpo dele nunca tivesse aparecido na floresta. Seria a cara de Melissa acreditar em um monte de policiais possivelmente trapaceiros em vez de na sua irmã, tudo porque ela não queria aceitar que seu amado pudesse estar morto.

– Sério, estou bem – disse Melissa, como se pudesse ler os pensamentos de Spencer. – Eu só não quero ficar aqui se vai haver grupos de busca e vans de noticiários rondando a nossa casa.

– Mas os policiais não estão mais procurando nada por aqui – disse Spencer. – Eles acabaram de suspender as buscas.

Um olhar surpreso cruzou o rosto de Melissa. Depois ela deu de ombros e saiu sem responder. Spencer ouviu enquanto ela descia a escada.

A porta da frente bateu e Spencer conseguiu ouvir a sra. Hastings murmurando baixinho e gentilmente com Melissa no saguão. Sua filha *verdadeira*. Spencer fez uma careta, juntou seus livros, vestiu o casaco e as botas, e andou até a porta dos fundos na direção do celeiro. Quando cruzou o jardim grande e gelado, percebeu algo à esquerda e parou. Alguém havia escrito com spray MENTIROSA no moinho de vento, com a mesma tinta vermelha do grafite na garagem. Uma gota de tinta vermelha escorria do M até a grama congelada no chão. Parecia que a parede estava sangrando.

Spencer olhou de volta para a casa, pensando, depois pressionou os livros contra o peito e se apressou. Seus pais logo veriam isso. Ela certamente não queria ser a pessoa a dar a notícia.

Melissa havia deixado o galpão apressadamente. Havia uma garrafa de vinho pela metade no balcão e um copo com água que, dessa vez, pelo jeito, sua irmã supercertinha não tinha lavado, enxugado e guardado. Muitas de suas roupas ainda estavam no armário, e havia um livro grande chamado *Os princípios de fusão e aquisição* jogado sobre a cama, com um marcador de livro da Universidade da Pensilvânia preso entre as páginas.

Spencer colocou sua sacola Mulberry creme no sofá de couro marrom, pegou o CD com os arquivos de seu pai na parte da frente, sentou à mesa de Melissa e inseriu o CD no disco rígido do laptop da irmã. O disco levou um tempo para carregar, e Spencer resolveu checar seus e-mails enquanto esperava. No topo de sua caixa de entrada havia uma mensagem de Olivia Caldwell. Sua possível mãe. Spencer colocou a mão na boca e abriu a mensagem. Era um link para uma passagem pré-paga para o trem-bala da Amtrak Acela, o trem para a cidade de Nova York. A mensagem dizia:

Spencer, estou emocionada por você ter concordado em me conhecer!
Você pode vir a Nova York amanhã à noite?
Nós temos muito sobre o que conversar.
Com muito amor, Olivia.

Ela espiou a casa principal da janela do celeiro, incerta do que deveria fazer. As luzes na cozinha ainda estavam acesas, e sua mãe passava da geladeira para a mesa, conversando com Melissa. Apesar de ter ficado muito brava momentos antes, sua mãe agora sorria de forma doce e reconfortante. Quando havia sido a última vez que sorrira daquele jeito para Spencer? Os olhos de Spencer se encheram de lágrimas. Ela tentara agradar aos pais desde... ah, desde sempre. E... para quê? Ela voltou os olhos para o computador. A passagem estava marcada para as quatro da tarde do dia seguinte.

Parece ótimo, escreveu ela de volta. *Vejo você em breve.*

Ela apertou enviar.

Quase imediatamente, o computador emitiu um som, *bloop*. Spencer fechou a caixa de entrada e verificou se o CD tinha acabado de carregar, mas o programa ainda estava rodando. Em seguida, ela notou uma janela piscando. O programa de mensagem instantânea de Melissa havia iniciado automaticamente quando Spencer ligou o computador.

Ei, Mel, dizia uma nova mensagem. *Você está aí?*

Spencer estava pronta para escrever, *Desculpe, não é a Melissa*, quando uma segunda mensagem entrou.

Sou eu. Ian.

O estômago de Spencer deu um nó. *Certo*. Quem quer que tivesse escrito isso não tinha um bom senso de humor. Outro *bloop*.

Você está aí?

Spencer olhou para o nome incomum na tela do MSN. *USCMidfielderRoxx*. Ian havia ido para USC, e jogava como meio-campo no futebol. Mas isso não queria dizer nada. Certo? Os *bloops* continuavam chegando.

Desculpe por ter ido embora sem falar com você... Mas eles me odiavam. Você sabe disso. Eles descobriram que eu sei. Entende por que eu tive que fugir? Eles me odiavam. Você sabe disso.

As mãos de Spencer começaram a tremer. Alguém estava brincando com ela, do mesmo jeito que eles haviam brincado com os pais de Ian. Ian não *podia fugir*. Ele estava morto. Mas por que não havia nenhum vestígio de seus restos mortais na floresta? Por que os policias não haviam encontrado nada?

Spencer passou os dedos sobre as teclas.

Prove que é realmente você, ela digitou, sem se incomodar em explicar que não era Melissa. Fechou os olhos, tentando pensar em algo pessoal. Algo que Melissa e Spencer saberiam. Algo que não estivesse também no diário de Ali. A imprensa havia mostrado tudo o que Ali havia escrito em seu diário sobre Ian, por exemplo, como eles tinham ficado juntos depois do jogo de futebol no outono do sétimo ano, como Ian havia estudado de maneira insana para o SAT, depois de tomar Ritalina que um amigo havia lhe dado, e que ele não tinha certeza se merecia ser nomeado o melhor jogador do time de futebol de Rosewood Day – o irmão de Ali, Jason, era muito mais talentoso. Quem estava fingindo ser Ian saberia disso. Se ao menos ela pudesse pensar em algo que fosse um segredo. Foi quando conseguiu se lembrar de algo perfeito. Algo que ela tinha certeza de que nem Ali sabia.

Ela perguntou:

Qual é o seu nome do meio?

Houve uma pausa. Spencer se inclinou para trás, esperando. Quando Melissa estava no último ano do ensino médio, ela havia ficado bêbada de *eggnog* no Natal, e confessado que os pais de Ian queriam que ele fosse menina. Quando a sra. Thomas teve um menino, decidiu que seu nome do meio seria o que eles haviam escolhido para ele, se fosse menina. Ian nunca, jamais usava aquele nome. Nos antigos anuários de Rosewood Day que Melissa havia folheado quando era a editora do Livro do Ano, ele não havia colocado nem a inicial do nome do meio.

Houve um *bloop*.

Elizabeth.

Spencer piscou com força. Não era possível. A luz na cozinha da casa principal apagou e o quintal ficou escuro. Lentamente, um carro fez a volta no fim da rua sem saída, fazendo um barulho de chiado sobre o asfalto molhado. Spencer começou a ouvir barulhos. Um suspiro. Um ronco. Uma risada. Ela deu um salto e pressionou a testa na vidraça fria. A varanda estava vazia. Não havia sombras perto da piscina, na banheira de hidromassagem ou no deque. Não havia ninguém rastejando para perto do moinho, ainda que a palavra MENTIROSA recém-pintada parecesse brilhar.

Seu Sidekick vibrou. Spencer se assustou, o coração disparado. Ela olhou para o computador outra vez. Ian havia saído do programa de mensagem instantânea.

Uma nova mensagem.

Com as mãos trêmulas, Spencer pressionou Ler.

Querida Spence, quando eu disse a você que ele tinha que ir, eu não quis dizer que ele tinha que morrer. Ainda assim, realmente falta alguma coisa neste caso... e depende de você descobrir o que é.

Por isso, é melhor começar a procurar, ou o próximo "desaparecido" será você.

Au revoir! – A

10

FALTA ALGUMA COISA... SEM SOMBRA DE DÚVIDA

Na manhã seguinte, Emily cobriu a cabeça com o capuz de sua parca azul-clara, enquanto caminhava pela passagem coberta de gelo até os balanços da Escola Elementar de Rosewood Day, o lugar de encontro dela e de suas amigas. Pela primeira vez em toda a semana, a rua estava livre das vans dos noticiários. Já que todo mundo agora achava que Emily e as outras meninas haviam inventado ter visto o corpo de Ian na floresta, a imprensa não tinha motivos para entrevistar os alunos. No pátio, as amigas de Emily estavam reunidas ao redor de Spencer, olhando para uma folha de papel e para o celular dela. Na noite anterior, Spencer ligara para Emily para contar sobre as mensagens que recebera de Ian pela internet e que A mandara uma mensagem. Depois disso, Emily não conseguiu dormir um segundo. Quer dizer que A estava de volta. E Ian... talvez... não estivesse morto.

Algo duro atingiu seu ombro e Emily virou, o coração na boca. Era apenas um garoto da escola elementar que a empurrara em sua corrida na direção do campo. Ela apertou as mãos tentando parar de tremer. Suas mãos estavam tremendo loucamente a manhã inteira.

— Como Ian poderia ter forjado a própria morte? — disse Emily assim que se aproximou das amigas. — Nós o vimos. Ele estava... *azul*.

Hanna, protegida por um casaco branco de lã e por uma echarpe de pele falsa, deu de ombros. A única cor em seu rosto vinha de suas olheiras. Parecia que ela também não dormira na noite anterior. Aria, usando uma jaqueta de couro cinza e luvas verdes abertas nos dedos, balançou a cabeça sem dizer uma palavra. Ela não estava usando sua costumeira maquiagem chamativa, cheia de brilhos. Mesmo a sempre arrumadinha Spencer parecia desleixada — o cabelo preso em um rabo de cavalo oleoso e embaraçado.

— Bem, faz sentido — Spencer grasnou. — Ian fingiu estar morto e nos chamou até a floresta porque sabia que iríamos até a polícia e contaríamos para eles que o vimos.

Aria afundou em um dos balanços.

— Mas por que Ian simplesmente não fugiu? Por que resolveu se mostrar para nós?

— Quando os policiais descobriram que ele tinha desaparecido, começaram a procurar por ele imediatamente — explicou Spencer. — Mas depois que vimos o corpo dele, voltaram toda a atenção para a floresta. Nós os distraímos por alguns dias, tempo suficiente para que Ian fugisse. É provável que tenhamos feito exatamente o que ele queria. — Ela olhou para as nuvens, uma expressão desamparada no rosto.

Hanna deslocou seu peso para a perna esquerda.

— O que você acha que A quer com isso? A nos atraiu até o bosque para que víssemos Ian. Os dois estão obviamente agindo juntos.

— Essa mensagem deixa bem claro que Ian e A eram cúmplices — disse Spencer, mostrando o visor de seu celular para elas.

Emily leu outra vez as duas primeiras linhas. *Quando eu disse a você que ele tinha que ir, eu não quis dizer que ele tinha que morrer. Ainda assim, realmente falta alguma coisa neste caso... e depende de você descobrir o que é.* Ela mordeu o lábio com força, depois olhou para o escorregador em formato de dragão atrás dela. Há alguns anos, quando algo ou alguém a assustava, ela se escondia dentro da cabeça do dragão até se sentir melhor. Emily teve uma vontade enorme de fazer a mesma coisa agora.

— Parece que A ajudou Ian a escapar — Spencer prosseguiu.

— Eles trabalharam juntos. Quando Ian me encontrou na varanda, semana passada, A ameaçou me machucar se eu falasse qualquer coisa para os policiais. Se eu tivesse contado, eles teriam prendido Ian outra vez... e ele não conseguiria escapar.

— A ficou preocupada que *qualquer uma* de nós dissesse alguma coisa.

Emily falou:

— Todas as mensagens que eu recebi falavam que se eu não contasse os segredos de A, A não contaria os meus.

Hanna olhou para Emily, um sorriso curioso nos lábios.

— Essa A sabe algum segredo seu?

Emily deu de ombros. Por um momento, A provocou Emily sobre ela ter ocultado de Isaac questões sobre sua sexualidade.

— Não mais — disse ela.

— E se *Ian for A?* — sugeriu Aria. — Isso ainda faz muito sentido.

Emily balançou a cabeça.

— As mensagens não eram de Ian. Os policiais checaram o telefone dele.

— Só porque as mensagens de A não saíam do telefone de Ian, não quer dizer que não fossem de Ian — lembrou Hanna.

— Talvez outra pessoa mandasse as mensagens por ele. Ou ele poderia ter conseguido um telefone descartável ou um telefone registrado em outro nome.

Emily colocou os dedos nos lábios. Ela não havia pensado nisso.

— E todos aqueles truques que fez na noite em que nós supostamente vimos o cadáver dele são bem fáceis se você sabe usar um computador — prosseguiu Hanna. — Ian provavelmente descobriu como retardar o envio das mensagens para que nós as recebêssemos no momento em que vimos o que parecia ser seu corpo morto. Lembram como Mona enviou para ela mesma um e-mail de A para nos despistar? Provavelmente não é uma coisa tão difícil de fazer.

Spencer apontou para o trecho da conversa no computador. Ela havia imprimido a troca de mensagens entre ela e Ian pela internet.

— Olhem só! — disse ela, apontando para as linhas que diziam: *Eles me odiavam. Você sabe disso. Eles descobriram que eu sei. Entende por que eu tive que fugir?* — Ian saiu do MSN antes que eu pudesse perguntar quem eram "eles". Mas e se isso for muito maior do que um simples plano de fuga de Ian? E se Ian realmente descobriu algo importante sobre o assassinato de Ali? E se ele achou que, se comparecesse ao julgamento e contasse tudo o que sabia, seria morto? Forjar a própria morte não tiraria apenas os policiais de seu caminho, como também afastaria qualquer um que quisesse machucá-lo.

Aria parou de se balançar.

— Você acha que quem estava atrás de Ian poderia vir atrás de nós, se descobríssemos coisas demais?

— É o que parece — disse Spencer. — Mas há outra coisa. Ela apontou para algumas linhas de texto no fim da página. Era o endereço IP do remetente das mensagens instantâneas.

— Por esses números é possível saber que Ian mandou as mensagens de algum lugar de Rosewood.

— *Rosewood*? — berrou Aria. —Você quer dizer que ele ainda está... *aqui*?

Hanna empalideceu.

— Por que Ian ficaria aqui? Por que não deixou a cidade?

—Talvez ele não tenha encontrado o que procura — sugeriu Spencer.

— Ou talvez ele não tenha terminado *conosco*... Já que nós o entregamos para a polícia — disse Aria.

Emily ouviu um grito atrás dela e deu um pulo. Aos poucos, o playground estava se enchendo de gente. Quando ela se voltou para as amigas, viu que estavam com os olhos arregalados e os lábios brancos. Elas também tinham se assustado.

— Aria tem toda razão — disse Hanna, retomando a conversa. — Se Ian estiver vivo, não sabemos do que é capaz. Ele ainda pode estar atrás de nós. E ainda pode ser culpado.

— Eu não sei... — protestou Spencer.

Emily encarou Spencer, confusa.

— Mas foi *você* quem contou aos policiais que era ele o culpado! E a sua recordação de ver Ian com Ali na noite em que ela morreu?

Spencer enfiou as mãos nos bolsos do casaco.

– Eu não tenho certeza se realmente me lembro disso... Ou se foi apenas o que eu queria acreditar.

Emily sentiu-se queimando por dentro. Afinal, o que era verdade e o que não era? Ela olhou em volta. Um grupo de garotos caminhava na direção do prédio do sexto ano. Outros meninos passavam na frente da longa fila de janelas das salas de aula, encaminhando-se ao armário de casacos. Emily se esquecera de que os alunos do sexto ano não tinham armários apropriados. Eles tinham que colocar suas coisas em cubículos naquele armário minúsculo. No meio da manhã, o armário já cheirava mal, por causa das lancheiras com os almoços guardados ali.

– Quando Ian conversou comigo na varanda, ele me contou que nós estávamos enganadas, que ele não matou Ali – prosseguiu Spencer. – Ele não teria feito mal a um fio de cabelo dela. Ele e Ali sempre flertavam, mas foi *ela* quem deu um passo além. Primeiro, Ian pensou que ela estava fazendo aquilo para irritar alguém. Achei que ela queria me atingir, porque eu meio que gostava dele. Mas Ian não pareceu acreditar nisso. E na noite em que ela morreu, ele viu duas louras na floresta. Eram Ali e mais alguém. Na hora, pensei que ele se referia a mim. Mas ele disse que talvez fosse outra pessoa.

Emily suspirou, frustrada.

– Lá vamos nós, mais uma vez, acreditar nas palavras de *Ian*.

– É mesmo, Spence. – Hanna enrugou o nariz. – Ian matou Ali. Depois nos enganou. Nós deveríamos mostrar a Wilden a conversa de vocês on-line e deixar que ele resolva essa confusão.

Spencer bufou:

– Wilden? Ele fez um bom trabalho convencendo toda Rosewood que nós somos loucas. Mesmo que por algum milagre ele acredite em nós desta vez, ninguém mais da polícia acredita.

– E os pais de Ian? – sugeriu Emily. – Eles também receberam uma mensagem dele. Eles acreditariam em nós.

Spencer apontou para outra linha na troca de mensagens.

– Sim, mas o que conseguiríamos fazendo isso? Os pais dele teriam ainda mais provas de que ele está vivo, mas poderiam contar aos policiais que as mensagens dele foram enviadas de um endereço IP em Rosewood. E isso faria os policiais rastrearem as mensagens e prenderem Ian mais uma vez.

– O que seria uma *coisa boa* – lembrou Emily.

Spencer olhou para ela, se sentindo exausta.

– E se isso for um teste? Imagine que nós contemos toda essa história aos policiais ou aos pais de Ian... e algo aconteça com uma de nós? Ou ainda, com Melissa? Ian achou que estava escrevendo para ela, afinal. – Ela esfregou as mãos enluvadas uma na outra. – Melissa e eu não nos damos bem, mas eu não a colocaria em perigo.

Aria saiu do balanço, pegou o telefone de Spencer e olhou para a mensagem de A.

– Esta mensagem diz que agora depende de nós descobrir... ou *nós* seremos as próximas.

– O que isso quer dizer? – Emily fincou sua bota em um monte de neve.

– Quer dizer que nós temos que provar quem é o verdadeiro assassino de Ali – respondeu Aria de forma franca. – Ou sofrer as consequências.

—Você acha que o assassino é a quem Ian se refere na mensagem instantânea? – perguntou Spencer. – As pessoas que o odiavam? As pessoas que descobriram que ele sabia demais? – Mas quem odiaria Ian? – Emily coçou a cabeça. – Todo mundo em Rosewood adorava ele.

Hanna perdeu a calma.

– Meninas, isso é uma estupidez. Eu realmente não estou com a menor paciência para brincar de Veronica Mars. – Ela abriu a bolsa, tirou um iPhone do bolso interno e o ligou. – A melhor forma de ficar longe de A é fazer o que eu fiz: comprem um telefone novo, com um número novinho em folha. *Voilà*, A não pode mais nos encontrar.

Ela começou a tocar no visor do telefone.

Emily trocou um olhar preocupado com as outras meninas.

– A já entrou em contato conosco de outras formas, Hanna.

Hanna tirou uma mecha de cabelo da frente dos olhos, ainda digitando uma mensagem.

– Essa A nova? Não.

– Só porque ele não fez isso até agora, não quer dizer que *não fará* – disse Spencer com firmeza.

Hanna bateu as mãos, parecendo incomodada, como se tivesse chegado a uma conclusão.

– Bem, se *Ian* é A, acho que não teremos que nos preocupar, porque não há como ele conseguir meu número novo.

Emily olhou para Hanna, estranhando a forma como a amiga parecia ter tanta certeza... Especialmente se Ian ainda *estivesse* em Rosewood.

– E aí, investigamos ou não? – perguntou Aria depois de um momento.

As meninas trocaram olhares. Emily não tinha ideia de como elas poderiam procurar o verdadeiro assassino de Ali. Elas não eram policiais. Não tinham experiência forense. Mas ela entendia o motivo de não poderem ir até a polícia. Depois de toda aquela confusão com o cadáver desaparecido de Ian, os policiais simplesmente ririam para elas e mandariam que parassem de tentar desperdiçar o tempo da polícia com histórias ridículas.

Ela olhou ao longo do pátio. Mais alunos do sexto ano se dirigiam para as salas de aula. Alguns se reuniam ao redor de um folheto em uma porta, conversando despreocupadamente.

— Eu vou encontrar um pedaço — disse uma menina morena com fivelas fluorescentes no cabelo.

— Sim, *tá bom* — disse sua amiga, uma menina asiática delicada com um rabo de cavalo alto. —Vocês nunca descobrirão o que dizem as pistas.

Emily apertou os olhos para ler o folheto, que dizia:

A Cápsula do Tempo está aqui! Você já começou a procurar?

— Lembra o quanto todo mundo ficou empolgado por causa da Cápsula do Tempo no primeiro ano em que nós pudemos participar? — murmurou Hanna, ouvindo a conversa das meninas também.

Aria apontou para o bicicletário perto da entrada do sexto ano.

— Foi lá que Ali disse que sabia onde estava uma das partes da bandeira.

— Aquilo foi tão irritante — grunhiu Spencer, fazendo uma careta. — Ela trapaceou. Jason disse a ela onde estava. Ela nem teve que solucionar as pistas. Foi por isso que eu quis roubar a parte de Ali. Eu não achava que ela merecia ganhar.

— Mas você não chegou a roubá-la — disse Hanna.

— Porque alguém roubou primeiro. E nós nunca descobriremos quem foi.

Aria engasgou com a água que estava bebendo direto da garrafa. As outras meninas se viraram para olhar para ela.

— Eu estou bem — garantiu, ofegando.

O sinal do ensino médio tocou, e as meninas se dispersaram. Spencer saiu rápido, mal dizendo tchau. Hanna ainda se demorou um pouco por ali digitando em seu iPhone. Emily saiu andando com Aria. Por um tempo, o único som que ouviram vinha de seus sapatos esmagando as crostas de gelo no pátio.

Emily imaginou se Aria estaria pensando a mesma coisa que ela. Será que Ian estava falando a verdade? Outra pessoa estava por trás da morte de Ali?

— Você não vai acreditar em quem eu esbarrei ontem — disse Aria. — Jason DiLaurentis.

Emily parou. Seu coração disparou.

— Onde?

Aria enrolou o cachecol em volta do pescoço com mais firmeza, parecendo despreocupada.

— Matei aula. Jason estava esperando o trem para a Filadélfia.

Uma rajada de vento passou, fazendo o colarinho da camisa de Emily esvoaçar.

— Eu também vi Jason outro dia — disse ela, meio estridente. — Estacionei atrás dele e ele me acusou de bater em seu carro. Estava meio... *irritado.*

Aria olhou para ela com estranheza.

— O que você quer dizer?

Emily mexeu no ingresso do teleférico da estação de esqui que estava preso ao zíper de sua jaqueta. Ela suspeitava que Aria gostasse de Jason, e ela odiava falar mal das pessoas. Mas, bom, Aria precisava saber.

— Bem, ele meio que gritou comigo durante um tempo. E depois avançou para cima de mim, como se fosse me dar um soco.

— Você *bateu* no carro dele?

— Mesmo que eu tenha batido... era um arranhão minúsculo. Definitivamente, não valia a pena enlouquecer por aquilo.

Aria pôs as mãos nos bolsos.

— Jason provavelmente está muito sensível agora. Não consigo imaginar como isso deve ser para ele.

— Foi o que eu pensei também, mas... — Emily se interrompeu, olhando para Aria, preocupada. — Só tome cuidado, está bem? Lembre o que Jenna disse a você. Ali disse que tinha "problemas" com Jason. Ele poderia estar abusando de Ali, assim como Toby abusava de Jenna.

— Nós não sabemos se isso é verdade — retrucou Aria, seus olhos escurecendo. — Ali quis descobrir o segredo de Jenna a respeito de Toby. Ela diria qualquer coisa para fazer com que Jenna falasse. Jason não era nada além de meigo com Ali.

Emily desviou o olhar e encarou sem expressão o mastro de bandeira do outro lado do pátio. Ela não tinha certeza de que a relação entre os irmãos fosse assim. Lembrava-se dos gritos vindo de dentro da casa de Ali no dia em que elas foram até seu jardim para roubar o pedaço da bandeira da Cápsula do Tempo. Alguém ficara imitando a voz de Ali. E, em seguida, houve um som estridente e um *baque*, como se alguém tivesse sido empurrado. Jason saiu furioso da casa momentos depois, o rosto todo vermelho.

Na verdade, agora que ela pensou nisso, a primeira vez que Emily viu Ali, Jason a estivera provocando. Foi poucos dias antes de elas começarem o terceiro ano. Emily e sua mãe estavam na mercearia escolhendo caixas de suco e minipacotes de Doritos para os lanches da escola. Uma menina loura, linda, mais ou menos da mesma idade de Emily, passou atrás delas, saltitando até o corredor de cereais. Havia algo inebriante nela, provavelmente porque ela era tão descomplicada... coisa que a introvertida Emily não era.

Elas viram a menina outra vez na seção de congelados, verificando todas as caixas, tentando escolher o que queria. Sua mãe vinha logo atrás, empurrando o carrinho de compras, e um garoto, provavelmente em seus catorze anos, andava atrás das duas, absorto em seu Game Boy.

— Mãe, nós podemos comprar Eggos? — pediu a menina, abrindo a porta de um congelador, seu sorriso largo revelava que ela perdera um dente de leite. O adolescente virou os olhos, sem paciência.

— *Mãe, podemos comprar Eggos?* — imitou ele, sua voz aguda e malvada.

E em um estalo de dedos, a menina murchou. Seu lábio inferior tremia e ela fechou a porta do congelador com um *baque*. A mãe pegou o braço do garoto.

— Não faça isso!

O garoto deu de ombros e baixou a cabeça, mas Emily achou que ele merecia levar uma bronca. Ele arruinou a diversão da menina, simplesmente porque podia. Alguns dias depois, quando o terceiro ano começou, Emily percebeu que a menina na loja era Ali. Ela era nova em Rosewood Day, mas era tão bonita e cheia de brilho que todo mundo logo quis sentar ao lado dela no tapete durante o mostre-e-conte. Era difícil acreditar que alguma coisa a deixaria triste.

Emily chutou uma bola de neve na calçada, perguntando-se em silêncio se deveria contar isso a Aria. Mas, antes que chegasse a alguma conclusão, Aria murmurou um tchau rápido e apertou o passo na direção dos laboratórios de ciências, fazendo os protetores de orelha de seu gorro sacudirem.

Suspirando, Emily subiu lentamente as escadas até seu armário, desviando-se de um monte de garotos mais novos do time de luta livre que desciam as escadas em sua direção. Sim, ela sabia que Ali tinha um jeito de manipular as pessoas para descobrir seus segredos. E, sim, admitia que Ali sabia ser má. Emily também tinha sido vítima da sua maldade, especialmente quando Ali provocava Emily na frente das outras sobre a vez que a beijou na casa da árvore. Mas Jenna não era popular, não era amiga de Ali e não tinha nada que Ali pudesse querer. É claro que Ali era perversa, mas geralmente havia uma pitada de verdade no que dizia.

Emily parou na frente do seu armário. Enquanto estava pendurando seu casaco, ouviu um pequeno riso abafado atrás dela. Ela se virou, olhando para o fluxo de estudantes que seguiam para suas salas de aula. Uma garota familiar surgiu em seu campo de visão. Não era ninguém mais, ninguém menos do que Jenna Cavanaugh. Ela estava de pé na porta da sala de Química II, seu cão-guia ao lado. Emily se arrepiou. Era como se apenas por pensar em Jenna, Emily a tivesse conjurado.

Uma sombra se mexeu atrás de Jenna, e a ex-namorada de Emily, Maya St. German, apareceu na porta também. Emily mal falara com Maya desde que elas terminaram, quando Maya a pegou beijando Trista, uma garota que conhecera quando seus pais a enviaram para viver com os tios, em Iowa. Pelo olhar lívido no rosto de Maya, não parecia que ela havia perdoado Emily. Maya sussurrou algo no ouvido de Jenna antes de olhar para Emily no corredor cheio. Sua boca se transformou em um sorriso maldoso. Os olhos de Jenna estavam escondidos atrás de seus óculos escuros Gucci, mas seu rosto estava sério.

Batendo a porta de seu armário com força, Emily seguiu pelo corredor sem nem mesmo pegar os livros dos quais precisava para as aulas da manhã. Quando olhou para trás, Maya balançava os dedos.

Tchau, Maya gesticulou de um jeito sarcástico, seus olhos brilhando de maldade e prazer, como se soubesse precisamente o quanto estava fazendo Emily sofrer.

11

O BEBÊ MAIS ARRUMADINHO DE ROSEWOOD

Na tarde de quarta-feira, Aria entrou no vestíbulo da casa nova que Byron e Meredith haviam acabado de comprar. Ela precisava admitir que o lugar era, de fato, bem charmoso. Um bangalô rústico em um canto afastado da rua, com piso castanho, castiçais de bronze pitorescos e arandelas. Como Meredith prometera, havia um quarto de sótão com excelente luz para pintura.

O único problema era que ela conseguia ver, da janela de seu quarto, o cata-vento que ficava no telhado da casa de Ian. Além disso, tinha uma visão da clareira onde ela e as amigas encontraram o cadáver dele – que aparentemente não passava de um embuste. Os carros de polícia e os equipamentos de busca tinham sido levados embora, mas em certos trechos do solo ficava claro que a terra havia sido revolvida, e várias pegadas de bota deixaram suas marcas na lama. Agora que Aria sabia que Ian provavelmente ainda estava vivo, rondando Rosewood, ela não conseguia sequer olhar na direção da floresta sem se sentir mal. E quando ficara na varanda da frente, mais cedo, esperando Meredith destrancar a porta, ela jurara que vira com o canto dos olhos o vulto de alguém desaparecendo atrás de uma casa no fim da rua sem saída. Mas quando deu um passo para trás para ver melhor, não havia ninguém ali.

Byron enviara o pessoal da mudança à casa de Ella naquela manhã para pegar algumas coisas no quarto de Aria.

Na noite anterior, Aria havia finalmente ligado para Ella e dado a notícia de que iria morar com Byron por um tempo, para conhecer Meredith melhor. Ella fizera uma pausa, provavelmente lembrando-se da ocasião em que Aria pintara um *"A"*, de "adúltera", na blusa de Meredith, e em seguida perguntou se Aria estava chateada com alguma coisa.

– Claro que não! – respondeu Aria rapidamente.

Ella disse que gostaria muito que Aria ficasse na casa dela e perguntou se havia algo que poderia fazer para deixá-la mais feliz. *Sim, você poderia se livrar de Xavier*, Aria queria sugerir.

Por fim, Aria contornou as coisas dizendo que deixaria parte de sua mobília e de suas roupas no quarto antigo e que alternaria seus dias entre a casa de Ella e a de Byron. Não queria que Ella pensasse que a estava abandonando, porque não era nada disso. De qualquer forma, quão difícil poderia ser evitar Xavier? Aria ficaria na casa de Ella nos dias em que tivesse certeza de que ele não estaria lá, como quando ele estivesse fora da cidade para uma exposição.

O pessoal da mudança havia deixado as caixas mais leves no vestíbulo e Aria estava levando cada uma delas para o seu quarto. Quando estava se inclinando para pegar uma caixa marcada como *Frágil,* Meredith colocou um envelope branco no bolso da calça jeans skinny de Aria.

— Correspondência para você! — cantarolou ela e em seguida saiu saltitando pelo corredor, com o esfregão nas mãos.

Aria pegou o envelope. Seu nome estava impresso em uma etiqueta verde. E não havia endereço de remetente. Ela teve um calafrio, pensando no que Emily dissera a Hanna. *A entrou em contato conosco de outras formas.* Ela não estava preparada para uma nova rodada de mensagens ameaçadoras.

Dentro do envelope, encontrou um convite e dois ingressos cor de laranja para uma festa em um hotel novo chamado Radley. Havia um bilhete anexado.

Aria, já estou com saudade de você!
Quando você estará de volta à nossa casa?
Enfim, uma das minhas pinturas foi escolhida para ficar em exposição no saguão desse hotel! Aqui estão dois convites para a abertura.
Por favor, encontre comigo e com Xavier lá!
Amor, Ella.

Aria enfiou os papéis de volta no envelope, sentindo seu coração afundar. Pelo jeito, evitar Xavier seria mais difícil do que imaginara.

Ela subiu as escadas e entrou em seu quarto pequeno e aconchegante. Aquele era o quarto que sempre desejara, com claraboias sobre a cama, um assento confortável junto à janela, e piso de madeira ligeiramente inclinado. Se ela colocasse um lápis na ponta do quarto, ele rolaria devagarinho para a outra ponta. Havia caixas com as coisas de seu antigo quarto empilhadas até o teto, e os bichos de pelúcia de Aria estavam espalhados na cama de plataforma que seus pais haviam comprado para ela em uma loja na Dinamarca. Ela pendurara a maioria de suas roupas em um armário antigo que Byron tinha comprado no site Craigslist, e arrumara suas camisas, sutiãs, calcinhas e meias na gaveta de baixo. Ainda tinha que encontrar um lugar para arrumar seus novelos de lã, cobertores, sapatos pequenos demais, e jogos de tabuleiro de seu armário antigo.

Mas não estava com vontade de fazer nada disso agora. Tudo o que queria era se jogar na cama e pensar no encontro do dia anterior com Jason DiLaurentis. Será que ele realmente flertara com ela? Por que seu humor havia mudado tão rapidamente? Foi por causa da reportagem do corpo de Ian na televisão?

Aria se perguntou se Jason tinha amigos na cidade. No ensino médio, ele costumava passar muito tempo sozinho, ouvindo música, lendo ou divagando. Ali havia partido, perdendo o último ano de Jason, e Aria mal o vira desde então. Depois do verão, Jason se mudou para Yale o mais rápido possível e, se ele voltou à cidade para visitar os pais depois disso, ela não ficou sabendo.

Como será que ele estava lidando com toda essa história sobre Ali? Ele teria alguém com quem pudesse conversar a respeito? Pensou no que Emily contara quando estavam nos balanços, que Jason gritara com ela por causa de uma batida em seu carro. Emily parecia preocupada, mas Aria não conseguia imaginar o que seria capaz de fazer se alguém matasse Mike. Era provável que ela também ficasse furiosa por causa de um para-choque amassado. Então uma familiar caixa de tênis Puma no chão chamou sua atenção. *Antigos relatórios de livros*, dizia a etiqueta. Aria respirou fundo. A caixa estava amassada, as letras nas laterais já estavam sumindo. A última vez que Aria olhara dentro da caixa fora no sábado em que ela e as outras garotas foram até o jardim de Ali para roubar o pedaço da bandeira que ela encontrara.

Aria havia enterrado a lembrança do que aconteceu naquele dia por tanto tempo... Mas agora que se permitia pensar no assunto, cada detalhe sensorial estava voltando, e era tudo muito nítido. Lembrou-se de Ali dando as costas para ela e entrando em casa, o cheiro de seu sabonete de baunilha flutuando atrás dela. Ela se lembrou de ter saído correndo pela floresta para chegar à sua casa, o gramado ainda molhado por causa das chuvas de poucos dias antes. Lembrou-se de como as folhas nas árvores ainda estavam verdes, e da sombra que projetavam para protegê-la do sol de fim de verão. A floresta tinha cheiro de pinho e outras coisas... Talvez cigarro. Ao longe, podia ouvir um cortador de grama sendo usado. Galhos quebraram. Arbustos farfalharam. Aria viu a camisa preta de Jason e o cabelo louro, e prendeu a respiração. Ela fantasiara ver Jason naquele dia... E lá estava ele. Não sabia o que fizera seus olhos irem até o pedaço de bandeira pendurado em seu bolso. Quando Jason viu o que ela estava olhando, pegou a bandeira e estendeu para ela, sem dizer uma palavra.

Em um minuto, estava em minha bolsa, no outro, tinha desaparecido, Ali contara a elas. Por que Jason pegara a bandeira de Ali? Aria quis pensar que fora por uma questão prática e ética, não apenas para ser cruel. Não havia possibilidade de Jason abusar de Ali, como Jenna havia sugerido, como Emily parecia acreditar. Na verdade, Jason sempre parecera um protetor feroz de

Ali. Ele havia surgido do nada para intervir quando Ali e Ian estavam conversando no pátio, no dia em que a Cápsula do Tempo foi anunciada. No dia que elas iriam tentar roubar a bandeira de Ali, Emily as fizera ficar em silêncio para que ouvissem os gritos que vinham de dentro da casa de Ali. Pouco depois, Jason saiu da casa, aparentando estar muito irritado com alguma coisa. Quando Ali finalmente saiu para falar com elas, parecia preocupada, olhando nervosa na direção da casa. Se ela tivesse problemas com Jason, não deveria ter ficado aliviada por ele ter saído?

Naquela manhã, Spencer dissera que queria roubar o pedaço da bandeira de Ali porque achava que ela havia trapaceado para vencer. Talvez Jason tivesse se sentido culpado por também trapacear. Talvez tivesse pedido a Ali para ficar de boca fechada sobre ele ter revelado o esconderijo do pedaço da bandeira e, ao ver a irmã se gabar para todo mundo no pátio, tivesse ficado louco da vida.

Aria se abaixou perto da caixa, sentindo todo seu corpo formigar. Tanto tempo se passara desde que ela olhara para aquele pedaço de bandeira que quase se esquecera de como Ali a havia decorado. A tampa da caixa quase se desfez quando ela a pegou. Uma nuvem de poeira se dispersou no ar.

— Aria? — A voz de Byron veio lá de baixo. — Desça para o chá de bebê de Meredith!

Aria ficou paralisada. A ponta da bandeira azul-brilhante era visível debaixo de um monte de papéis.

— Estou indo — gritou ela, aliviada por ter sido interrompida.

Na sala de estar, ela viu Meredith, Byron, um grupo de homens desmazelados que Aria reconhecera como colegas de Byron na universidade de Hollis, e algumas garotas de vinte e poucos anos, vestindo calças de ioga ou jeans rasgados. Uma cafeteira francesa, garrafas de vinho e água com gás, e um prato grande de sanduíches de homus de pepino estavam sobre a mesa, e havia uma pilha grande de presentes próxima ao sofá.

Em seguida, alguém à esquerda de Aria tossiu. Mike estava sentado no canto do sofá com uma morena muito bonita ao seu lado. Aria piscou, paralisada por um instante. Aquela era a futura meia-irmã de Hanna, Kate.

– Hum, oi? – disse Aria, cautelosa. Kate sorriu de maneira presunçosa. O sorriso de Mike era ainda mais presunçoso.

Ele colocou a mão sobre a perna de Kate, e ela *permitiu*. Aria franziu a testa, pensando que, talvez, seu cérebro tivesse sido danificado pela nuvem de poeira que acabara de enfrentar.

Um som de saltos altos veio do vestíbulo, e Aria virou em tempo de ver Hanna entrar. Ela usava um vestido de seda verde decotado e seu pedaço da bandeira da Cápsula do Tempo envolvia sua cintura como se fosse um cinto. Carregava uma caixa embrulhada em um papel estampado com cegonha. Aria ia dizer olá, mas Hanna não estava olhando em sua direção. Ela estava olhando para Kate.

Hanna estava boquiaberta.

– Oh.

– Oi, Hanna! – acenou Kate. – Que legal que você veio.

– Você não foi convidada – disse Hanna.

– Sim, fui. – O sorriso de Kate não cedeu nenhum milímetro.

Um músculo sob o olho direito de Hanna tremeu. Uma onda de rubor subiu de seu pescoço até as bochechas. Aria olhava de uma menina para a outra, perplexa e um pouco confusa.

Meredith pareceu espantada.

– Mike, você trouxe *duas* garotas?

– Ei, é uma festa – disse Mike, dando de ombros. – Quanto mais, melhor, certo?

– É o que eu sempre digo! – gralhou Kate.

Quando a supermagra Kate sorria daquele jeito, ela fazia Aria se lembrar da foto de um gibão-fêmea gritando de um pôster da *National Geographic* que ainda estava pendurado na porta de seu quarto. Hanna definitivamente era a mais bonita das duas.

Hanna deu meia-volta, andou na direção de Meredith e estendeu a mão.

– Hanna Marin. Sou uma antiga amiga da família.

Ela entregou seu presente para Meredith, que o colocou sobre a pilha com as outras coisas. Hanna encarou Kate e depois sentou ao lado de Mike, espremendo-se para que eles pudessem ocupar uma mesma almofada.

Kate olhou para a bandeira em volta da cintura de Hanna.

– O que é isso? – Ela apontou para o borrão preto que Hanna havia desenhado.

Hanna lançou-lhe um olhar arrogante.

– É um sapo de mangá. *Dããã.*

Aria se sentou na cadeira de balanço, sentindo-se muito esquisita.

Ela captou o olhar de Hanna, apontou para seu telefone e começou a digitar uma mensagem para ela. Durante a manhã, um tanto relutante, Hanna dera a ela e às outras meninas o número de seu iPhone.

O que vc tá fazendo aqui?

O telefone de Hanna tocou. Ela leu a mensagem, olhou para Aria e digitou. Segundos depois, o telefone de Aria tremeu.

Pq vc não nos contou que estava se mudando para 4 portas da casa de Ian?

Aria leu e respondeu. Hanna não conseguiria se desviar daquela pergunta tão fácil.

Também acabei de descobrir. E aí, vc gosta de Mike?

Hanna respondeu:

Talvez. Esse cara você não pode roubar de mim.

Aria cerrou os dentes. Hanna estava se referindo ao último outono, quando ela ficou com o ex de Hanna, Sean Ackard. Hanna ainda achava que Aria roubara Sean dela.

Meredith começou a abrir sua grande pilha de presentes, expondo todos na mesa de centro. Até aquele momento, ela recebera um monte de brinquedos, uma manta e uma bomba de tirar leite, de Mike. Quando pegou um pacote embrulhado com papel listrado, Kate se endireitou no sofá.

— Oh, esse é meu! — Ela esfregou as mãos, alegre. Hanna franziu a testa.

Meredith sentou no sofá e abriu a caixa.

— Oh, meu Deus — suspirou ela, erguendo um *body* cor de creme de uma camada de papel de seda rosa.

– É caxemira orgânica da Mongólia – disse Kate. – É totalmente ecológico.

– Muito obrigada. – Meredith passou o *body* no rosto. Byron o sentiu com os dedos, concentrado e solene, como se fosse grande conhecedor de caxemira. Camisas de algodão velhas e calças de pijama de flanela eram mais seu tipo.

Hanna ficou de pé abruptamente, deixando escapar um pequeno grunhido.

–Você xeretou no meu quarto?

– Perdão? – disse Kate, arregalando os olhos.

–Você *sabia!!* – berrou Hanna. – Passei horas procurando pelo presente perfeito.

– Eu não sei do que você está falando. – Kate deu de ombros.

Naquele momento, Meredith estava abrindo o presente com estampa de cegonha que Hanna havia comprado. Dentro dele, havia outra caixa da Sunshine.

– Ah! – disse Meredith toda simpática, erguendo um *body* de caxemira idêntico, em um papel de seda rosa também idêntico. – É lindo. De novo.

– *Bodies* de caxemira nunca são demais! – Tate, um dos colegas de Byron em Hollis, gargalhou, enquanto um pouco de homus pingava em sua barba desleixada.

Kate riu, como se também achasse aquilo muito engraçado.

– Mentes incríveis pensam da mesma forma, eu acho – disse ela, o que fez o rosto de Hanna se contorcer de raiva. Mike virava a cabeça de uma para a outra. Ele estava obviamente adorando todo aquele drama à sua volta.

De repente, Aria percebeu um vulto escuro se mexendo do lado de fora da janela da frente. Calafrios percorreram seus braços. Alguém estava no jardim, observando a festa. Ela olhou ao redor da sala, mas ninguém além dela pareceu perceber. Disfarçando, levantou e seguiu pelo corredor. Seu coração batia acelerado quando ela virou a maçaneta e saiu. A vizinhança estava funebremente calma, e o ar cheirava à lenha queimada.

O céu estava ficando escuro, e a lâmpada no fim da nova rua de Aria formava um tênue círculo dourado no gramado. Quando ela viu o vulto outra vez, perto da caixa de correio, pulou para trás.

Ainda bem, não era Ian. Era...

– Jenna? – disse ela cuidadosamente.

Jenna Cavanaugh estava vestindo um pesado e escuro casaco acolchoado, luvas também escuras, e um chapéu cinza com protetores de orelhas. A língua de seu *golden retriever* estava para fora. Ela inclinou a cabeça na direção do som da voz de Aria e abriu a boca.

– É Aria – explicou ela. – Eu me mudei para a casa do meu pai ontem.

Jenna acenou com a cabeça de maneira discreta.

– Eu sei. – Ela não se mexeu. Havia uma expressão de culpa em seu rosto.

– Você está... bem? – perguntou Aria depois de um momento, com o coração disparado. – Precisa de alguma coisa?

Jenna ajeitou seus enormes óculos Gucci sobre o nariz. Era estranho ver alguém usando óculos escuros à noite. Parecia que ela ia dizer alguma coisa, mas então ela se virou, acenando.

– Não.

– Espere! – Aria gritou, mas Jenna continuou andando. Os pingentes na coleira do cão tilintavam. Seus sapatos não fizeram barulho. Depois de um momento, tudo que Aria conseguia ver de Jenna era sua bengala branca brilhando, tateando lentamente de um lado para o outro até o fim da rua.

12

CORTEM-LHE A CABEÇA!

Na noite de quarta-feira, Emily arrumou quatro pratos bege sobre a mesa quadrada na sala de jantar dos Colbert. Quando chegou à prataria, parou, intrigada. As facas iam ao lado dos garfos, ou das colheres? Os jantares de sua família eram casuais, sem nenhuma formalidade. Aliás, era comum que sua irmã, Carolyn, e ela, jantassem depois dos pais por causa dos treinos de natação.

Isaac apareceu, vindo da cozinha, os olhos parecendo mais azuis em seu suéter de gola em V apertado e calças jeans. Ele pegou a mão de Emily e pressionou algo macio contra ela. Emily olhou a palma de sua mão. Era um anel de cerâmica azul-petróleo.

— Por que está me dando isso?

Os olhos de Isaac estavam brilhantes.

— Por nada. Porque eu amo você.

Emily apertou os lábios, toda derretida. Ninguém que ela tivesse namorado antes havia lhe dado um presente.

— Eu amo você também — disse ela, colocando o anel em seu dedo indicador, onde encaixava melhor.

Ela não conseguia parar de pensar no que havia acontecido entre eles no dia anterior. Parecia surreal, mas maravilhoso também. Uma distração excelente para fazê-la esquecer o retorno de A. Durante todo o dia na escola, Emily tinha dado escapadelas até o banheiro feminino para se olhar no espelho procurando mudanças. Toda vez era a mesma Emily de sempre que a olhava de volta no espelho, com as mesmas sardas, os mesmos olhos castanhos grandes, o mesmo nariz arrebitado. Ela continuava esperando ver em si mesma um brilho especial ou um sorriso mais adulto, algo que indicasse uma transformação. Gostaria de poder agarrar Isaac, beijá-lo com força e sussurrar que ela gostaria de fazer aquilo de novo. *Logo.*

Um estrondo vindo da cozinha quebrou os devaneios de Emily em um milhão de pedaços. Não que ela ousasse dizer aquilo para Isaac *naquele momento,* claro. Não com os pais dele por perto.

Isaac pegou os talheres das mãos de Emily e começou a arrumá-los perto dos pratos, colheres perto das facas à direita. Garfos sozinhos à esquerda.

— Você parece um pouco nervosa — disse ele. — Não se preocupe. Eu disse aos meus pais para não trazer o assunto da Ali à tona.

— Obrigada — respondeu Emily, tentando sorrir.

Responder perguntas sobre Ali era o menor de seus problemas nesta noite. Emily estava mais preocupada com o que, exatamente, a sra. Colbert havia escutado na noite anterior. A mãe de Isaac a cumprimentara de forma fria quando ela chegou para o jantar. E há poucos instantes, ao sair do lavabo, Emily jurou que a sra. Colbert olhava para ela como se a estivesse julgando, como se pensasse que Emily se esquecera de lavar as mãos.

Emily escapou até a cozinha para ajudar a mãe de Isaac a levar a carne assada, a caçarola de brócolis e o purê de batatas com alho e pãezinhos para a mesa.

O sr. Colbert entrou na sala de jantar, afrouxando a gravata. Depois que a família fez as preces, a sra. Colbert colocou a carne assada na frente de Emily, olhando-a diretamente pela primeira vez naquela noite.

— Aqui está, querida. — disse a sra. Colbert, dando um sorriso esquisito. — Você gosta de carne, não gosta?

Emily piscou. Era impressão dela, ou a mãe de Isaac parecia um pouco... irônica? Ela olhou para o namorado para ver se ele também achava aquilo meio estranho, mas ele estava inocentemente escolhendo um pãozinho na cesta de vime.

— Hã... Obrigada — disse Emily, estendo o prato para a sra. Colbert. Ela *gostava* de carne. Do tipo, hã, que se come.

— Bem, Emily — disse sr. Colbert enfiando uma grande colher na tigela do purê —, andei perguntando sobre você a alguns de meus funcionários do bufê. Aparentemente, você tem uma reputação.

A sra. Colbert fez um barulho discreto. O garfo de Emily tilintou no prato. O único barulho vinha do exaustor sobre o fogão.

— E-eu tenho?

— Todo mundo disse que você é uma ótima nadadora — concluiu o sr. Colbert. — Está bem classificada no ranking nacional em nado borboleta. Isso é incrível. Não é uma categoria fácil, é?

— Ah! — Tremendo, Emily tomou um enorme gole de água.

— É, pois é. — O que ela esperava? Que o sr. Colbert fosse perguntar a ela como era sair com garotas? — Sim, é uma categoria difícil, mas por alguma razão sou naturalmente rápida nela.

A sra. Colbert murmurou outra coisa entre os dentes. Emily poderia ter jurado que foi, "Você é naturalmente esperta, com certeza".

Emily abaixou o copo d'água. A mãe de Isaac mastigava com calma, observando Emily. Parecia que seus olhos estavam tentando atravessar a cabeça de Emily.

– O que foi que você disse, mãe? – perguntou Isaac.

A expressão da sra. Colbert mudou, e ela deu um sorriso agradável.

– Eu disse que Emily é naturalmente *modesta*. Tenho certeza de que ela trabalhou duro para se tornar uma boa nadadora.

– Muito. – Isaac sorriu.

Emily fitou seu monte de purê achando que iria enlouquecer. Fora mesmo *aquilo* que a sra. Colbert dissera?

Como sobremesa, a sra. Colbert trouxe para a mesa uma torta de maçã e uma jarra de café.

O sr. Colbert olhou para a esposa.

– A propósito, tudo certo para a festa neste sábado. Pensei que não fôssemos ter pessoas suficientes para trabalhar, já que a festa será muito grande, mas nós conseguimos.

– Ótimo – disse a sra. Colbert.

– Essa festa vai ser ótima – disse Isaac.

Emily pegou um pedaço de torta de maçã.

– Festa?

– Meu pai está fazendo o bufê da inauguração de um hotel novo, que fica fora da cidade – explicou Isaac. Ele pegou a mão de Emily sob a mesa.

– Era uma escola ou coisa do tipo, não era?

– Uma instituição psiquiátrica – interveio a sra. Colbert, enrugando o nariz.

– Não exatamente – corrigiu o sr. Colbert. – Era um lugar para crianças desajustadas, chamado The Radley. O hotel também vai ter esse nome. Os donos estão loucos da vida por terem marcado a inauguração para este fim de semana. As reformas ainda não acabaram! Mas os quartos que eles ainda não conseguiram terminar ficam nos andares superiores. Os convidados nem vão perceber. Mas vocês conhecem pessoal de hotelaria. Eles querem tudo perfeito.

– O hotel é realmente lindo – disse Isaac a Emily. – É como um castelo antigo. Tem até um labirinto no jardim. Eu adoraria que você fosse comigo.

– Claro – disse Emily, sorrindo. Ela colocou um pedaço de torta na boca.

– Vai ser um jantar – disse Isaac. – Mas também haverá bebidas e dança.

– Mas eles servirão apenas bebidas virgens para você, Emily. Você sabe, sem álcool – esclareceu a sra. Colbert.

A pele de Emily queimava. Bebidas virgens?

Ela olhou para Isaac, quase explodindo.

Ela sabe!, pensou Emily. *Ela definitivamente sabe.*

Isaac sorriu.

– Não se preocupe. Nós não bebemos.

– Ótimo – disse a sra. Colbert. – Eu me preocupo com vocês, crianças, indo a essas festas de adulto. Muitos dos garçons nem pedem identidade. – Ela suspirou de maneira dramática. – Pensei que você ficaria mais empolgado com a viagem da igreja para Boston na semana que vem do que com a inauguração do Radley, Isaac. Você nunca se interessou por festas de adulto antes.

A sra. Colbert olhou para Emily, como que dizendo que eram os modos pouco sérios e a natureza libertina dela que estavam corrompendo seu menino.

— Ei, eu sempre gostei de festas — se defendeu Isaac o mais rápido que pôde.

— Oh, deixe os meninos se divertirem, Margaret — disse o sr. Colbert de um jeito gentil. — Eles ficarão bem.

O telefone tocou e o pai de Isaac pulou para atendê-lo. Isaac pediu licença para ir ao banheiro e o sr. Colbert desapareceu no escritório.

Emily cortou sua torta em pedaços cada vez menores, suas mãos ágeis e seu rosto quente. O que estava acontecendo com ela? Será que estaria vendo coisas que não existiam? Aquilo tudo tinha que ser coisa de sua cabeça. A sra. Colbert não queria seu mal nem a estava provocando de forma alguma. Ela não era *A*.

Emily empilhou os pratos e levou tudo para a pia, esperando ser útil. Depois de alguns minutos de limpeza, sentiu o volume do telefone em seu bolso. Aquela seria uma hora oportuna para A escrever uma mensagem provocativa sobre o comportamento da Mamãezinha Querida de Isaac. Na verdade, talvez a sra. Colbert não *soubesse* o que Emily e Isaac fizeram no dia anterior... Mas A poderia tê-la avisado bem a tempo para o jantar daquela noite. Afinal de contas, como a antiga A, essa nova versão parecia saber de tudo, todo o tempo.

Mas não havia mensagem nenhuma no visor do Nokia de Emily. De repente, ela percebeu que, na verdade, desejava uma mensagem de A. Se A estivesse por trás daquilo tudo, pelo menos a mãe de Isaac seria uma vítima da sua ira manipuladora, em vez de ser uma ogra passivo-agressiva.

Ao ouvir a mãe de Isaac rir lá na sala, Emily olhou em volta. A sra. Colbert colecionava utensílios com tema de vaca assim como a mãe de Emily colecionava coisas de galinha. Elas tinham exatamente os mesmos ímãs de geladeira: uma casinha de teto de palha francesa, uma igreja com campanário alto e uma *boulangerie*. A sra. Colbert era uma mãe comum com uma cozinha comum, assim como a sra. Fields. Talvez Emily estivesse sendo muito dramática.

Emily juntou garfos, colheres e facas e secou tudo em um pano de prato, imaginando onde ficava a gaveta de talheres. Ela experimentou uma perto da pia.

Uma pilha AA rolou até a parte da frente. Havia tesoura, clipes de papel espalhados, uma luva de cozinha com estampa de vaca, e vários cardápios de comida para viagem presos juntos por um elástico lilás. Emily começou a fechar a gaveta, mas uma foto enfiada bem no fundo chamou sua atenção.

Ela a puxou. Isaac estava de pé no saguão, vestindo um terno meio largo que pertencia ao pai. Ele passava o braço em volta de Emily, que usava um vestido de cetim rosa, roubado do armário de Carolyn. Aquela fotografia havia sido tirada na semana anterior, quando eles estavam a caminho do evento beneficente de Rosewood Day. A sra. Colbert orbitava em volta deles, suas bochechas rosadas, os olhos brilhando.

– Vocês dois estão tão fofos! – dissera ela. Ela havia ajeitado a flor do vestido de Emily, refeito o nó da gravata de Isaac, e depois oferecido aos dois biscoitos de chocolate fresquinhos. A foto contava aquela história feliz... Exceto por uma coisa. Emily não tinha mais uma cabeça. Ela havia sido inteiramente cortada da foto. A tesoura cuidadosamente removera cada mecha do seu cabelo.

Emily fechou a gaveta rapidamente. Ela correu os dedos pelo pescoço, depois pelo maxilar e ao redor das orelhas, maçãs do rosto e testa. Sua cabeça ainda estava ali. Quando olhou pela janela da cozinha, tentando descobrir o que fazer, seu telefone tocou.

O coração de Emily afundou. Isso queria dizer que A estava envolvida naquilo também. Ela pegou o telefone com a mão tremendo. *Uma nova imagem.* Uma foto apareceu na tela.

Era uma foto antiga do quintal de alguém. O quintal de Ali. Emily reconheceu a casa na árvore no grande carvalho à esquerda. E havia Ali, seu rosto jovem, sorridente e iluminado. Ela estava vestindo um uniforme de hóquei da Liga Juvenil de Rosewood, o que indicava que a foto era do quinto ou do sexto ano. Depois disso, Ali jogara no time de Rosewood Day. Havia outras duas garotas na fotografia. Uma delas era loura e estava praticamente escondida por uma árvore. Tinha que ser Naomi Zeigler, uma das melhores amigas de Ali na época. A outra garota estava de perfil. Seu cabelo era escuro, sua pele clara e seus lábios vermelhos.

Jenna Cavanaugh.

Emily olhou para o telefone, intrigada. Onde estava a chantagem? Onde estava a mensagem do tipo "*Peguei você! Mamãe acha que você é uma vadia!*"

Por que A não estava se comportando como... A?

Abaixo da foto, havia uma mensagem. Emily leu quatro vezes, tentando entender.

Uma dessas coisas não se encaixa.
Descubra o que é rápido... ou enfrente as consequências.

– A

13

AQUELA LIGAÇÃO TÃO ESPECIAL ENTRE MÃE E FILHA

Naquela mesma tarde de quarta-feira, Spencer tomou o trem-bala da Amtrak Acela na estação da rua 30, acomodou-se em uma poltrona macia junto à janela, ajustou o cinto de seu vestido de lã cinza e tirou um pedaço de grama seca da ponta de uma de suas botas Loeffler Randall. Passara mais de uma hora escolhendo as roupas, e esperava que o vestido transmitisse as imagens de *jovem fashionista*, *moça séria*, e *sou uma filha biológica maravilhosa!* Era um equilíbrio difícil de conseguir.

O condutor, um homem grisalho de ar bondoso, vestindo o uniforme azul e vistoso da Amtrak, examinou a passagem de Spencer.

— Indo para Nova York?

— Hã-rã — respondeu ela.

— A negócios ou diversão?

Spencer umedeceu os lábios.

—Vou visitar minha mãe — murmurou.

O condutor sorriu. Uma mulher idosa, do outro lado do corredor, sorriu com aprovação. Spencer rezou para que nenhuma das amigas de sua mãe e nenhum dos parceiros de negócios de seu pai estivessem, por coincidência, no trem. Não era como se quisesse que os pais soubessem o que ela estava fazendo.

Ela tentara confrontar sua família a respeito de ser adotada mais uma vez, antes de partir. Seu pai estava trabalhando em casa e Spencer ficou parada na porta do escritório dele, observando enquanto ele lia o *New York Times* pela internet. Quando ela limpou a garganta, o sr. Hastings se virou. Ele pareceu quase alegre ao vê-la.

– Spencer? – disse ele, com certa preocupação na voz. Era como se ele tivesse temporariamente esquecido que deveria odiá-la. Toneladas de palavras passaram pela cabeça de Spencer. Ela queria perguntar ao pai se aquilo poderia mesmo ser verdade. Queria perguntar a ele por que nunca havia lhe contado. Ela queria perguntar se era por aquele motivo que eles a tratavam como lixo, boa parte do tempo... Porque ela não pertencia de verdade àquela família. Mas perdera a coragem.

Agora, seu celular estava tocando. Spencer retirou o aparelho do compartimento externo de sua bolsinha de mão. Era uma mensagem de Andrew.

Quer passar aqui em casa?

Um trem da Amtrak que ia na direção oposta passou fazendo um grande barulho.

Spencer abriu a janelinha de resposta.

Vou jantar com a minha família, sinto muito, digitou ela.

Não era uma *completa* mentira. Ela queria contar a Andrew sobre Olivia, mas estava com medo; se lhe contasse, ele ficaria esperando ansiosamente naquela noite, louco para saber como tinha sido o encontro. Mas e se as coisas fossem mal? E se Spencer e Olivia se odiassem? Ela já se sentia vulnerável o suficiente.

O trem continuou a avançar.

Um homem na frente de Spencer colocou de lado uma parte do jornal que lia e ela observou que havia mais uma história sobre Rosewood. *Será que a investigação inicial do desaparecimento DiLaurentis falhou?*, anunciava uma manchete. *Estaria a família DiLaurentis escondendo algo?*

Spencer puxou a aba de seu boné Eugenia Kim, bordado à mão, por cima dos olhos e se afundou ainda mais na poltrona. Aquelas histórias loucas nunca paravam de ser publicadas. Mesmo assim, e se os policiais que iniciaram a investigação do desaparecimento de Ali, havia mais de três anos, *tivessem* deixado escapar algo importante? Ela pensou nas mensagens de Ian.

Eles descobriram que eu sei. Entende por que eu tive que fugir? Eles me odiavam. Você sabe disso.

Era tudo muito confuso. Primeiro, Ian pensara que estava enviando mensagens para Melissa, não para Spencer. Isso queria dizer que Melissa saberia quem odiava Ian... E por quê? Teria Ian compartilhado suas suspeitas sobre o assassinato de Ali com ela? Mas se Melissa sabia de uma história alternativa sobre o que aconteceu com Ali na noite em que ela morreu, por que não tinha ido a público com a informação?

A menos que... alguém estivesse assustando Melissa, forçando-a a se calar. Spencer havia telefonado várias vezes para a irmã nas últimas quarenta e oito horas, ansiosa para perguntar a Melissa se ela sabia de alguma coisa a mais.

Mas Melissa não retornara nenhuma das ligações.

A porta que conectava dois vagões do trem se abriu, e uma mulher usando um terninho azul-escuro atravessou o corredor, carregando uma caixa de papelão contendo copos de café e garrafas de água mineral.

Spencer encostou a cabeça na janela, observando as árvores sem folhas e os velhos postes de telefone passarem por ela. E o que Ian quisera dizer quando escreveu "*Eles me odiavam*"?

Aquilo teria alguma coisa a ver com a fotografia que Emily reenviara a Spencer, cerca de meia hora antes, a antiga foto de Ali, junto a uma parcialmente escondida Naomi Zeigler e Jenna Cavanaugh, no quintal de Ali?

A mensagem de texto que acompanhava a foto, enviada por A, dava a entender que era uma pista... Mas de quê? Tudo bem, era estranho que Ali estivesse na companhia da sem graça da Jenna Cavanaugh, mas a própria Jenna contara a Aria que ela e Ali eram amigas, mas que ninguém sabia.

E o que tudo aquilo teria a ver com Ian?

Apenas uma lembrança de alguém que pudesse odiar Ian veio à mente de Spencer. Quando ela e as outras invadiram o quintal de Ali para roubar a bandeira da Cápsula do Tempo, Jason DiLaurentis saíra correndo de casa e ficara parado no meio do quintal, olhando com raiva para Melissa e Ian, que estavam sentados na beirada da banheira de hidromassagem. Eles tinham começado a sair juntos havia pouco tempo. Spencer se lembrava de como Melissa tinha se torturado para escolher a bolsa e o sapato perfeitos para o primeiro dia de aulas, ansiosa para impressionar o novo namorado.

Depois que Ali as dispensara e Spencer voltara para casa, ela ouvira o novo casal cochichando na sala de estar.

— Ele vai superar — dissera Melissa.

— Não é com ele que eu estou preocupado — respondera Ian. Em seguida ele murmurou algo que Spencer não conseguira ouvir.

Eles estariam falando sobre Jason... Ou sobre outra pessoa? Pelo que Spencer havia entendido, Jason e Melissa não eram exatamente amigos. Eles tinham algumas aulas juntos. Às vezes, quando Melissa estava doente, Spencer tinha que ir até a casa dos vizinhos e pegar as lições de casa com Jason, mas ele nunca fizera parte da turma que alugava limusines para festas da escola, ou passava as férias de primavera em Cannes, Cabo San Lucas ou Martha's Vineyard. Jason circulava com alguns garotos do time de futebol — eles eram famosos por inspirar o jogo "Esse Não" que Ali, Spencer e as outras jogavam —, mas o irmão de Ali parecia precisar de bastante espaço pessoal. Na maior parte do tempo, Jason nem sequer saía com a família. As famílias Hastings e DiLaurentis eram sócias do Clube de Campo de Rosewood, e ambas frequentavam religiosamente os almoços dominicais... Exceto Jason, que faltava todas as vezes.

Spencer se lembrava de Ali mencionando que os pais dela deixavam que Jason fosse sozinho para a sua casa do lago, nas montanhas Poconos, durante os finais de semana; seria para lá que ele ia todos aqueles domingos? Qualquer que fosse a resposta, os DiLaurentis não pareciam se importar com a ausência dele, aproveitando o almoço alegremente, saboreando ovos Benedict, bebericando mimosas e paparicando Ali. Era quase como se eles tivessem apenas uma filha, e não dois filhos.

Spencer fechou os olhos, ouvindo enquanto o trem apitava. Estava muito cansada de pensar sobre tudo aquilo. Talvez quanto mais longe ela estivesse de Rosewood, menos tudo aquilo importasse.

Depois de algum tempo, o trem diminuiu de velocidade.

— Estação Penn — anunciou o condutor.

Spencer apanhou sua bolsa e se levantou, os joelhos tremendo.

Isto está realmente acontecendo.

Ela seguiu a fila de passageiros pelo corredor estreito, até chegar à plataforma, e subiu as escadas rolantes que levavam ao saguão principal.

A estação cheirava a pretzels, cerveja e perfume. Um locutor anônimo anunciou, pelo sistema de som, que o trem para Boston acabara de encostar no portão 14 Leste. Um grupo de pessoas correu na direção do 14 Leste ao mesmo tempo, quase derrubando Spencer. Ela olhou em volta, ansiosamente. Como poderia encontrar Olivia naquela multidão? Como Olivia a reconheceria? Que diabos elas diriam uma para a outra?

Em algum lugar, em meio ao alvoroço de pessoas, Spencer ouviu uma risadinha alta e familiar. Foi quando ela considerou a pior das possibilidades: e se Olivia não existisse? E se aquilo tudo fosse uma brincadeira cruel, criada por A?

— Spencer? — perguntou uma voz.

Spencer se virou.

Uma jovem mulher loura, usando um suéter de caxemira cinza J. Crew e botas de montaria marrons, andava em sua direção. Carregava uma pequena bolsa de couro de cobra e uma grande pasta cheia de documentos. Quando Spencer levantou a mão, a mulher sorriu. O coração de Spencer parou. A mulher tinha o mesmo sorriso largo que Spencer via sempre que se olhava no espelho.

— Sou Olivia — declarou a mulher, tomando as mãos de Spencer. Até mesmo os dedos dela eram parecidos com os de Spencer, finos e magros. E Olivia tinha os mesmos olhos verdes e uma voz familiar, de contralto. — Eu soube que era você assim que desceu do trem. Eu simplesmente *soube*.

Os olhos de Spencer se encheram de lágrimas de alegria. E assim, simplesmente, todos os seus medos começaram a desaparecer. Aquilo parecia tão... *certo*.

— Vamos. — Olivia guiou Spencer para uma das saídas, desviando de um grupo de policiais do Departamento de Polícia de Nova York e de um cão farejador. — Tenho muitas coisas planejadas para nós.

O rosto de Spencer se iluminou. De repente, parecia que sua vida estava começando.

Era uma noite de janeiro estranhamente quente, e as ruas estavam cheias de pessoas. Elas pegaram um táxi para o West Village, para onde Olivia acabara de se mudar, e pararam na loja Diane von Furstenberg, uma das favoritas de Olivia... e de Spencer. Enquanto elas examinavam as araras, Spencer ficou sabendo que Olivia era diretora de arte de uma nova revista dedicada à vida noturna nova-iorquina. Ela nascera e fora criada em Nova York, e frequentara a Universidade de Nova York, NYU.

— Eu vou tentar uma vaga na NYU — anunciou Spencer alegremente. Na verdade, aquela era sua opção caso-tudo-dê-errado, ou tinha sido, quando ela ainda era a primeira aluna da classe.

— Eu adorei estudar lá — disse Olivia com orgulho. E em seguida, deixou escapar um pequeno *oh* de deleite, tirando um vestido verde-escuro de um cabide. Spencer riu... Ela acabara de escolher a mesma coisa.

Olivia corou.

— Eu sempre escolho roupas com este tom de verde — admitiu ela.

— Porque elas combinam com os nossos olhos — concluiu Spencer.

— Exatamente. — Olivia dirigiu a Spencer um olhar agradecido. Sua expressão parecia dizer *estou tão feliz por ter encontrado você*.

Depois das compras, elas passearam pela Quinta Avenida. Olivia contou a Spencer que havia se casado recentemente com um homem muito rico, chamado Morgan Frick, em uma cerimônia privada nos Hamptons.

— Estamos partindo para a lua de mel em Paris esta noite, na verdade — disse ela. — Preciso pegar um helicóptero para ir até o avião dele, mais tarde. Está em um aeroporto particular em Connecticut.

— *Esta noite?* — Spencer parou, surpresa. — Mas onde está a sua bagagem?

— O motorista de Morgan vai levá-la para o aeroporto — explicou Olivia. Spencer concordou, interessada. Morgan devia ser riquíssimo, se tinha um motorista e um avião particular.

— É por isso que era tão importante que nos encontrássemos hoje — continuou Olivia. — Vou viajar por duas semanas, e eu não conseguia suportar a ideia de adiar nosso encontro até eu voltar.

Spencer concordou. Ela também não tinha certeza se poderia aguentar o suspense por mais duas semanas. A pasta que estava debaixo do braço de Olivia começou a escorregar, e ela levantou o quadril para impedir que caísse na calçada.

— Você não quer que eu carregue isto? — perguntou Spencer. A pasta caberia facilmente em sua bolsa enorme.

— Você poderia? — Olivia lhe entregou a pasta, agradecida.

— Obrigada. Isso estava me deixando louca. Morgan queria que eu trouxesse as informações sobre o nosso novo apartamento, para ele poder examiná-las.

Elas entraram em uma ruazinha lateral, passando por uma série de lindos prédios antigos. Os andares térreos estavam iluminados com uma luz dourada, e Spencer olhou para um grande gato que dormia em uma das janelas frontais. Ela e Olivia ficaram em silêncio e o único som que se ouvia era o dos seus saltos altos contra a calçada. Momentos de silêncio durante conversas sempre deixavam Spencer desconfortável, ela sempre pensava que a culpa fosse sua, então começou a tagarelar sobre suas conquistas. Ela marcara um total de doze gols na última temporada de hóquei e conseguira o papel principal em todas as peças da escola, desde o sétimo ano.

— E eu tiro dez em quase todas as matérias — se vangloriou e, em seguida, percebeu seu erro. Ela franziu o cenho, fechou os olhos e se preparou, certa do que viria.

Olivia sorriu.

— Isto é fantástico, Spencer! Estou muito impressionada.

Spencer abriu um dos olhos, cuidadosamente. Ela esperava que Olivia reagisse da mesma forma que sua mãe reagiria. "*Quase* todas as matérias?" Ela praticamente podia ouvir a censura na voz da sra. Hastings. "Em que matérias você não tirou dez? E por que está tirando somente dez? Por que não é dez *com mérito*?" E depois, Spencer se sentiria como lixo pelo resto do dia.

Mas Olivia não estava fazendo nada daquilo. Quem sabe, se tivesse ficado com Spencer, as coisas tivessem sido diferentes. Talvez hoje Spencer não fosse tão obsessivo-compulsiva a respeito de suas notas, nem se sentisse tão inferior em relação a outras pessoas, sempre desesperada para provar que era boa o suficiente, que merecia o suficiente, que era digna de amor. Ela nunca teria conhecido Ali. O assassinato de Ali seria apenas mais uma notícia de jornal.

– Por que você desistiu de mim? – Spencer deixou escapar.

Olivia parou na faixa de pedestres, olhando com um ar contemplativo para os edifícios altos do outro lado da rua.

– Bem... eu tinha dezoito anos quando tive você. Era jovem demais para ter um bebê, tinha acabado de começar a faculdade. Eu me torturei a respeito da minha decisão. Quando descobri que uma família rica de um subúrbio da Filadélfia estava adotando você, senti que tinha feito a escolha certa. Mas sempre imaginei como seria a sua vida.

A luz do semáforo mudou. Spencer desviou de uma mulher que caminhava com um cachorrinho pug e vestia um suéter de tricô branco, enquanto elas atravessavam a rua.

– Bem, meus pais sabem quem você é?

Olivia balançou a cabeça.

– Eu os investiguei, mas não nos encontramos. Eu queria que tudo fosse anônimo, e eles também. Eu chorei muito depois que a tive, pois sabia que teria que entregar você. – Ela sorriu tristemente e tocou o braço de Spencer. – Eu sei que não posso compensar dezesseis anos em uma visita, Spencer. Mas pensei em você durante toda a sua vida. – Ela desviou os olhos. – Me desculpe. Estou sendo sentimental demais, não é?

Os olhos de Spencer se encheram de lágrimas.

— Não! — disse ela rapidamente. — De jeito nenhum.

Por quanto tempo Spencer esperara que alguém dissesse coisas assim para ela?

Na esquina da Sexta Avenida com a rua 12, Olivia parou abruptamente.

— Ali está o meu apartamento.

Ela apontou para o último andar de um luxuoso edifício. No térreo havia um pequeno mercado e uma loja de acessórios para casa.

Uma limusine parou na entrada, e uma mulher usando uma estola de mink saiu dela, atravessando as portas giratórias.

— Podemos subir? — perguntou Spencer. O lugar parecia tão glamoroso, mesmo do lado de fora.

Olivia checou o Rolex que brilhava em seu pulso.

— Não sei se temos tempo suficiente antes do horário da nossa reserva. Da próxima vez, entretanto. Eu prometo.

Spencer tentou disfarçar a decepção, sem querer que Olivia pensasse que ela era mimada.

Olivia levou Spencer a um pequeno e aconchegante restaurante, a alguns quarteirões de distância.

O salão cheirava a açafrão, alho e frutos do mar, e estava lotado. Spencer e Olivia se sentaram a uma mesa, com a luz de velas brilhando em seus rostos. Olivia pediu imediatamente uma garrafa de vinho, instruindo o garçom a servir um pouco para Spencer, também.

— Um brinde! — disse ela, encostando sua taça erguida na taça de Spencer. — A muitas outras visitas como esta.

O rosto de Spencer se iluminou e ela olhou ao redor.

Um garoto que se parecia muito com Noel Kahn, mas provavelmente menos idiota, estava sentado perto do bar. Uma menina usando botas marrons por cima dos jeans se sentava à frente dele, rindo. Próximo a eles, havia um bonito casal de meia-idade; a mulher vestia um mantô cinza, e o homem, um terno de risca de giz. Uma canção popular francesa tocava no sistema de som ambiente. Tudo em Nova York lhe parecia um bilhão de vezes mais sofisticado do que em Rosewood.

– Eu gostaria de poder morar aqui – suspirou ela.

Olivia inclinou a cabeça e seus olhos se iluminaram.

– Eu sei. Eu também gostaria que você pudesse. Mas deve ser tão bom morar na Pensilvânia. Todo aquele espaço, e o ar puro. – Ela tocou a mão de Spencer.

– Rosewood é legal. – Spencer girou o vinho na taça e pesou suas palavras cuidadosamente. – Mas a minha família... não é.

Olivia abriu a boca, um ar preocupado no rosto.

– Eles não se importam comigo – esclareceu Spencer. – Eu daria tudo para não ter mais que viver com eles. Eles nem sentiriam a minha falta. – Spencer sentiu um ardor familiar no nariz, que sempre ocorria quando estava prestes a chorar. Ela olhou teimosamente para o próprio colo, tentando controlar as emoções.

Olivia acariciou o braço de Spencer.

– Eu daria tudo para que você viesse morar aqui – disse ela. – Mas tenho que confessar uma coisa. Morgan tem dificuldade em confiar nas pessoas. Alguns amigos próximos já se aproveitaram dele por dinheiro, no passado, e agora ele é muito cuidadoso com pessoas que não conhece. Eu ainda não contei a ele sobre você. Ele sabe que eu dei um bebê para adoção quando era jovem, mas não sabe que eu estava procurando por você. Eu queria me certificar de que isso era real, primeiro.

Spencer concordou. Ela certamente compreendia por que Olivia não tinha contado a Morgan sobre o encontro delas... Ela também não contara para ninguém.

– Vou contar a ele sobre você em Paris – continuou Olivia. – E quando a conhecer, tenho certeza de que irá adorá-la.

Spencer mordeu um pedaço de pão, considerando suas opções.

– Se eu me mudasse para cá, não precisaria ir morar com vocês – sugeriu ela. – Eu poderia ter o meu próprio lugar.

Uma expressão esperançosa iluminou o rosto de Olivia.

– Você conseguiria morar sozinha?

Spencer deu de ombros.

– Claro.

Ela mal via seus pais ultimamente; estava praticamente morando sozinha.

– Eu *adoraria* ter você por aqui – admitiu Olivia, seus olhos brilhando. – Pense nisso! Você poderia arrumar um apartamento de um quarto no Village, perto de nós. Tenho certeza de que o nosso corretor, Michael, poderia encontrar algo realmente especial para você.

– Eu poderia começar a faculdade no ano que vem, um ano mais cedo – completou Spencer, sua excitação começando a aumentar. – Eu estava mesmo pensando em fazer isso.

Quando Spencer estava saindo secretamente com Wren, o namorado de Melissa, ela considerara a hipótese de tentar uma vaga na Universidade Penn mais cedo, para poder sair de casa e ficar com ele.

A verdade é que ela já tinha falado com a administração de Rosewood Day sobre a possibilidade de se formar um ano antes. Com todas as aulas extras que havia assistido, estava mais do que qualificada.

Olivia respirou fundo, como se fosse dizer mais alguma coisa, mas então se interrompeu, tomou um grande gole de vinho e ergueu as palmas das mãos, como se dissesse *espere um pouco*.

— Eu não devia ficar tão empolgada — disse ela. — Eu deveria ser a pessoa responsável aqui. Você deve ficar com a sua família, Spencer. Vamos ficar só nas visitas por enquanto, está bem? — Ela deu um tapinha na mão de Spencer, provavelmente notando sua expressão desapontada. — Não se preocupe. Acabei de encontrá-la e não quero perdê-la novamente.

Depois de terminarem a garrafa de vinho e dois pratos de massa *puttanesca*, elas caminharam até o heliporto no rio Hudson, agindo muito mais como grandes amigas do que como mãe e filha. Quando Spencer viu o helicóptero de Olivia esperando, apertou o braço dela.

—Vou sentir saudades suas.

O lábio inferior de Olivia tremeu.

—Voltarei logo. E faremos planos para uma nova visita. Talvez um dia de compras na avenida Madison, da próxima vez? Você vai morrer quando vir a loja Louboutin.

— Combinado!

Spencer passou os braços em torno de Olivia. Ela cheirava a Narciso Rodriguez, um dos perfumes favoritos de Spencer. Olivia soprou um beijo para ela e entrou no helicóptero. A hélice começou a girar e Spencer se virou para olhar para a cidade. Táxis amarelos subiam a West Side Highway.

Pessoas corriam pelo calçadão da West Side, embora já passasse das dez da noite. Luzes piscavam nas janelas dos apartamentos. Havia uma festa em um dos barcos no rio Hudson, e os convidados trajando ternos e vestidos elegantes eram claramente visíveis no convés.

Ela estava *louca* para ir morar ali. E agora tinha uma boa razão para isso.

O helicóptero decolou.

Olivia colocou os grandes fones de ouvido, inclinou-se pela janela e acenou entusiasticamente para Spencer.

— *Bon voyage!* — gritou Spencer.

Quando ela levantou a bolsa para acomodá-la melhor no ombro, algo bateu em seu braço. A pasta de documentos de Olivia.

Spencer tirou-a da bolsa e sacudiu-a sobre a cabeça.

—Você se esqueceu disso!

Mas Olivia estava dizendo algo ao piloto, seus olhos fixos no horizonte.

Spencer acenou até que o helicóptero se tornou um pontinho distante e finalmente abaixou os braços e se virou.

Pelo menos isso serviria de desculpa para Spencer ver Olivia mais uma vez.

14

NO DIA SEGUINTE, NUM TREM RUMO A OESTE...

Na tarde seguinte, Aria estava de pé na plataforma oeste da estação de trens em Yarmouth, uma cidadezinha a poucos quilômetros de Rosewood. O sol ainda estava alto no céu, mas o ar estava gelado e seus dedos, entorpecidos.

Ela esticou o pescoço e olhou para os trilhos. O trem estava a algumas paradas de distância, brilhando ao longe. Seu coração acelerou.

Depois de ter visto não uma, mas *duas* meninas lindas dando em cima de Mike no dia anterior, ela decidira que a vida era curta demais para perder tempo se lamentando. Aria se lembrava muito bem de Jason lhe dizendo que saía das aulas de quinta-feira cedo o suficiente para pegar o trem-bala das três da tarde de volta a Yarmouth. O que significava que ela sabia exatamente onde encontrá-lo, agora.

Ela se virou e olhou para as casas do outro lado dos trilhos. Muitas tinham lixo nas varandas e tinta descascada ao redor das janelas, e nenhuma havia sido transformada em loja de antiguidades ou spas sofisticados, como as velhas casas perto da estação de Rosewood. Tampouco havia um supermercado Wawa ou uma cafeteria Starbucks por perto, apenas uma tabacaria escura que oferecia leituras de mão e "outros serviços paranormais", o que quer que aquilo significasse, e um bar chamado *Yee-Haw Saloon*, com uma grande placa na frente anunciando que você poderia comer tudo o que conseguisse por apenas cinco dólares!

Nem mesmo as árvores altas por ali pareciam pitorescas. Aria entendia por que os DiLaurentis não queriam voltar para Rosewood durante o julgamento; mas por que teriam escolhido Yarmouth?

Aria ouviu uma risadinha atrás dela. Enquanto se virava, uma sombra deslizou por detrás da estação, do outro lado dos trilhos. Aria ficou na ponta dos pés, piscando com força, mas não conseguiu ver quem era. Pensou em Jenna Cavanaugh, em seu jardim, no dia anterior. Parecera a Aria que Jenna queria lhe dizer algo... Mas aí desistira. Além disso, Emily havia reenviado a Aria uma mensagem de A. Era uma foto de Ali e Jenna juntas, que ela nunca havia visto. A mensagem de Emily dizia:

> Você viu? Parece que Ali e Jenna eram amigas.

Mas não seria possível que Ali estivesse *fingindo* ser amiga de Jenna para conseguir a confiança dela? Era bem típico de Ali atrair alguém para seu círculo próximo só para descobrir todos os seus segredos.

O trem chegou à estação e parou, fazendo um grande barulho. O condutor abriu a porta com força e as pessoas começaram a descer lentamente os degraus de metal. Quando Aria viu os cabelos louros e a jaqueta cinza de Jason, sua boca ficou seca. Ela correu para ele e tocou seu cotovelo.

— Jason?

Jason se virou com um pulo, parecendo estar na defensiva. Quando ele viu que era Aria, relaxou.

— Ah! — exclamou ele. — Oi! — Ele olhava de um lado para o outro. — O que você está fazendo aqui?

Aria limpou a garganta, resistindo à vontade de se virar, correr para o carro e voltar para casa.

— Talvez eu esteja fazendo papel de idiota, mas gostei de conversar com você no outro dia. E... eu gostaria de saber se podemos sair qualquer dia. Mas se não der, está tudo bem.

Jason sorriu, parecendo impressionado. Ele saiu do caminho de um grupo de executivos.

— Você não está fazendo papel de idiota — disse ele, olhando nos olhos de Aria.

— Não estou?

O coração de Aria deu um salto.

Jason checou seu relógio exageradamente grande.

— Você gostaria de tomar uma bebida agora? Eu tenho algum tempo.

— C-claro! — gaguejou Aria, sua voz falhando.

— Eu conheço um lugar perfeito em Hollis — disse Jason. — Você pode me seguir até lá, certo?

Aria concordou, agradecida por ele não ter sugerido o *Yee-Haw Saloon*, no final da rua. Jason a deixou subir primeiro as escadas estreitas que davam para a estação. Enquanto caminhavam em direção aos carros, algo apareceu em sua visão periférica. O mesmo vulto que ela vira mais cedo estava parado ao lado da janela da estação, olhando para fora. Quem quer que fosse, usava grandes óculos escuros e um casaco com o capuz puxado por sobre a cabeça, obscurecendo suas feições. Mesmo assim, Aria tinha a sensação distinta de que a pessoa estava olhando diretamente para ela.

Aria seguiu o BMW preto de Jason até Hollis. Fez questão de checar o para-choque traseiro do carro dele, procurando por amassados, lembrando-se do que Emily lhe dissera sobre a discussão com Jason no outro dia. Mas até onde ela conseguiu ver, o para-choque estava intacto, sem qualquer amassado ou arranhão.

Depois que ambos encontraram lugares para estacionar, Jason a levou por uma ruazinha estreita e eles subiram as escadas de uma velha casa vitoriana, com a palavra "Bates" escrita em uma placa que pendia do pórtico. Havia uma cadeira de balanço velha e preta à direita, que parecia um esqueleto.

— Isto é um bar? — Aria olhou ao redor.

Os bares em Hollis que *ela* conhecia, como o *Snooker's* e o *Victory Brewery*, eram lugares escuros e malcheirosos, sem decoração alguma, com exceção de algumas placas de neon das cervejas Budweiser e Guinness. O Bates, por outro lado, tinha janelas de vitral, uma argola de bronze na porta da frente e algumas plantas mortas penduradas no teto da varanda. O lugar fazia Aria se lembrar da mansão decrépita onde seu professor de piano de Reykjavík, Brynja, morava.

A porta se abriu de repente, levando-os a um enorme salão com piso de tábuas. Sofás de veludo vermelho estavam encostados às paredes, e cortinas exageradamente grandes pendiam das janelas.

– Dizem que este lugar é assombrado – sussurrou Jason para ela. – É por isso que o chamam de Bates, como o Bates Motel do filme *Psicose*. – Ele foi até o bar e sentou-se num banquinho.

Aria desviou o olhar. Antes do corpo de Ali ser encontrado, ela pensara que A era Ali, ou talvez seu fantasma. As visões de cabelos louros que ela tivera haviam provavelmente sido de Mona, que perseguira cada uma das meninas em busca de seus segredos mais íntimos. Mas às vezes, mesmo agora que Mona estava morta, Aria ainda podia jurar que via alguém com cabelos louros, parecidos com os de Ali, escondendo-se por detrás de árvores e aparecendo em janelas, observando-a de além-túmulo.

Um barman de cabelos muito curtos, vestido de preto, anotou os pedidos deles. Aria pediu uma taça de vinho *pinot noir*... Ela achava que parecia sofisticado. Jason escolheu um *gimlet*. Quando notou a expressão confusa no rosto de Aria, ele explicou:

– É vodca com suco de lima. Uma namorada de Yale me fez experimentar.

– Ah! – Aria abaixou a cabeça ao ouvir a palavra *namorada*.

– Ela não é mais minha namorada – completou Jason, o que fez Aria corar ainda mais.

Eles apanharam suas bebidas e Jason estendeu seu *gimlet* para ela.

– Prove.

Ela tomou um pequeno gole.

– É gostoso – disse ela. Tinha gosto de Sprite, mas era muito mais divertido.

Jason entrelaçou os dedos das mãos com um sorriso curioso nos lábios.

— Você parece bastante à vontade bebendo em um bar. — Seu tom de voz desceu para um sussurro. — Você poderia me enganar, se dissesse que tem 21 anos.

Aria devolveu o copo de *gimlet* para ele.

— Eu passei os últimos três anos na Islândia. Eles não são tão rígidos a respeito de bebidas alcoólicas e meus pais eram bem liberais. Além disso, nunca precisei dirigir de volta para casa, eu morava a poucas quadras de distância do centro da cidade. A pior coisa que me aconteceu foi tropeçar nos paralelepípedos da rua depois de tomar muitos *schnapps* Brennivin, e esfolar o joelho.

— A Europa parece realmente ter mudado você. — Jason se inclinou para frente e olhou atentamente para ela. — Eu me lembrava de você como uma garota esquisita. Agora, você está... — Ele se interrompeu.

O coração de Aria estava disparado. Ela estava... o quê?

— Eu me encaixava melhor na Islândia — admitiu ela, quando ficou claro que ele não iria terminar a frase.

— Como assim?

— Bem... — Aria olhou para as pinturas a óleo espalhadas pelo salão, retratos de mulheres aristocráticas. Sob cada imagem, estavam gravadas suas datas de nascimento e morte. — Garotos, por exemplo. Na Islândia, eles não se importavam se eu era popular. Eles se importavam com a música que eu ouvia e com os livros que eu lia. Em Rosewood, os garotos só gostam de um tipo de garota.

Jason apoiou os cotovelos na mesa.

— Uma garota como a minha irmã, você quer dizer?

Aria deu de ombros, olhando para longe. *Fora* aquilo que ela quisera dizer, mas não quisera dizer o nome de Ali em voz alta. Uma expressão que Aria não conseguiu decifrar passou pelo rosto de Jason. Ela se perguntou se Jason sabia do efeito que Ali causava nos garotos, mesmo os mais velhos. Teria Jason sabido sobre o relacionamento secreto de Ali e Ian na época, ou aquilo fora uma surpresa, depois que ele fora preso? Como Jason se sentira a respeito daquilo tudo?

Jason bebericou o *gimlet* e sua expressão séria desapareceu.

— E aí, você se apaixonou muitas vezes na Islândia?

Aria balançou a cabeça.

— Eu tive alguns namorados, mas só me apaixonei uma vez.

— Meio sem jeito, ela tomou mais um gole de vinho. Não tinha comido quase nada naquele dia, e o vinho estava lhe subindo à cabeça rapidamente. — Foi pelo meu professor de inglês. Talvez você tenha ouvido falar.

Uma ruga se formou entre os olhos de Jason. Talvez ele não tivesse ouvido falar.

— Já acabou, agora — disse ela. — Sinceramente, foi um desastre. Ele foi forçado a deixar seu emprego de professor... por minha causa. Ele saiu da cidade há alguns meses e disse que manteria contato, mas nunca mais tive notícias dele.

Jason concordou com simpatia. Aria estava surpresa ao perceber como se sentia confortável em lhe contar tudo aquilo. Algo a respeito de Jason a fazia se sentir segura, como se ele não fosse julgá-la.

— Você já se apaixonou? — perguntou ela.

— Só uma vez. — Jason jogou a cabeça para trás e engoliu o resto da bebida. O gelo bateu contra o copo vazio. — Ela partiu meu coração.

— Quem era ela?

Jason deu de ombros.

— Ninguém importante. Não agora, pelo menos.

O barman trouxe outro *gimlet* para Jason. Em seguida, ele cutucou o braço de Aria.

— Sabe, eu pensei que você fosse dizer que a pessoa por quem tinha se apaixonado era eu.

O queixo de Aria caiu. Jason... *sabia*?

— Acho que era realmente óbvio.

Jason sorriu.

— Não, é que eu sou muito perceptivo.

Aria fez um sinal para o barman trazer mais vinho para ela, suas bochechas ardendo. Ela sempre tomara precauções extras para esconder sua paixão por Jason, certa de que morreria se ele descobrisse. Agora, ela queria se enfiar debaixo do bar.

— Eu me lembro de uma vez, quando você estava esperando do lado de fora da sala de jornalismo em Rosewood Day — explicou Jason. — Eu a notei imediatamente. Você estava olhando em volta... e quando me viu, seus olhos se iluminaram.

Aria agarrou a barra de metal sob o bar. Por um segundo, ela quase pensou que Jason fosse falar da ocasião em que lhe entregara a bandeira da Cápsula do Tempo de Ali. Mas ele estava se referindo ao dia em que ela esperara depois da aula de jornalismo, querendo mostrar a ele a cópia autografada de *Matadouro Cinco* que pertencia a seu pai. Aquilo acontecera na sexta-feira antes das meninas invadirem o quintal de Ali.

Mas talvez Jason não quisesse falar sobre o fato de ter roubado a bandeira de Ali. Talvez ele se sentisse culpado.

— Claro, eu me lembro daquele dia — Aria conseguiu dizer. — Eu queria mesmo falar com você. Mas a secretária da escola o alcançou primeiro. Ela disse que tinha uma ligação telefônica para você, de uma garota.

Jason franziu a testa, como se tentasse se recordar.

— Mesmo?

Aria concordou. A secretária tomara o braço de Jason e o levara para o escritório. E agora que Aria pensava sobre o ocorrido, ela também dissera "Ela disse que é sua irmã". Mas Aria não tinha visto Ali mais cedo, naquele mesmo dia, entrando na sala dos armários no ginásio? Talvez fosse a namorada secreta de Jason ligando, sabendo que o único meio de fazer com que o pessoal de Rosewood Day o avisasse seria dizer que era um membro da família.

— Eu imaginei que fosse uma garota linda e madura, com quem você realmente quisesse falar, e não uma menina maluca do sexto ano — concluiu Aria, corando.

Jason concordou lentamente, o reconhecimento claro em seu rosto.

Ele resmungou alguma coisa por entre os dentes, algo que soara como *não exatamente*.

— Como? — perguntou Aria.

— Nada. — Jason virou o resto do segundo *gimlet*. Em seguida, olhou para ela, um tanto timidamente. — Bem, estou feliz por você ter deixado seu interesse um pouco mais claro, agora.

Um arrepio percorreu a espinha de Aria.

— Talvez seja mais que interesse — sussurrou ela.

— Espero que sim — disse Jason.

Eles sorriram um para o outro. O coração de Aria lhe martelava os ouvidos.

A porta da frente se abriu, e um grupo de alunos de Hollis entrou.

Alguém no canto do salão acendeu um cigarro, soprando a fumaça no ar. Jason checou seu relógio e colocou a mão no bolso.

— Estou realmente atrasado. — Ele apanhou a carteira e tirou uma nota de vinte, o suficiente para pagar pelas bebidas dos dois. Depois, olhou para Aria. — Bem...

— Bem... — repetiu ela. E aí, Aria se inclinou para frente, agarrou a mão dele e beijou-o da forma que quisera beijá-lo anos antes, do lado de fora da sala de jornalismo. Os lábios dele tinham gosto de suco de lima e vodca, e Jason a puxou para mais perto, enterrando as mãos nos cabelos dela. Depois de um momento, eles se afastaram, sorrindo. Aria achou que fosse desmaiar.

— Bem, vejo você depois — disse Jason.

— Com certeza — suspirou Aria. Jason atravessou o salão, abriu a porta e se foi. — Oh, meu Deus — murmurou ela, voltando-se para o bar.

Uma parte sua queria subir no banquinho do bar e gritar para o mundo todo o que acabara de acontecer. Precisava contar aquilo para *alguém*. Mas Ella estava ocupada com Xavier. Mike não se importaria. Havia Emily, mas ela poderia ser uma desmancha-prazeres, determinada a acreditar que Ali era boa, no fundo do coração, e Jason não era.

Seu telefone tocou. Aria deu um pulo e olhou para o aparelho. *Uma nova mensagem de texto*, dizia o visor. O remetente era *Desconhecido*.

A excitação de Aria diminuiu imediatamente.

Ela olhou em volta, para o bar lotado. As pessoas estavam sentadas nos sofás, conversando. Um garoto com idade para estar na faculdade, com *dreadlocks*, cochichava com o barman, olhando de vez em quando na direção de Aria. Uma corrente de vento veio do fundo do salão, fazendo as chamas das velas se inclinarem para a direita. Era como se uma porta invisível tivesse se aberto e fechado.

Uma nova mensagem de texto.

Aria correu as mãos pelos cabelos. Lentamente, ela pressionou o botão "ler".

Gostou dos seus gimlets?
Bem, sinto muito, querida, mas a fantasia acabou.
O irmão mais velho está escondendo algo de você.
E acredite em mim... você não quer saber o que é. – A

15

EN GARDE, KATE!

Uma hora depois, na mesma noite, Hanna estava parada do lado de fora da casa assustadoramente modernista dos Montgomery, esperando que Mike aparecesse. Mais cedo, naquele dia, ela telefonara para seu pai no trabalho e lhe perguntara se poderia ir à biblioteca naquela noite, para estudar para uma prova de francês... *sem* Kate, por favor?

Ela precisava ficar sozinha para conseguir decorar a longa lista de verbos irregulares, explicou ao sr. Marin.

– Tudo bem – concordou seu pai, mal-humorado. Ainda bem que ele estava afrouxando um pouco a regra de Hanna ir-aonde-Kate-for; no dia anterior, ele deixara Hanna comprar o presente do chá de bebê de Meredith sozinha, também. E parecia que ele também permitira que Kate fizesse algumas compras para o bebê... na mesma loja.

Imediatamente depois que Hanna recebera do pai seu passe livre da "prisão Kate", ela enviara uma mensagem de texto para Mike, dizendo que queria que ele a levasse para sair... só os dois. O que seu pai não sabia não poderia magoá-lo.

Ela olhou pela janela, para as pequenas luzes cúbicas do pórtico da casa dos Montgomery. Fazia séculos que Hanna não vinha à casa de Aria e se esquecera de como era estranha. A frente da casa tinha apenas uma janela, colocada de forma meio torta em cima da escadaria. A parte de trás da casa, entretanto, era *toda* de janelas, estendendo-se do primeiro ao terceiro andar. Uma vez, quando Hanna e as outras estavam na casa de Aria, observando uma família de cervos passear pelo quintal, Ali olhara para as janelas enormes e estalara a língua.

– Vocês não se preocupam com pessoas lhes espionando?
– Ela cutucou Aria. – Mas acho que os seus pais não têm nenhum segredo que não queiram que os outros descubram, não é? – Aria enrubescera e saíra da sala. Hanna não imaginara por que Aria ficara tão aborrecida, mas agora ela sabia. Ali descobrira que o pai de Aria estava tendo um caso, e estava torturando Aria com aquela informação, do mesmo modo que costumava torturar Hanna por causa da mania de comer e vomitar.

Que *vagabunda*.

Mike apareceu na varanda. Ele usava jeans escuros, um casaco comprido de lã com a gola virada para cima, e carregava um enorme buquê de rosas. Hanna sentiu um friozinho no estômago. Não que ela estivesse excitada com aquele encontro, nem nada parecido. Mas era muito bom receber flores em um dia tão cinzento de inverno.

– Elas são lindas! – disse ela, quando Mike abriu a porta. – Você não deveria.

– Tudo bem – Mike abraçou as flores contra o peito, amassando o celofane. – Vou dá-las para a minha *outra* namorada.

Hanna agarrou o braço dele.

— Não se atreva. — Aquilo definitivamente não era engraçado, não depois da gracinha que ele tinha aprontado com Hanna e Kate no chá de bebê, no dia anterior. Ela tamborilou os dedos no volante de seu Prius. — E aí, para onde vamos?

— Ao King James — provocou Mike.

Hanna olhou para ele, irritada.

— Nada de Rive Gauche. — Com a sorte dela, Lucas seria o garçom deles. Muito esquisito.

— Eu sei — disse Mike. — Vamos fazer compras.

Hanna torceu o nariz.

— Rá.

— Estou falando sério. — Mike levantou as mãos. — Quero que você faça compras a noite inteira. Sei que é isso que garotas adoram fazer, e só quero fazer você feliz.

A expressão sincera dele não se alterou. Hanna colocou o carro em marcha.

— É melhor a gente ir, então, antes que você mude de ideia.

Eles pegaram um caminho menos movimentado para o shopping, e Hanna desacelerava toda vez que via um sinal de travessia de cervos. Aqueles animais eram perigosos, naquela época do ano.

Mike colocou um CD no som do Prius. Uma pesada linha de baixo encheu o carro, seguido pela voz aguda de um cantor. Mike começou a cantar imediatamente. Hanna reconheceu a música e começou a cantar baixinho também.

Mike olhou para ela.

— Você sabe quem está cantando?

— Led Zeppelin — respondeu Hanna distraída. Sean Ackard, o ex-ex-namorado de Hanna, havia tentado começar a ouvir a banda no último verão (ao que parecia, aquilo era uma coisa típica dos times de futebol e lacrosse de Rosewood Day), mas decidira que a banda era pesada e depressiva demais para seus ouvidos puros e virginais. Mike franziu a sobrancelha, incrédulo. – O que foi? Você achava que eu ouvia Miley Cyrus? – provocou ela. – Ou Jonas Brothers?

Na verdade, *Kate* ouvia os Jonas Brothers. E trilhas sonoras dos musicais da Broadway.

Quando Hanna parou o carro no estacionamento do Shopping King James, ambos estavam berrando a letra de "Dazed and Confused" a plenos pulmões. Mike sabia cada verso de cor, e fez uma imitação dramática do solo de guitarra no ar, o que causou uma crise de riso em Hanna.

O estacionamento do shopping estava lotado. Havia uma loja Home Depot à esquerda, as portas da Bloomingdale's ao centro, e o setor de luxo, com lojas como Louis Vuitton e Jimmy Choo, ficava à direita. Quando eles saíram para o ar frio da noite, Hanna ouviu alguém grunhir.

Um homem estava ao lado de um carro branco no setor à frente do Home Depot, lutando para colocar um galão pesado, de algo que se parecia com propano, no porta-malas. Quando ele saiu da frente de Hanna, ela notou a pintura nas portas do carro. *Departamento de Polícia de Rosewood.* O homem tinha um queixo anguloso e um nariz pontudo. Uma cabeleira negra escapava por sob seu gorro de lã preta. *Wilden?*

Hanna observou enquanto ele erguia o segundo galão de propano, lutando para que coubesse no porta-malas junto ao outro. A casa dele não tinha um aquecedor normal? Ela pensou em acenar, mas se virou. Wilden tinha dito à imprensa que elas haviam inventado a história sobre ver o corpo de Ian na floresta. Ele virara a cidade de Rosewood inteira contra elas.

Babaca.

—Vamos — disse ela a Mike, lançando um último olhar para Wilden. Ele havia fechado o porta-malas e agora segurava o celular contra o ouvido, com a postura rígida e os ombros duros. Hanna se lembrou de uma ocasião alguns meses antes, quando Wilden e sua mãe estavam saindo juntos. Ele passara a noite em sua casa e, logo pela manhã, Hanna ouvira sussurros no corredor. Quando ela espiara, vira Wilden de pé na frente da janela, olhando para o quintal, seu corpo rígido, a voz rouca e áspera. Com quem diabos ele estaria falando? Seria sonâmbulo? Hanna voltou correndo para a cama antes que Wilden a notasse. Honestamente, o que sua mãe vira naquele cara? Wilden era bonito, mas não *tão* bonito. Quando Hanna o flagrara saindo do chuveiro, alguns meses antes, ele nem parecera tão fabuloso seminu. Não que ela estivesse interessada nele nem nada, mas Hanna tinha a sensação de que o fanático por lacrosse Mike seria muito mais gostoso.

Otter, a butique favorita de Hanna, ficava entre as lojas Cartier e Louis Vuitton. Ela entrou, inalando o perfume das velas aromáticas. Uma música da Fergie tocava nos alto-falantes, e araras cheias de modelos Catherine Malandrino, Nanette Lepore e Moschino se estendiam à frente dela. Ela suspirou, feliz. As jaquetas de couro eram brilhantes e luxuosas. Os vestidos de seda e as echarpes diáfanas pareciam tecidos em ouro. Sasha, uma das vendedoras, viu Hanna e acenou. Hanna era uma das melhores clientes da Otter.

Ela imediatamente selecionou alguns vestidos, deliciando-se com o som que os cabides de madeira faziam quando colocados juntos.

– Você gostaria que eu colocasse estes vestidos no trocador? – perguntou uma falsa voz feminina. Hanna se virou e Mike estava parado bem a seu lado.

– Eu já preparei uma sala para você com algumas das minhas escolhas favoritas – completou ele.

Hanna deu um passo para trás.

–Você escolheu roupas para mim?

Aquilo era algo que ela precisava ver. Ela se dirigiu até o único trocador que tinha a cortina de veludo amarrada do lado. Algumas roupas pendiam do cabide próximo ao espelho. Primeiro, um par de calças de couro pretas, justas e de cintura alta. Depois, uma túnica prateada, com um decote profundo em V na frente, e aberturas laterais. Por debaixo, havia três biquínis, com sutiãs de bojo e calcinhas fio-dental.

Hanna se virou para Mike e revirou os olhos.

– Boa tentativa, mas o inferno vai congelar antes que você me convença a vestir qualquer uma dessas peças. – Ela olhou para as calças de couro novamente. Interessante, Mike achava que ela vestia 36.

Mike fez uma cara decepcionada.

–Você não vai nem experimentar os biquínis?

– Não para você – provocou Hanna. –Você vai ter que usar a imaginação.

Fechando as cortinas, ela não pôde evitar um sorriso. Mike merecia alguns pontos por ser tão criativo. Ela colocou sua bolsa de veludo cor de ameixa num banquinho de couro e desamarrou seu pedaço da bandeira da Cápsula do Tempo, que havia amarrado na alça. Depois de pensar um pouco, Hanna decidira decorar a peça em homenagem a Ali, incorporando os desenhos originais de Ali no sexto ano. O logotipo Chanel estava ao lado do sapinho de mangá. Uma jogadora de hóquei arremessava uma bola na direção das iniciais da Louis Vuitton. Hanna ficara muito satisfeita com o resultado.

Virando-se, ela tirou o suéter, desabotoou o sutiã e abaixou o zíper das calças, chutando-as para o lado. Quando estava estendendo a mão para apanhar o primeiro vestido, a cortina do trocador se abriu e a cabeça de Mike apareceu.

Hanna soltou um grito e cobriu os seios.

– Que diabos é isso? – guinchou ela.

– Opa! – Mike praticamente relinchou. – Droga. Desculpe, Hanna. Pensei que esta fosse a porta do banheiro. Esse lugar parece um labirinto! – Os olhos dele pararam no colo de Hanna. Em seguida, se moveram para a lingerie de renda que ela usava.

– Sai daqui! – rugiu Hanna, dando um chute em Mike com o pé descalço.

Alguns minutos depois, ela saiu do trocador com um dos vestidos pendurado no braço. Mike estava empoleirado na cadeira, perto dos espelhos triplos. Ele parecia um cachorrinho travesso que acabara de destruir as botas novas do dono.

– Você está zangada? – perguntou ele.

– Estou – respondeu Hanna, num tom gélido. Na verdade, ela não estava tão aborrecida. Era até um tanto lisonjeiro que Mike estivesse tão *ansioso* para ver o corpo dela. Mas ela queria se vingar.

Hanna pagou pelo vestido e Mike lhe perguntou se ela queria jantar.

– Não no Rive Gauche – lembrou a ele.

– Eu sei, eu sei – disse Mike. – Mas eu conheço um lugar ainda melhor.

Ele a levou ao Ano do Coelho, um restaurante chinês perto da Prada. Hanna torceu o nariz. Ela podia praticamente sentir seu quadril se expandindo, só de estar perto de todo aquele óleo, gordura e molho que os restaurantes chineses costumavam usar em seus pratos. Mike percebeu a expressão de nojo no rosto dela.

– Não se preocupe – garantiu ele. – Vou cuidar de você.

Uma moça asiática magérrima, com um coque preso com pauzinhos, os acompanhou até uma mesa discreta, e lhes serviu xícaras de chá verde escaldante. Havia um gongo no canto da parede, e um grande Buda de jade olhando para eles de cima de uma prateleira. Um garçom chinês idoso apareceu e lhes entregou os cardápios. Para o assombro de Hanna, Mike lhe disse algumas palavras em mandarim. Ele apontou para ela e o garçom concordou, antes de sair. Mike se recostou no assento, batendo no centro do gongo com o polegar e o indicador, com uma expressão satisfeita.

Hanna estava surpresa.

– O que foi que você disse a ele?

– Eu disse a ele que você era uma modelo de lingerie e precisava manter seu corpo em perfeita forma, e gostaríamos de ver o cardápio especial de baixas calorias – explicou Mike com displicência. – Eles odeiam dar esse cardápio aos fregueses. Você tem que saber como pedir.

– Você sabe dizer *modelo de lingerie* em chinês? – balbuciou Hanna.

Mike passou o braço pelas costas do banco de couro.

— Eu aprendi algumas coisas durante aquele tempo entediante que passei na Europa. O termo *modelo de lingerie* é a primeira coisa que eu aprendo em qualquer língua.

Hanna balançou a cabeça, fascinada.

— Uau.

— E aí, você não se importa que o garçom pense que você é uma modelo de lingerie? — perguntou Mike.

Hanna deu de ombros.

— Na verdade, não.

Modelos de lingerie eram bonitas, afinal de contas. E magérrimas.

O rosto de Mike se iluminou.

— Ótimo. Eu trouxe a minha última namorada aqui, mas ela não achou essa história de cardápio especial engraçada. Ela achou que eu a estava tratando como objeto, ou alguma bobagem parecida.

Hanna tomou um golinho de chá; ela não sabia que Mike tinha tido outras namoradas.

— Foi... uma namorada recente?

O garçom lhes entregou os cardápios, o regular para Mike, o de baixa caloria para Hanna.

Depois que ele se afastou, Mike concordou.

— Nós acabamos de terminar. Ela ficava reclamando o tempo todo de como eu estava preocupado demais em ser popular.

— Lucas dizia isso também — disse Hanna, antes que pudesse se controlar. — Ele não gostou de eu ter dito a todos que Kate tinha herpes. — Ela franziu a testa, irritada por ter dito o nome de Kate em voz alta. Mike provavelmente iria defendê-la. Mas ele apenas deu de ombros.

— Eu tive que fazer aquilo — continuou Hanna. — Pensei que ela fosse... — ela se interrompeu.

— Pensou que ela fosse o quê? — perguntou Mike.

Hanna balançou a cabeça.

— Eu pensei que ela fosse dizer alguma coisa cruel sobre mim.

Hanna pensara que Kate iria contar a todos que ela costumava forçar o vômito, algo que infelizmente admitira para Kate em um momento de fraqueza. E tinha certeza de que Kate *teria* contado, se Hanna não tivesse revelado sobre o herpes primeiro.

Mike sorriu com simpatia.

— Às vezes, você precisa jogar sujo.

— Um brinde a isso. — Hanna ergueu seu copo d'água e tocou-o no de Mike, agradecida por ele não ter pressionado para saber o que era a coisa cruel que Kate iria revelar. Eles terminaram de jantar e comeram os bombons de laranja que vieram com a conta. Mike cumprimentou Hanna sugestivamente pelas suas habilidades em chupar o bombom, e a aconselhou a reservar um pouco daquela energia para mais tarde. Em seguida, pediu licença para ir ao banheiro.

Hanna observou-o andar por entre as mesas, percebendo que aquela seria sua chance de se vingar. Lentamente, ela se levantou, colocou o guardanapo no prato e esgueirou-se pelo corredor. Ela esperou até a porta do banheiro masculino se fechar, contou até dez e entrou correndo.

— Opa! — gritou ela. Sua voz ecoou pelo banheiro vazio.

Havia uma fila de urinóis, mas Mike não estava junto a nenhum deles, e ela também não viu seus sapatos Tod's por debaixo das portas das cabines. Hanna ouviu um pequeno som que vinha da área onde ficavam as pias e foi até lá.

Mike estava de pé ao lado de uma das pias, com um pente, uma lata de desodorante e um tubo de pasta de dentes no balcão à sua frente. Ele tinha uma escova de dente na mão. Quando Mike viu Hanna no espelho, a cor desapareceu de seu rosto.

Hanna deu uma gargalhada.

—Você está se *arrumando*?

— O-o que você está fazendo aqui? – gaguejou ele.

— Me desculpe, achei que este era o trocador – disse Hanna. Mas aquilo não teve o efeito que ela esperava. Mike piscou e colocou suas coisas rapidamente na bolsa estilo carteiro Jack Spade. Hanna se sentiu um pouco mal, ele não precisava *parar*. Ela se afastou da pia.

— Estou esperando lá fora – balbuciou ela.

Hanna saiu do banheiro e voltou para a mesa, sorrindo para si mesma. Mike estava escovando os dentes. Aquilo significava que ele queria beijá-la?

No caminho de volta para a casa de Mike, eles ouviram "Whole Lotta Love", novamente berrando a letra a plenos pulmões. Ela estacionou o carro junto da entrada e desligou o motor.

— Quer me acompanhar até a porta? – perguntou ele.

— Claro – respondeu Hanna, percebendo que seu coração estava disparado. Ela seguiu Mike pelos degraus de pedra, até a varanda da casa dos Montgomery. Havia um pequeno jardim Zen à esquerda da porta, mas estava congelado, com uma crosta fina de gelo sobre a areia.

Mike olhou para ela. Hanna gostava do fato de ele ser bem mais alto que ela. Lucas era da sua altura, e Sean, seu ex-ex, era um pouco mais baixo.

— Bem, isso foi quase tão divertido como quando eu saio com as minhas prostitutas — anunciou Mike.

Hanna revirou os olhos.

— Talvez você possa dar um sábado de folga para as suas prostitutas. O que você acha de vir comigo à festa de inauguração do hotel Radley?

Mike colocou o polegar no queixo, fingindo pensar no assunto.

— Acho que isso pode ser providenciado.

Hanna riu. Mike tocou levemente o braço dela. O hálito dele tinha cheiro de hortelã. Quase inconscientemente, ela se aproximou um pouco mais.

A porta se abriu de repente. Uma luz brilhante veio do vestíbulo da casa dos Montgomery e Hanna se afastou. Uma morena alta estava de pé na porta. Não era a mãe de Mike, e certamente não era Aria. O coração de Hanna quase parou.

— Kate? — gritou ela.

— Oi, Mike! — gritou Kate, ao mesmo tempo.

Hanna apontou para ela.

— O que você está fazendo aqui?

Kate piscou inocentemente.

— Eu cheguei aqui cedo, e a mãe de Mike me deixou entrar. — Ela olhou para Mike. — Ela é *super* legal. E o trabalho dela é incrível. Ela me disse que tem uma peça que vai estar no lobby do hotel Radley e que vai haver uma grande inauguração este sábado. Nós devíamos ir juntos, o que você acha?

— Como assim, você chegou aqui *cedo*? — interrompeu Hanna.

Kate apertou a mão contra o peito.

— Mike não contou? Nós temos um encontro.

Hanna olhou para Mike.

— Não, Mike *não* me contou.

Mike umedeceu os lábios, parecendo culpado.

— Bem, isso é estranho! — observou Kate. — Nós combinamos ontem.

Mike olhou para Kate.

— Mas você me disse para não dizer nad...

— Além disso — interrompeu Kate, usando seu tom de voz inocente mais uma vez —, você não deveria estar na biblioteca, Han? Quando eu não a vi no auditório durante o ensaio de *Hamlet*, eu liguei para o Tom. Ele me disse que você tinha que estudar para uma prova importante de francês. — Ela passou por Hanna e tomou o braço de Mike. — Tudo pronto? Vou levar você em um lugar incrível para comermos sobremesa.

Mike concordou e olhou de volta para Hanna, cujo queixo estava praticamente no chão. Ele levantou os ombros, num sinal de desculpas, como se dissesse "não estamos em um relacionamento exclusivo, não é?".

Surpresa, Hanna os observou enquanto desciam as escadas até a rua, onde o Audi que pertencia a Isabel, mãe de Kate, estava estacionado. Hanna estivera tão distraída, pensando em como seu encontro com Mike terminaria, que nem tinha percebido. Seria por isso que Mike estava se arrumando no restaurante? Para ficar pronto para o encontro número dois? Depois da noite fabulosa que eles tiveram, por que ele ainda estava mantendo suas opções em aberto? Como ele poderia *não querer* ter um relacionamento exclusivo?

O motor do Audi roncou e o carro desceu a rua antes de desaparecer. No silêncio que se seguiu, Hanna ouviu um barulho, como se alguém estivesse fungando atrás dela. Ela se virou, com o corpo todo tenso. Outro barulho. Parecia que alguém estava se esforçando para não rir.

— Olá? — chamou Hanna baixinho, no meio do jardim escuro dos Montgomery. Ninguém respondeu, mas Hanna ainda tinha a sensação distinta de que alguém estava ali. *A*? Um arrepio a percorreu, chegando até seus ossos, e ela saiu correndo do pórtico o mais rápido que pôde.

16

SPENCER HASTINGS, FUTURA CAIXA DE SUPERMERCADO

Naquela mesma noite, Spencer estava sentada no sofá da sala de televisão, assistindo ao noticiário. Um repórter estava falando novamente sobre como a polícia havia vasculhado cada centímetro do trecho da floresta atrás da casa dela, e que estavam agora procurando Ian por todos os cantos do país. Naquele dia, alguém na força policial recebera uma pista sobre o paradeiro dele, mas nenhum novo detalhe seria revelado por enquanto.

Spencer grunhiu.

Logo depois do noticiário passou um comercial da Estação de Esqui Elk Ridge – eles haviam aberto mais seis pistas, e estavam apresentando a promoção *Garotas esquiam de graça nas quintas-feiras*. A campainha tocou e Spencer se levantou rapidamente, ansiosa para concentrar a atenção em coisas mais positivas. Andrew estava parado à porta, tremendo.

– Eu tenho tanta coisa para contar! – guinchou Spencer.

— É mesmo? — Andrew entrou, carregando seu livro de economia debaixo do braço. Spencer fungou, sem demonstrar simpatia. Como se economia significasse alguma coisa.

Spencer levou-o pela mão até a sala de televisão, fechou a porta e desligou a tevê.

— Bem, você sabe que eu mandei um e-mail para a minha mãe biológica na segunda-feira, não sabe? Então, ela me respondeu. E ontem mesmo eu fui encontrá-la em Nova York.

Andrew piscou.

— Nova York?

Spencer concordou.

— Ela me mandou uma passagem do trem-bala da Amtrak Acela e me pediu que a encontrasse na Estação Penn. E foi maravilhoso. — Ela apertou as mãos de Andrew. — Olivia é jovem, inteligente, e... *normal*. Nós nos entendemos imediatamente. Não é fantástico? — Ela pegou o telefone e mostrou a ele a mensagem de texto que Olivia lhe mandara na noite anterior, já bem tarde, provavelmente quando chegara ao aeroporto.

Querida Spencer, já estou com saudade! Vejo você em breve! Beijos, O.

Spencer lhe respondera, dizendo que estava com a pasta dela, e Olivia escrevera de volta pedindo que ela a guardasse — e que ela e Morgan dariam uma olhada nela assim que voltassem.

Andrew mexia na cutícula de seu polegar.

— Quando perguntei a você o que estava fazendo ontem, você respondeu que estava jantando com sua família. Quer dizer... Você mentiu?

Spencer abaixou os ombros. Por que Andrew estava discutindo semântica?

— Eu não queria falar sobre o encontro antes que ele acontecesse. Fiquei com medo de estragar tudo. Eu ia lhe contar na escola, mas tivemos um dia cheio. — Ela se recostou. — Estou pensando seriamente em me mudar para Nova York para ficar com Olivia. Ficamos separadas por tanto tempo, não quero passar mais um minuto longe dela. Ela e o marido se mudaram para uma área ótima no Village, e há várias escolas excelentes na cidade, e... — Ela percebeu a expressão tristonha de Andrew e parou de falar. —Você está bem?

Andrew estava olhando para o chão.

— Claro — murmurou ele. — São ótimas notícias. Estou muito feliz por você.

Spencer correu as mãos pela nuca, sentindo-se subitamente insegura. Ela esperara que Andrew ficasse animado com o fato de ela ter encontrado a mãe biológica — ele a incentivara a se registrar naquele site de mães biológicas, afinal de contas.

—Você não me parece muito feliz — disse ela, cautelosa.

— Não, não, eu estou. — Andrew deu um pulo e bateu o joelho com força na mesinha de centro. — Opa, eu me esqueci de uma coisa! Eu... Eu deixei o livro de cálculo na escola. Acho que devo ir buscá-lo. Nós temos todos aqueles problemas de lição de casa. — Ele juntou seus livros e foi até a porta.

Spencer agarrou-o pelo braço. Ele parou, mas não olhou para ela.

— O que está acontecendo? — perguntou ela, seu coração batendo muito rápido.

Andrew apertou os livros contra o peito.

— Bem... Quero dizer... Talvez você esteja indo rápido demais com essa história de Nova York. Você não deveria discutir o assunto com os seus pais?

Spencer fez uma careta.

— Eles provavelmente ficariam felizes se eu fosse embora.

— Você não tem certeza disso — argumentou Andrew, olhando para ela com tristeza e desviando o olhar rapidamente. — Seus pais estão zangados com você, mas sei que não a *odeiam*. Você ainda é a filha deles. Eles podem não deixar você ir para Nova York.

Spencer abriu a boca e fechou-a rapidamente de novo. Seus pais não ficariam no caminho daquela oportunidade... Ficariam?

— E você acabou de conhecer a sua mãe — disse Andrew, parecendo mais e mais contrariado. — Quero dizer, você mal a conhece. Não acha que está indo um pouco depressa demais?

— Sim, mas me parece certo — insistiu Spencer, desejando que ele pudesse compreender. — E se eu estiver mais perto dela, poderei conhecê-la melhor.

Andrew deu de ombros e se virou novamente.

— Não quero ver você magoada.

— O que você quer dizer? — Spencer teimou, frustrada. — Olivia jamais me magoaria.

Andrew apertou os lábios. Na cozinha, um dos *labradoodles* da família começou a beber água da tigela. O telefone tocou, mas Spencer não se moveu para atendê-lo, esperando que Andrew se explicasse. Ela olhou para a pilha de livros nos braços dele. Em cima do livro de economia, havia um pequeno convite, quadrado. *Por favor, junte-se a nós para a inauguração do Hotel Radley*, dizia o cartão, impresso de forma elegante.

– O que é isso? – Spencer apontou para o convite. Andrew olhou para o pedaço de papel, e o colocou dentro do caderno.

– Algo que chegou pelo correio. Devo ter pegado por engano.

Spencer olhou para ele. As bochechas de Andrew estavam vermelhas, como se ele estivesse tentando não chorar. De repente... Spencer compreendeu. Ela quase podia ver Andrew recebendo o convite do Radley e correndo para lá, ansioso para convidá-la para acompanhá-lo. *Isto deve compensar pelo Foxy*, ele provavelmente planejara dizer, referindo-se ao desastroso baile de caridade ao qual haviam comparecido juntos no outono. Talvez toda aquela bobagem a respeito de Spencer ir devagar com as coisas, e de não querer que ela se magoasse, fosse realmente porque Andrew não queria que ela partisse.

Ela tocou o braço dele gentilmente.

– Eu vou voltar para visitá-lo. E você pode ir me visitar, também.

Uma expressão de extremo constrangimento passou pelo rosto de Andrew. Ele tentou disfarçar.

– Eu... Eu preciso mesmo ir. – Ele praticamente tropeçou para fora da porta e pelo corredor. – Vejo você na escola amanhã.

– Andrew! – protestou Spencer, mas ele já tinha colocado o casaco e saído. O vento bateu a porta com tanta força que a pequena estátua de madeira de um *labradoodle,* que ficava em cima da mesa, caiu.

Spencer foi para a janela ao lado da porta da frente e observou Andrew correndo pela calçada até seu Mini Cooper.

Ela colocou a mão na maçaneta, pensando em ir atrás dele, mas uma parte dela não quis fazer isso. Andrew deu a partida rápido e saiu cantando pneus.

Um nó enorme se formou na garganta de Spencer. O que acabara de acontecer? Eles tinham terminado tudo? Agora que havia a possibilidade de Spencer ir embora, Andrew não queria mais nada com ela? Por que ele não estava feliz por ela? Por que ele estava pensando apenas em si mesmo e no que *ele* queria?

Instantes depois, a porta de trás bateu e Spencer deu um pulo. Ela ouviu passos e depois a voz do sr. Hastings. Não falava com os pais desde antes de sua viagem a Nova York, mas sabia que deveria fazê-lo. Mas e se Andrew estivesse certo? E se eles a impedissem de se mudar para lá?

Ela apanhou seu casaco de gola alta de tweed, pendurado nas costas da cadeira da sala de estar, e as chaves do carro, subitamente amedrontada. Não havia chance de Spencer conversar com eles sobre aquilo naquele momento. Precisava sair um pouco de casa, tomar um cappuccino e esfriar a cabeça. Mas, ao descer os degraus da frente em direção à calçada, ela parou, surpresa. Seu carro desaparecera. O local onde normalmente estacionava o pequeno Mercedes cupê estava vazio. Mas Spencer o deixara ali poucas horas depois da escola. Teria se esquecido de ligar o alarme? Alguém o teria roubado? *A*?

Ela correu de volta para a cozinha. A sra. Hastings estava parada junto ao fogão, colocando alguns legumes em uma grande panela de sopa. O sr. Hastings estava se servindo de uma taça de Malbec.

– Meu carro sumiu – gritou Spencer. – Acho que alguém o roubou.

O sr. Hastings continuou a servir o vinho calmamente. A sra. Hastings apanhou uma tábua de cortar de plástico, sem sequer pestanejar.

– Ninguém o roubou – disse ela.

Spencer ficou paralisada. Ela se apoiou na beirada do balcão da cozinha.

– Como você sabe que ninguém o roubou?

A boca de sua mãe estava torcida, como se estivesse comendo algo azedo. Sua camiseta preta estava muito apertada sobre os ombros largos e o busto. Ela segurava uma faca com força na mão, brandindo-a como uma arma.

– Porque seu pai o levou para a concessionária esta tarde.

Os joelhos de Spencer ficaram fracos e ela se virou para o pai.

– O *quê*? Por quê?

– Porque era um bebedor de gasolina – respondeu a sra. Hastings por ele. – Temos que começar a pensar sobre a economia e o meio ambiente. – Ela deu um sorriso cínico para Spencer e se voltou novamente para a tábua de cortar.

– Mas... – O corpo de Spencer parecia eletrificado. – Vocês acabaram de herdar milhões de dólares! E... aquele carro *não é* um bebedor de gasolina! Ele é muito mais econômico que o utilitário de Melissa! – Ela se virou para o pai. Ele ainda a estava ignorando, saboreando seu vinho. Será que ele não se importava?

Enfurecida, Spencer agarrou o pulso dele.

– Você *tem* algo a dizer?

— Spencer — falou o sr. Hastings com voz firme, soltando a mão, o cheiro de vinho tinto enchendo as narinas de Spencer —, você está sendo dramática. Nós já conversamos sobre vender o seu carro há algum tempo, lembra-se? Você não *precisa* de um carro só seu.

— Mas como eu vou fazer para me locomover? — choramingou Spencer.

A sra. Hastings continuou a cortar as cenouras em pedaços cada vez menores. A faca fazia um som abafado contra a tábua de cortar.

— Se você quiser comprar um carro novo, faça o que a maioria dos jovens da sua idade faz. — Ela colocou as cenouras na panela. — Arrume um emprego.

— Um *emprego*? — Spencer quase engasgou. Seus pais nunca a haviam feito trabalhar antes. Ela pensou em todas as pessoas em Rosewood Day que tinham empregos. Elas trabalhavam na Gap ou no King James. Na barraquinha de *pretzels* da tia Anne. Na Wawa, fazendo sanduíches.

— Ou pegue o nosso carro emprestado — disse a sra. Hastings.

— E eu ouvi falar que há uma nova e maravilhosa invenção que leva as pessoas para os mesmos lugares que os carros. — Ela colocou a faca na tábua de cortar. — Chama-se ônibus.

Spencer olhou espantada para os dois, seus ouvidos zumbindo. Em seguida, para sua surpresa, uma sensação de paz a invadiu. Ela tivera sua resposta. Seus pais realmente *não* a amavam. Se a amassem, não estariam tentando tirar tudo dela.

— Tudo bem — disse ela, dando-lhes as costas. — Não é como se eu fosse continuar aqui por muito tempo, de qualquer forma. — Enquanto ela saía da cozinha, ouviu a taça do pai bater contra o balcão de granito.

– Spencer! – chamou o sr. Hastings. Mas era tarde demais. Spencer correu para seu quarto, no andar de cima. Normalmente, depois que seus pais lhe repreendiam ou rejeitavam, lágrimas lhe escorriam pelas faces e ela se atirava na cama, imaginando o que havia feito de errado. Mas não desta vez. Ela foi até sua escrivaninha e apanhou o folder que Olivia estava carregando no dia anterior. Respirando fundo, ela o examinou. Como Olivia lhe dissera, a pasta estava cheia de papéis sobre o apartamento que ela e o marido tinham comprado, detalhes sobre as dimensões dos quartos, os materiais do piso e dos armários, e as facilidades que havia no prédio – uma *pet shop*, uma piscina olímpica e um salão de beleza Elizabeth Arden. Grampeado à capa do folder, havia um cartão de visitas.

Michael Hutchins, corretor de imóveis.

Michael, nosso corretor, pode encontrar algo realmente especial para você, dissera Olivia durante o jantar.

Spencer olhou em volta do quarto, examinando seu conteúdo. Todos os móveis, desde a cama de dossel até a escrivaninha antiga, passando pelo armário de cerejeira e a penteadeira Chippendale, lhe pertenciam. Ela os havia herdado de sua tia-avó Millicent – aparentemente, ela não tivera a mesma animosidade a respeito de crianças adotadas. Obviamente, teria que levar suas roupas, sapatos, bolsas e a coleção de livros, também. Provavelmente, tudo caberia em um trailer de mudanças. Talvez ela mesma pudesse dirigir, se fosse necessário.

Seu telefone vibrou e Spencer deu um pulo. Ela apanhou o celular rapidamente, esperando que Andrew estivesse ligando para fazer as pazes, mas quando viu que era um texto de um *Desconhecido*, seu coração quase parou.

Querida Pequenina Senhorita Spencer-Seja-Lá-Qual-For-O-Seu-Nome, você já não deveria saber o que acontece quando não me ouve? Usarei palavras curtas desta vez, para você entender. Ou você esquece a mamãezinha perdida por um tempo e continua a investigar o que realmente aconteceu... Ou vai pagar o preço.
O que você acharia de desaparecer para sempre? – A

17

AH, COMO NOS VELHOS TEMPOS!

Mais tarde, naquela noite, depois do treino de natação, Emily sentou-se a sua mesa preferida no Applebee's, a que ficava abaixo de uma velha bicicleta dupla pendurada no teto e de placas de carro coloridas nas paredes. Sua irmã Carolyn, Gemma Curran e Lanie Iler – duas outras nadadoras de Rosewood Day – juntaram-se a ela. O salão de jantar cheirava a batatas fritas e hambúrgueres, e uma velha canção dos Beatles tocava nos alto-falantes. Quando Emily abriu o cardápio, ficou feliz em ver que as entradas especiais eram palitinhos de queijo e asinhas de frango. A salada de galinha ainda era servida com molho apimentado. Se Emily fechasse os olhos, podia quase fingir que era a mesma época no ano passado, quando costumava vir ao Applebee's todas as noites de quinta, e quando nada de ruim havia acontecido ainda.

– A treinadora Lauren devia estar fumando crack quando elaborou aquela rotina de quinhentos metros – reclamou Gemma, examinando o cardápio.

— Fala sério! — ecoou Carolyn, tirando sua jaqueta com o símbolo da Equipe de Natação Rosewood Day. — Mal posso levantar meus braços!

Emily riu com as outras, e aí reparou numa cabeça loura com o canto dos olhos. Ela ficou tensa e olhou para o bar, que estava lotado de pessoas assistindo a um jogo dos Eagles na televisão de tela plana. Havia um garoto louro no canto do bar, conversando animadamente com sua acompanhante. O coração de Emily voltou ao ritmo normal. Por um segundo, ela pensou ter visto Jason DiLaurentis.

Emily não conseguia tirar Jason da cabeça. Ela detestava o fato de Aria ter ignorado seus alertas no pátio, terça-feira, inventando desculpas para o comportamento dele. E realmente não sabia o que pensar da estranha foto que A lhe enviara no dia anterior: a foto de Ali, Naomi e Jenna juntas, como se fossem amigas. Se Jenna era amiga de Ali, Ali poderia ter se aberto com ela sinceramente, certo? Ela poderia ter contado a Jenna algum segredo obscuro sobre seu irmão, sem fazer ideia de que Jenna revelaria algo parecido.

Há alguns meses, antes de a polícia prender Ian pelo assassinato de Ali, Emily assistira a uma entrevista de Jason DiLaurentis na televisão. Bem, aquilo era uma espécie de entrevista — um repórter o havia descoberto em Yale e lhe perguntara o que ele achava da investigação do assassinato da irmã. Jason o ignorara, dizendo que não queria falar sobre o assunto. Ele ficava longe da família tanto quanto possível, Jason dissera, porque eles eram perturbados demais. Mas e se *Jason* fosse o perturbado? No verão entre o sexto e o sétimo anos, Emily estivera na casa de Ali enquanto os DiLaurentis arrumavam as malas para ir para a casa de campo, em Poconos. Enquanto a família inteira carregava as bagagens para o carro, Jason ficara deitado na espreguiçadeira, zapeando os canais da televisão. E quando Emily perguntara a Ali por que Jason não estava ajudando, Ali simplesmente dera de ombros.

– Ele está num de seus dias Elliott Smith. – Ela revirou os olhos. – Eles deveriam colocá-lo em uma camisa de força, que é o lugar dele.

Um arrepio percorreu a espinha de Emily.

– Jason precisa ser internado em uma clínica psiquiátrica?

Ali revirou os olhos de novo.

– Foi uma *brincadeira*! – grunhiu ela. – Você leva tudo tão a sério!

Mas quando Ali se virou para carregar outra mala para o carro, sua boca tremeu levemente. Parecia que alguma coisa se escondia sob o exterior calmo de Ali, algo que ela não queria admitir.

Emily enviara a foto de A para todas as antigas amigas. Tanto Spencer quanto Hanna haviam respondido, dizendo que não tinham ideia do que poderia significar, mas Aria nem se dera ao trabalho de retornar a mensagem. E se elas *precisassem mesmo* se preocupar com Jason? Havia muita coisa sobre ele que elas não sabiam.

Uma garçonete loura, usando o uniforme verde do Applebee's e um boné dos Eagles, veio anotar os pedidos delas. Em seguida, as nadadoras começaram a falar sobre a festa do Radley.

– Topher conseguiu arrumar um convite e quer que eu vá com ele – estava dizendo Carolyn. – Mas o que você veste em uma festa como essa?

Emily bebericou sua Coca-Cola sabor baunilha.

Topher era o namorado de Carolyn, mas normalmente os dois preferiam assistir a uma maratona de *Heroes* a ir a festas elegantes.

— E aquele vestido rosa que eu usei no baile beneficente de Rosewood Day? — sugeriu Emily. Em seguida, tamborilou os dedos sobre a mesa. — Você não precisa mais se preocupar comigo assaltando o seu armário. Eu *já tenho* um vestido.

Os olhos de Carolyn se iluminaram.

— Você vai?

— Alguém me convidou — balbuciou Emily. Lanie e Gemma se inclinaram para a frente, intrigadas. Carolyn apertou o braço de Emily.

— Me deixe adivinhar — sussurrou ela. — Renee Jeffries, da Tate? Vocês duas estavam tão bonitinhas, conversando antes da prova dos duzentos metros, no mês passado. E alguém me disse que ela é...Você sabe. — Carolyn se calou.

Emily estava brincando com o canudo vermelho em sua Coca-Cola. Ainda não contara a sua família nem às colegas de natação sobre Isaac. Respirando fundo, ela olhou para as outras.

— Na verdade... Foi um garoto.

Carolyn piscou. Lanie e Gemma sorriram, confusas. Na televisão, os Eagles marcaram um *touchdown*. O salão inteiro aplaudiu, mas nenhuma delas se virou.

— Eu o conheci na igreja — continuou Emily. — Ele frequenta a Academia da Santíssima Trindade. O nome dele é Isaac. Nós estamos... namorando. Mais ou menos.

Carolyn colocou as mãos na mesa.

— Isaac *Colbert*? Aquele gato que toca naquela banda, Carpe Diem?

Emily assentiu, o rubor lhe colorindo o rosto.

— Eu o conheço — disse Emma, babando. — Nós trabalhamos no mesmo projeto, Habitat para a Humanidade, no ano passado. Ele é lindo.

— Isso é *sério*? — Os olhos de Carolyn se arregalavam ainda mais. Emily concordou novamente, olhando para a irmã.

— Eu tenho que contar para o papai e a mamãe. Não dê a notícia para eles ainda. Eu só precisava me certificar de que... é para valer.

Carolyn pegou um pedaço de pão de alho do prato que acabara de chegar.

— Boa, Emily! — Gemma bateu a mão na de Emily, e Lanie lhe deu um tapinha nas costas.

Emily respirou aliviada. Estava preocupada com aquele momento. E temera, principalmente, que Carolyn fizesse uma cena e lhe perguntasse por que fizera a família passar por todo aquele estresse sobre o lesbianismo, se ela pretendia sair com garotos de novo. Mas agora que seus pensamentos estavam novamente voltados para Isaac, ela não podia deixar de se lembrar do que havia acontecido durante o jantar, na noite anterior. Todas aquelas indiretas horríveis, dolorosas. Todos aqueles olhares amargos. E aquela fotografia na gaveta, de Emily decapitada. Emily e Isaac *poderiam* mesmo ir à festa Radley juntos, se a sra. Colbert soubesse o que eles tinham feito?

Ela saíra da casa de Isaac pouco depois de ter visto a foto na gaveta, sem falar a ele uma palavra sobre aquilo. Mas ela precisava dizer alguma coisa. Eles eram um casal. Estavam apaixonados. Certamente, ele entenderia. Ela poderia dizer algo como, *Você tem certeza de que a sua mãe gosta de mim? Sua mãe costuma humilhar suas novas namoradas? Você sabia que a sua mãe é uma psicopata e me decapitou em uma foto?*

Os pedidos das meninas chegaram e as nadadoras devoraram seus pratos. Quando a garçonete voltou para tirar a mesa, o telefone de Emily tocou. *Spencer Hastings*, o visor informava. Emily se sentiu meio enjoada e lançou um olhar de desculpas para suas amigas, afastando-se da mesa. Ela foi para o corredor onde ficavam os banheiros. A área do bar estava barulhenta demais para que tentasse falar ao telefone.

– O que foi? – perguntou Emily para ela, empurrando a porta do banheiro.

– Recebi outra mensagem – respondeu Spencer.

Emily apoiou a mão trêmula na pia de mármore e olhou para o espelho. Seus olhos estavam arregalados e seu rosto havia ficado muito pálido.

– O... O que ela dizia?

– Basicamente, que precisamos continuar procurando, ou aguentar as consequências.

– Procurando... pelo assassino? – sussurrou Emily.

– Acho que sim. Não sei o que mais poderia ser.

– Você acha que tem a ver com aquela foto que eu recebi? Aquela de Ali e Jenna?

– Eu não sei. – Spencer soava desanimada. – Aquilo também não faz muito sentido.

Ouviu-se o barulho de uma descarga, e um par de sapatos se moveu por detrás de uma das portas. Emily ficou tensa. Ela não percebera que havia mais alguém no banheiro.

– Eu preciso ir – sibilou ela ao telefone.

– Tudo bem – disse Spencer. – Tenha cuidado.

Emily desligou o celular e o colocou de volta na bolsa. Quando a porta da cabine se abriu e a mulher saiu, o sangue de Emily congelou.

– Ora! – A sra. Colbert parou, surpresa. Ela vestia uma blusa de seda e calças pretas, como se tivesse vindo diretamente do trabalho. Os cantos de seus lábios se curvaram para baixo.

– Olá – disse Emily, sua voz uma oitava mais alta do que o normal. Suas mãos tremiam. – C-como vai a senhora?

A sra. Colbert passou por ela e foi até a pia, girando a torneira da água quente. Ela colocou as mãos sob o jato d'água, esfregando-as tão vigorosamente que era de se espantar que sua pele não se despregasse. Ela estava bloqueando o toalheiro, mas Emily não se atreveu a lhe pedir licença.

– A senhora e o sr. Colbert estão jantando aqui? – perguntou Emily, forçando um sorriso. – Os hambúrgueres são ótimos.

A sra. Colbert se virou e olhou para ela com raiva.

– Pare com esse teatrinho simpático. É insultante.

Emily achou que fosse desmaiar. Outro grito de comemoração veio do bar.

– O quê?

A sra. Colbert desligou a torneira e arrancou um pedaço de papel toalha com um pouco de força demais, enxugando as mãos.

– Eu não quis dizer isso na frente do meu filho, e foi por esse motivo que eu a tolerei durante o jantar na outra noite. Mas você desrespeitou a mim e à minha casa. No meu entender, você não passa de lixo. Não se atreva a colocar os pés na minha casa novamente.

Emily empalideceu. Todos os outros sons desapareceram. Atordoada, saiu do banheiro de costas, e correu de volta para a mesa. Ela apanhou o casaco pendurado na cadeira e foi direto para a porta.

— Emily? — chamou Carolyn, levantando-se. Mas Emily não respondeu. Precisava sair dali. Precisava fugir da mãe de Isaac antes que a mulher pudesse dizer mais alguma coisa.

O vento forte lhe atingia o rosto enquanto ela caminhava em direção ao estacionamento. Carolyn estava bem atrás dela, puxando-lhe a manga.

— O que aconteceu? — perguntou sua irmã. — O que foi que aconteceu?

Emily não respondeu. Ela não tinha certeza se *podia* responder. *Você desrespeitou a mim e à minha casa*. A sra. Colbert havia dito tudo. Emily olhou para o símbolo iluminado do Applebee's, amaldiçoando sua terrível sorte. Por que a sra. Colbert tinha que ir jantar no Applebee's justamente naquela noite? E eram apenas oito horas, não exatamente o horário normal de jantar. Estava um frio terrível, também, aquela era uma noite boa para ficar em casa.

E aí, do fundo de sua bolsa, o telefone de Emily tocou. De repente, ela percebeu tudo. Talvez não tivesse sido por azar ou coincidência que a sra. Colbert estivesse jantando no Applebee's naquela noite. Talvez alguém tivesse dito a ela que fosse até lá.

— Só um minuto — disse ela à irmã. Emily caminhou até o meio-fio, próximo da porta de entregas, e se sentou. O visor esverdeado de seu celular brilhava na escuridão. *Uma nova mensagem de foto*, estava escrito na tela.

Uma fotografia apareceu no visor do Nokia. Mas não tinha nada a ver com Emily, Isaac ou a mãe dele. Em vez disso, a foto mostrava um grande salão com vitrais pintados, bancos de madeira polida e tapetes vermelhos espessos. Emily franziu a testa.

Era a Santíssima Trindade, a igreja de sua família. Lá estava o confessionário do padre Tyson, a pequena alcova de madeira perto da entrada. Alguém estava saindo do confessionário, com a cabeça abaixada. Emily aproximou o telefone do rosto. O rapaz na foto era alto, com cabelos curtos e escuros. Um distintivo do departamento de polícia de Rosewood brilhava em sua jaqueta, e um par de algemas pendia de seu cinto.

Wilden?

Em seguida, ela percebeu o texto sob a foto. Ainda que Emily não tivesse muita certeza do que significava, um arrepio lhe percorreu o corpo, do alto da cabeça até as solas dos pés.

Acho que todos nos sentimos culpados em relação a alguma coisa, não é? – A

18

HÁ ALGO DE PODRE NO REINO DE ROSEWOOD...

Na sexta-feira de manhã, enquanto a cor do céu mudava de azul-escuro para púrpura pálido, Hanna fechava sua jaqueta de corrida verde da Puma e fazia uma série de alongamentos apoiada no grande bordo do jardim da frente. Em seguida, começou a correr pela calçada, ouvindo música em seu iPhone. Fora uma idiota em não comprar um iPhone antes – protegida por seu novo número não listado, não recebera uma única mensagem de A.

A nova A estava certamente bombardeando Emily com mensagens – Hanna recebera um torpedo reenviado por Emily naquela manhã, uma foto de Darren Wilden se esgueirando por uma igreja. *O que você acha que isso significa?*, escreveu Emily, como se Hanna pudesse saber. Muita gente ia à igreja. Mas ela não acreditava que A estivesse enviando textos para Emily contendo pistas importantes. Era mais do que provável que A estivesse simplesmente brincando com a cabeça já perturbada da pobre Emily.

Mas Hanna *havia* recebido várias mensagens de Mike Montgomery. Como a que acabara de chegar.

Vc está acordada?
Estou, correndo.
Sexy, devolveu Mike. *O q vc está vestindo?*
Hanna sorriu. *Spandex. Superjusto.*
Mike depois escrevera: *Passe na minha casa!*
Só nos seus sonhos, respondeu Hanna, rindo.

Mike enviara uma mensagem para ela na noite anterior, presumivelmente depois que voltara de seu encontro com Kate. Hanna pensara em dar um gelo nele por sair com as duas, mas não queria parecer insegura. Será que Mike achava Kate mais bonita que ela? Mais magra? Será que ele a levara para fazer compras e invadira o trocador também? O que Kate faria? Riria... ou se assustaria? Hanna enviou outra mensagem.

Q hr vc quer que eu o apanhe para a festa Radley amanhã?

Ela estava virando a esquina de sua rua quando Mike respondeu.

Vc se importa se levarmos outra pessoa?

Hanna parou abruptamente. Era óbvio que a outra pessoa que Mike queria levar era... *Kate.*

Ela chutou o poste de metal na parada de ônibus com força. O barulho assustou alguns pássaros que estavam em uma árvore próxima. Seu pai poderia ter pegado mais leve no castigo Kate-o-tempo-todo, mas ainda estava tentando forçar Hanna e Kate a serem melhores amigas. Como na noite anterior, quando Kate voltara de seu encontro com Mike e encontrara Hanna e o sr. Marin na cozinha, onde Hanna estava orgulhosamente mostrando ao pai a bandeira decorada para a Cápsula do Tempo. O sr. Marin olhara para a bandeira, e depois para Kate, e perguntara gentilmente a Hanna se Kate poderia receber, com ela, o crédito por encontrar a bandeira. Talvez Hanna pudesse deixar que ela desenhasse algo em um dos cantos?

Hanna ficara de queixo caído.

– É a minha bandeira – disse ela, espantada que o pai estivesse sugerindo uma coisa daquelas. – Eu a encontrei. – Seu pai olhara para ela decepcionado e se afastara. Kate não dissera uma palavra o tempo todo, provavelmente imaginando que uma filha calada e humilde era melhor do que uma rebelde e agitada. Mas Hanna sabia que Kate estava felicíssima por assistir a relação de Hanna com seu pai morrer, uma morte lenta e dolorosa.

Houve um ruído atrás dela e Hanna se virou, com a súbita sensação de que alguém a estava seguindo. Mas a rua estreita estava vazia. Ela soltou um longo suspiro e decidiu não responder Mike, colocando o iPhone de volta no bolso e aumentando o volume da música. Ela correu, desceu uma ladeira, atravessou uma pontezinha estreita entre dois jardins e se viu em um lugar conhecido. Havia uma antiga casa cinza na esquina, afastada da rua. Dois cavalos cor de canela e um pônei Shetland malhado estavam parados calmamente ao lado da cerca de madeira.

Aquele era o cruzamento para a casa de Ali. A primeira vez em que Hanna estivera naquele cruzamento fora quando ela tentara roubar a parte de Ali da bandeira da Cápsula do Tempo. Hanna se lembrava de olhar nos olhos grandes e suaves do pônei, desejando poder pedir a opinião dele sobre o que estava para fazer. Quem ela pensava que era, achando que poderia simplesmente roubar a bandeira de Ali? E se Naomi e Riley estivessem lá e todas elas rissem na cara de Hanna?

Talvez eu devesse enfrentar o fato de que jamais serei popular, ela quase dissera em voz alta para o pônei. Um carro passou, bem neste momento, e ela endireitou os ombros e continuou a pedalar. Agora, ela corria pelo bairro de Ali, respirando com dificuldade. A casa de Mona era uma das primeiras da rua, com sua grande entrada circular e garagem para seis carros dolorosamente familiar. Hanna desviou os olhos. A próxima casa era a de Jenna, a vermelha em estilo colonial com uma grande árvore ao lado, que uma vez abrigara a casa de madeira de Toby. Em seguida, vinha a mansão de Spencer, que ficava detrás de um grande portão de ferro. Marcas da palavra ASSASSINA pichada no portão ainda eram visíveis através dos portões da garagem, embora tivessem sido repintados. A velha casa de Ali era a última, no final da rua sem saída.

Hanna correu até o memorial de Ali, que ainda estava lá, junto ao meio-fio. Algumas velas haviam sido substituídas, e uma delas estava acesa, tremulando ao vento. Havia algumas mensagens manuscritas no mural, dizendo coisas como "Nós vamos encontrá-lo, Ali, e Ian vai pagar pelo que fez!".

Hanna se abaixou e olhou para a fotografia que decorava o memorial desde que fora inaugurado, quando o corpo de Ali fora encontrado. A foto estava amassada e desbotada, depois de meses sob a chuva e a neve. Era uma foto de Ali no sexto ano, vestindo uma camiseta azul da Von Dutch e um par de jeans Seven, de pé no grande salão da casa de Spencer. Fora tirada na noite em que Melissa e Ian foram ao Baile de Inverno de Rosewood Day. Ali insistira em espioná-los, rindo histericamente quando Melissa tropeçara nas escadas durante sua entrada triunfal. Quem sabe, talvez Ali tivesse algo com Ian mesmo *naquela época*.

Hanna franziu a testa, olhando para a foto mais de perto. Por detrás de Ali, a porta da frente da casa dos Hastings estava levemente aberta, oferecendo uma visão parcial do jardim da frente. De pé, na entrada da casa de Spencer, ao lado da limusine de Ian e Melissa, havia um vulto solitário, de jaqueta e jeans. Hanna não podia realmente ver quem era, porque o rosto estava fora de foco. Ainda assim, havia algo intrusivo e voyeurístico na postura daquela pessoa, como se ela quisesse espionar Ian e Melissa.

Uma porta bateu. Hanna deu um pulo e olhou para cima. Por um momento, não conseguiu identificar de onde o barulho tinha vindo. Então viu Darren Wilden de pé na calçada da casa dos Cavanaugh. Quando ele viu Hanna, olhou ao redor.

– Hanna? – disse Wilden. – O que você está... fazendo?

O coração de Hanna começou a bater mais rápido, como se ela tivesse sido apanhada roubando em uma loja.

– Correndo. O que *você* está fazendo?

Wilden parecia abalado. Ele se virou, fazendo um gesto na direção das árvores que ficavam atrás da casa de Spencer, do outro lado da rua.

– Eu estava, bem, apenas... você sabe. Checando as coisas lá atrás.

Hanna cruzou os braços. Os policiais haviam encerrado as buscas pelo bosque. E Wilden viera da casa de Jenna, que era do lado oposto da rua, não da direção que ele apontava.

—Você encontrou alguma coisa?

Wilden esfregou as mãos enluvadas.

— Você não deveria estar aqui — balbuciou ele. Hanna o encarou de volta. — Está muito frio — tentou explicar.

Hanna estendeu a perna esquerda.

— É para isso que existem polainas. E luvas, e gorros.

— Mesmo assim. — Wilden bateu o punho direito contra a palma da mão esquerda. — É melhor você correr em um lugar mais seguro. Como a trilha Marwyn.

Hanna estremeceu. Estaria Wilden realmente preocupado com ela... ou só queria que ela sumisse dali? Ele olhou por sobre o ombro novamente, na direção da floresta. Hanna virou o pescoço, também. Haveria alguma coisa ali? Alguma coisa que ele não queria que ela visse? Mas ele não tinha declarado para a imprensa que nunca acreditara que houvesse algo na floresta? Ele não achava que Hanna e as outras meninas tinham inventado tudo?

O texto de A sobre Wilden no confessionário voltou à mente de Hanna.

Acho que todos nos sentimos culpados em relação a alguma coisa, não é?

— Você precisa de carona para algum lugar? — perguntou Wilden em voz alta, fazendo Hanna pular. — Eu já acabei aqui.

Na verdade, os dedos dos pés de Hanna estavam ficando congelados.

— Tudo bem — gaguejou ela, tentando permanecer calma. Deu uma última olhada no memorial de Ali e seguiu Wilden até um carro coberto por uma camada suja de neve e gelo. — Esse é o seu carro? — Havia algo familiar nele.

— Minha viatura está na oficina, e tive que recorrer a essa lata-velha. — Ele abriu a porta do passageiro. O interior do carro cheirava a velhas embalagens de McDonald's. Ele afastou rapidamente uma pilha de arquivos, caixas de sapatos, CDs, pacotes vazios de cigarros, cartas lacradas e um par extra de luvas para o banco de trás. — Desculpe a bagunça.

Um adesivo oval no chão ao lado do banco do passageiro atraiu a atenção de Hanna. Havia um desenho de um peixe nele, com algumas iniciais e as palavras *Passe Diário*. O adesivo não havia sido descolado da base ainda, e a impressão parecia brilhante e nova.

— Você andou pescando no gelo, ultimamente? — provocou Hanna, apontando para o adesivo. Quando seu pai ainda era seu amigo, em vez do robô sem alma que só pensava em fazer a Princesa Kate feliz, eles costumavam ir pescar no lago Keuka, no estado de Nova York. Eles sempre precisavam comprar um passe semelhante, na loja de iscas local, para poderem usar o lago sem serem multados.

Wilden olhou para o adesivo com uma expressão estranha no rosto. Ele pegou o adesivo, examinou-o e o jogou rapidamente para o banco de trás.

— Eu não limpo este carro há anos. — As palavras saíram enroladas e apressadas. — Essa coisa é velha. — Ele deu partida no motor e engatou a ré com tanta força que Hanna foi jogada para trás. Wilden contornou a rua sem saída, quase passando por cima do memorial de Ali, e o carro passou pelas casas de Spencer, de Jenna e de Mona. Hanna se agarrou no pequeno apoio acima da janela.

— Isso não é uma corrida — brincou ela, tremendo, cada vez mais assustada. Wilden olhou para ela pelo canto do olho, sem dizer nada. Hanna percebeu que ele não estava usando a jaqueta do uniforme da Polícia de Rosewood, e vestia um pulôver simples e grande demais, e jeans pretos. Um pulôver, na verdade, que se parecia muito com o que usava aquela pessoa assustadora que ela encontrara na floresta na noite de sábado. Mas aquilo era apenas uma coincidência... Não era?

Hanna passou a mão pela nuca e limpou a garganta.

– E aí, bem, como anda a investigação sobre Ian?

Wilden olhou para ela, seu pé ainda pressionando o acelerador. Eles fizeram a volta no alto do morro rapidamente, e os pneus do carro cantaram alto.

– Temos uma boa pista de que Ian está na Califórnia.

Hanna abriu a boca e fechou-a rapidamente. O endereço IP das mensagens de Ian indicava que ele ainda estava em Rosewood.

– E como você descobriu isso? – perguntou ela.

– Uma denúncia – grunhiu Wilden.

– De quem?

Ele lhe dirigiu um olhar gélido.

– Você sabe que eu não posso lhe contar.

Uma Nissan Pathfinder cinza estava na frente deles, subindo lentamente o morro. Wilden acelerou e mudou para a faixa contrária, aumentando a velocidade para ultrapassar. O motorista da Pathfinder buzinou. Duas luzes apareceram à distância, na direção oposta.

– O que você está fazendo? – gritou Hanna, ficando cada vez mais nervosa. Wilden não voltou para a faixa correta. – Pare! – gritou de novo.

De repente, Hanna foi jogada de volta para a noite em que estivera no estacionamento de Rosewood Day, vendo o carro de Mona vir em sua direção. Quando percebera que o carro não ia desviar, não conseguiu se mover, petrificada e indefesa. Parecia que não havia nada que ela pudesse fazer para impedir o que aconteceria.

Hanna fechou os olhos, sentindo a ansiedade dominá-la. Ela ouviu uma buzina ensurdecedora, e o carro de Wilden mudou de direção rapidamente.

Quando Hanna abriu os olhos de novo, eles estavam de volta à faixa correta.

— Qual é o seu *problema*? — perguntou Hanna, seu corpo inteiro tremendo.

Wilden olhou para ela de lado.

Ele parecia... *estar se divertindo*.

— Fique calma.

Fique calma? Hanna passou a mão pelo rosto, prestes a vomitar. O incidente lhe passou pela mente repetidas vezes, em modo acelerado. Desde o acidente que sofrera, ela fazia um esforço tremendo para não pensar naquela noite, e ali estava Wilden, rindo dela por ter ficado assustada. Talvez ela não devesse ter se apressado tanto em descartar as mensagens de A sobre ele, afinal de contas.

Hanna estava para dizer a ele que encostasse o carro e a deixasse sair, quando percebeu que Wilden já estava subindo a sua rua. Quando chegaram ao topo, ela rapidamente soltou o cinto de segurança e saiu do carro. Nunca se sentira tão agradecida por ver sua casa.

Hanna bateu a porta, mas Wilden não pareceu notar. Ele simplesmente engatou a ré e desceu a rua, sem se importar em fazer a manobra para voltar. Parte da neve havia caído do capô do carro. Hanna podia ver que a frente do carro era alongada, e que os faróis pareciam ameaçadores.

Uma sensação de *déjà-vu* invadiu Hanna de repente. Alguma coisa a respeito do que acabara de acontecer já acontecera antes — e não apenas na noite de seu acidente. Ela sentia a mesma sensação quando não conseguia se lembrar de uma palavra na aula de francês, com o termo na ponta da língua.

Normalmente, ela se lembrava da palavra mais tarde, e nos momentos mais estranhos, como, por exemplo, quando estava navegando no iTunes ou quando estava passeando com o cachorro. Logo mais ela perceberia o que, exatamente, aquela situação a fazia se lembrar.

Mas Hanna não estava realmente ansiosa para descobrir.

19

SPENCER PERDE E GANHA

Na sexta-feira, depois das aulas, a melhor amiga de Spencer na equipe de hóquei, Kirsten Cullen, estacionou seu carro junto à calçada da casa de Spencer e puxou o freio de mão.

— Muito obrigada pela carona — disse Spencer. Só porque os pais haviam tirado seu carro, não significava que ela subiria a bordo do ônibus escolar fedorento de Rosewood Day.

— Sem problemas — disse Kirsten. — Você vai precisar de carona na segunda-feira, também?

— Se não for dar muito trabalho — murmurou Spencer. Ela telefonara para Aria pedindo uma carona, já que agora a amiga morava em um bairro próximo, mas Aria dissera que tinha "uma coisa para fazer" naquela tarde, cheia de mistério, sem explicar que "coisa" era aquela. E não era como se Spencer pudesse pedir a Andrew. Durante todo o dia, ela pensara que ele pediria desculpas — e se ele tivesse feito isso, Spencer teria se desculpado também e prometido que eles continuariam juntos mesmo que ela mudasse de cidade. Mas Andrew deliberadamente não falara com ela em nenhuma das aulas que tiveram juntos. Para Spencer, aquilo foi a gota d'água.

Kirsten acenou para se despedir e arrancou. Virando-se, Spencer caminhou pela calçada. A vizinhança estava silenciosa, e o céu tinha uma cor cinza-violeta. A pichação ASSASSINA nos portões da garagem fora apagada com uma nova pintura, mas a nova cor não era adequada, e a palavra ainda aparecia levemente. Spencer desviou os olhos, não querendo ler de novo. Quem teria feito aquilo? A? Mas... por quê? Para assustá-la ou para alertá-la?

A casa estava vazia, cheirando a produtos de limpeza, o que significava que a faxineira dos Hastings, Candace, acabara de sair. Spencer correu para o andar de cima, apanhou o folder de Olivia da escrivaninha em seu quarto e saiu de casa pela porta dos fundos. Embora seus pais não estivessem, não queria fazer aquilo na casa deles. Ela precisava de privacidade total.

Spencer destrancou a porta da frente do celeiro e acendeu as luzes da cozinha e da sala de estar. Tudo estava como ela havia deixado da última vez em que estivera ali, até o copo quase cheio d'água ao lado do computador. Ela se atirou no sofá e apanhou seu Sidekick. A mensagem de A fora a última que recebera. *O que você acharia de desaparecer para sempre?* No começo, a mensagem a deixara assustada, mas depois de algum tempo ela a via de outro modo. Desaparecer para sempre parecia bom – desaparecer de Rosewood, isso sim. E Spencer sabia exatamente como fazer aquilo.

Ela colocou o folder de arquivos de Olivia sobre a mesinha de café, seu conteúdo praticamente se derramando sobre o tapete no chão. O cartão de visitas do corretor de imóveis estava bem em cima. Com as mãos trêmulas, Spencer telefonou para o número impresso no cartão. O telefone tocou uma vez, duas vezes.

— Michael Hutchins — respondeu uma voz masculina.

Spencer se sentou e limpou a garganta.

— Oi. Meu nome é Spencer Hastings — disse ela, tentando soar mais velha e profissional. — Minha mãe é cliente sua. Olivia Caldwell?

— É claro, é claro. — Michael soava satisfeito. — Eu não sabia que Olivia tinha uma filha. Você já viu a casa nova dela e do marido? Vai ser fotografada para a seção de arquitetura do *New York Times* no mês que vem.

Spencer enrolou uma mecha de cabelo nos dedos.

— Ainda não. Mas verei... Em breve.

— E aí, o que posso fazer por você?

Ela cruzou e descruzou as pernas. Seu coração batia tão forte que ela conseguia ouvir.

— Bem... Eu preciso de um apartamento. Em Nova York. De preferência, perto de Olivia. É possível?

Ela ouviu Michael virando alguns papéis.

— Acredito que sim. Espere um pouco. Deixe-me acessar o banco de dados e ver o que tenho disponível.

Spencer mordeu a unha do polegar com força. Aquilo parecia surreal. Ela olhou pela janela e viu a piscina e a banheira de hidromassagem, o quintal, e dois cachorros brincando perto da cerca. Em seguida, virou-se e olhou para o moinho. MEN-TIROSA. A palavra ainda estava lá, sem ter sido coberta por uma nova pintura. Talvez seus pais a tivessem deixado lá como um lembrete para Spencer, o equivalente da letra *A* no livro *A letra escarlate*. A antiga casa de Ali, vizinha à sua, não tinha mais a fita amarela de *Não Atravesse* sobre o buraco meio aberto — os novos proprietários haviam finalmente tido o bom senso de retirá-las – mas o buraco não havia sido fechado ainda. Atrás do celeiro, estava a floresta, espessa e escura, cheia de segredos.

Olivia dissera a ela para ir devagar, mas se mudar de Rosewood era a coisa mais inteligente – e mais segura – que Spencer poderia fazer.

– Você está aí? – A voz de Michael chamou e Spencer deu um pulo. – Há um registro novo, de um apartamento na rua Perry, 223. Ainda nem foi colocado no mercado, o proprietário está limpando e pintando, mas provavelmente estará no nosso site na segunda-feira. É um apartamento de um quarto, no térreo de um edifício antigo. Estou olhando para as fotos neste momento e o lugar é lindo. Teto alto, piso de madeira, uma cozinha americana, um pequeno pátio nos fundos e uma banheira de cerâmica. Você estaria perto do metrô e a uma quadra da loja Marc Jacobs. Você parece ser uma garota Marc Jacobs.

–Você está certo quanto a isso – sorriu Spencer.

–Você está perto de um computador? – quis saber Michael. – Posso lhe enviar algumas fotos do lugar agora mesmo.

– Claro! – disse Spencer, dando a ele seu e-mail. Ela se levantou e foi até o laptop de Melissa, que estava fechado sobre a escrivaninha. Em segundos, um novo e-mail apareceu em sua caixa de entrada. As fotos anexas mostravam um prédio bonito e antigo, com escadas de ardósia. O apartamento tinha piso de carvalho, duas grandes janelas, tijolos aparentes, balcões de mármore e até mesmo máquinas de lavar e passar.

– Parece lindo mesmo – suspirou Spencer, quase desmaiando. – Estou na Filadélfia agora, mas posso ir até a cidade na segunda-feira à tarde para dar uma olhada?

Ela ouviu o som de uma buzina, do lado de fora da janela de Michael.

— Isso pode ser arranjado, com certeza — disse ele, a hesitação em sua voz era praticamente palpável. — Mas preciso avisar: apartamentos como esse não aparecem sempre, e o mercado de imóveis em Nova York é insano. Esse é um dos melhores quarteirões no Village, e as pessoas vão pular em cima dele. É provável que na segunda-feira de manhã alguém apareça em nosso escritório logo que o anúncio for publicado, com um cheque, sem nem ter visto o lugar. Quando você chegar aqui, o apartamento já pode ter sido alugado. Mas não quero pressionar você. Há outros apartamentos que posso lhe mostrar naquela área, também...

Os ombros de Spencer ficaram tensos, e a adrenalina corria em suas veias. De repente, ela se sentiu como se estivesse correndo para a bola em um jogo de hóquei, ou lutando pela aprovação de um professor na sala de aula. Aquele apartamento era *dela*, e de ninguém mais. Ela imaginou seus móveis no quarto. Imaginou a si mesma vestindo seu mantô Chanel nas manhãs de sábado, indo para o Starbucks. Ela podia comprar um cachorro, e contratar um daqueles passeadores de cachorros que conduziam quinze cães de uma vez só. Mais cedo, naquele mesmo dia, procurara algumas escolas particulares em Nova York, caso escolhesse não se formar mais cedo. Quando olhou para o papel em branco junto ao laptop, percebeu que havia escrito rua Perry, 223 várias vezes, em letra de forma e cursiva, e com uma caligrafia caprichada. Nenhum apartamento serviria além daquele.

— Por favor, não o anuncie — balbuciou Spencer. — Eu quero esse apartamento. Nem preciso ir vê-lo. E se eu lhe pagar algum dinheiro agora? Seria suficiente?

Michael fez uma pausa.

— Podemos fazer isso. — Ele parecia surpreso. — Acredite em mim, você não vai se decepcionar. É uma excelente oportunidade. — Ele estava digitando em seu teclado. — Certo. Vamos precisar de um adiantamento, o suficiente para o primeiro mês de aluguel, seguro, e a taxa da corretora. Assim, acho melhor você chamar sua mãe ao telefone. Ela vai ser a sua fiadora e autorizar a transferência do depósito, certo?

Os dedos de Spencer dançavam sobre o teclado do laptop. Olivia havia deixado claro que seu marido, Morgan, desconfiava de pessoas que não conhecia. Se ela pedisse dinheiro a Olivia e Morgan, estaria correndo o risco de perder a confiança dele. Ela olhou para o computador. Lá estava o arquivo, no canto direito da tela. *Spencer, Faculdade.*

Ela abriu o arquivo e depois o PDF, lentamente. Todas as informações de que precisava estavam ali. A conta estava em seu nome. Olivia havia lhe dito que quando Morgan a conhecesse, ele a amaria. Ele provavelmente reembolsaria dez vezes mais aquela quantia.

— Não precisamos envolver a minha mãe — disse Spencer. — Tenho uma conta em meu nome e gostaria de usá-la.

— Certo — disse Michael, sem hesitar. Ele provavelmente lidava com garotos ricos da cidade, com suas próprias contas bancárias, o tempo todo. Spencer leu para Michael os números na tela, com a voz trêmula. Michael os repetiu para ela e, em seguida, lhe disse que tudo o que precisava fazer era telefonar para o proprietário e o negócio estaria fechado. Eles marcaram um encontro na frente do prédio às quatro horas da tarde de segunda-feira, para que Spencer pudesse assinar o contrato e apanhar as chaves. Depois disso, o apartamento seria dela.

– Ótimo – disse Spencer.

Em seguida, ela desligou o telefone e olhou fixamente para a parede.

Pronto. Ela havia *realmente* feito aquilo. Em uma questão de dias, não moraria mais ali. Seria uma nova-iorquina, longe de Rosewood para sempre. Olivia retornaria de Paris e Spencer já estaria adaptada à vida na cidade grande. Ela se imaginou encontrando Olivia e Morgan para jantares casuais no apartamento deles, e jantares mais chiques no Gotham Bar and Grill e no Le Bernardin. Imaginou o grupo de novos amigos que faria, pessoas que amavam ir a exposições de arte e eventos beneficentes, e não se importariam com o fato de um dia ela ter sido perseguida por um bando de perdedores invejosos que chamavam a si mesmos de *A*. Quando pensou nos garotos que conheceria, sentiu uma pontada de tristeza – nenhum deles seria Andrew. Mas aí Spencer pensou em como ele a havia tratado naquele dia e balançou a cabeça. Não podia ficar pensando nele, agora. Sua vida estava prestes a mudar.

Sua cabeça estava leve e vazia, como se estivesse bêbada. Seus membros estremeceram de excitação. E quase parecia que ela estava tendo uma alucinação – quando olhou pela janela dos fundos, Spencer pensou ter visto feixes brilhantes de luz ricocheteando pelas árvores, como fogos de artifício disparados especialmente para ela.

Espere um momento.

Spencer se levantou. Os feixes de luz vinham de uma lanterna, refletindo nos troncos das árvores. Um vulto se abaixou e começou a se arrastar pelo chão. Quem quer que fosse, examinou um local, parou, e depois se arrastou alguns metros para a esquerda e examinou o outro canto.

O estômago dela se revirou. Não poderia ser um policial – eles haviam encerrado a busca na floresta dias antes. Ela abriu a janela, curiosa para ver se a pessoa estava fazendo algum barulho. Para seu horror, a janela fez um ruído alto, raspando a moldura. Spencer se encolheu, franzindo o rosto. O vulto parou, voltando-se na direção do celeiro. A luz da lanterna brilhava erraticamente, primeiro para a direita, depois para a esquerda, e aí, por um momento, no rosto da pessoa. Spencer viu o branco de dois olhos azuis. Um suéter negro, de capuz. Algumas mechas de cabelos louros que lhe eram familiares. Seria... *Melissa*?

O vulto hesitou na escuridão, como se Spencer tivesse falado alto. Antes que ela pudesse determinar se era realmente sua irmã, a luz da lanterna se apagou. Alguns galhos se quebraram. Ao que parecia, quem quer que estivesse lá fora estava se afastando. O som de passos ficou cada vez mais fraco, até que Spencer não conseguia mais distingui-lo do som das árvores farfalhando.

Quando Spencer teve certeza de que a pessoa havia ido embora, correu para fora e se agachou no chão. Sem dúvida, a terra estava fofa e solta. Ela examinou o solo por um instante, encontrando apenas pedrinhas e galhos, mas a terra ainda estava quente, como se as mãos de alguém tivessem estado ali. Quando olhou para cima, Spencer ouviu um som fraco ao longe, por entre as árvores. Seus braços ficaram arrepiados. Parecia quase... uma *risada*. Mas quando Spencer inclinou sua cabeça para ouvir melhor, o ruído desapareceu, e ela não pôde deixar de se perguntar se não fora apenas o vento.

20

A QUEDA LIVRE DE ARIA

Naquela mesma tarde, Aria se encontrou com Jason em frente ao Rocks and Ropes, um clube de escalada *indoor* a alguns quilômetros de distância de Rosewood.

– Primeiro você – disse Jason, segurando a porta para ela.

– Obrigada – se derreteu Aria. Ela ajustou a malha de ioga um pouco grande demais que roubara do armário de Meredith, esperando que Jason não percebesse o quanto estava folgada no traseiro. Jason, por outro lado, parecia confortável e sexy, vestindo uma camiseta cinza de mangas compridas e calças de moletom da Nike, como se ele escalasse paredes o tempo todo. Talvez escalasse mesmo.

Quando eles entraram, a luz era fluorescente e forte. O som de guitarras de rock que vinha dos alto-falantes era ensurdecedor, e o salão de teto alto, que cheirava a borracha, tinha milhares de apoios coloridos, que pareciam plástico, nas paredes. Jason convidara Aria para ir ao Rocks and Ropes naquela manhã por uma mensagem de texto, admitindo que não era o tipo de cara que levava garotas para o cinema e um jantar. Na verdade, Aria teria ficado na fila do departamento de trânsito ao lado de Jason, se aquela fosse a ideia dele de um encontro.

Depois de se registrarem, eles foram até a grande parede e olharam em volta. Aria observou algumas garotas enquanto elas subiam pela lateral da parede, com as cordas de segurança amarradas ao redor de suas cinturas. Como elas conseguiam subir tão alto? Só de esticar o pescoço, Aria já estava com vertigem. Ela estremeceu.

— Você está com medo? — perguntou Jason.

Aria deu uma risada nervosa.

— Não sou tão ligada a esportes.

Jason sorriu e pegou na mão dela.

— É divertido, garanto.

Aria enrubesceu de prazer, feliz por Jason tê-la tocado. Ela ainda precisava se beliscar para ter certeza de que aquilo estava realmente acontecendo.

Um dos instrutores, um homem de cabelos escuros e barba por fazer, aproximou-se com o equipamento deles, que incluía cordas, capacetes e luvas especiais para escalada. Ele perguntou qual dos dois queria subir primeiro. Jason apontou para Aria.

— *Madame*.

— Que cavalheiro! — provocou Aria.

— Minha mãe me educou bem.

O instrutor começou a amarrar uma corda ao redor da cintura de Aria.

Quando ele se afastou para procurar um gancho diferente, Aria se voltou para Jason.

— E aí, como vai a sua família? — perguntou ela, da forma mais casual possível. — Eles estão... bem?

Jason olhou para alguns alpinistas do outro lado do salão por um longo tempo.
— Eles estão arrasados — disse ele, depois de alguns instantes. Depois ergueu seus olhos azuis para ela e sorriu, triste. — Todos nós estamos. Mas o que podemos fazer?

Aria concordou, sem saber o que dizer. E se lembrou da mensagem de A no dia anterior.

O irmão mais velho está escondendo algo de você.
E acredite em mim... você não quer saber o que é.

Aria não havia reenviado a mensagem para nenhuma das amigas, com medo que elas tirassem conclusões precipitadas sobre Jason. A tinha que estar brincando com eles — aquele era o *modus operandi* da velha *e* da nova A, afinal de contas.

Aria presumia que A estivesse querendo dizer que o segredo de Jason tinha a ver com os "problemas de irmãos", como Jenna dizia, entre ele e Ali, mas ela não estava acreditando. Não havia a menor chance de Jason e Ali terem tido qualquer coisa que não fosse um relacionamento fraternal carinhoso. Aria havia tentado encontrar, em suas lembranças, alguma ocasião em que Jason tivesse sido cruel com Ali, mas não conseguira se recordar de um único incidente. Pelo contrário, Jason sempre parecera extremamente protetor em relação à irmã. Uma vez, não muito tempo depois de as meninas se tornarem amigas, Aria e as outras tinham passado a noite na casa de Ali. Elas haviam planejado fazer uma mudança no visual e todas haviam trazido suas maletas de maquiagem — exceto Emily, que ainda não tinha permissão para usar. Enquanto admiravam a paleta de sombras Dior de Hanna, a sra.

DiLaurentis entrou no quarto. Havia uma expressão irritada em seu rosto.

– Ali, você deu uma lata inteira de ração com molho para a gata? – perguntou a mãe de Ali. A menina olhara para ela, confusa. A sra. DiLaurentis abaixou os braços, batendo-os contra os lados do corpo. – Querida, você sabe que precisa misturar ração seca, não sabe? E que deve colocar algumas gotas de remédio contra bolas de pelo na mistura? – Ali mordeu o lábio. A sra. DiLaurentis grunhiu e se virou. –Você se esqueceu disso, também? Ela vai cuspir bolas de pelo por todo o tapete novo!

Ali jogou o pincel de blush de Hanna na mesa.

– Será que você pode *relaxar*? Eu estou no sexto ano agora, e temos muita lição de casa! Me desculpe se estou um pouco distraída demais para me lembrar de como alimentar a gata!

A sra. DiLaurentis balançou a cabeça.

– Ali, você alimenta essa gata todos os dias, desde o terceiro ano – disse a sra. DiLaurentis saindo do quarto, zangada.

Um minuto depois, Jason apareceu, vindo da cozinha, com um saco de pretzels na mão.

– A mamãe está de mau humor, não é? – perguntou ele, gentilmente. – Eu posso alimentar a gata para você por alguns dias, se isso ajudar. – Ele tocou no ombro de Ali, mas ela se afastou.

– Pare com isso. Eu estou bem.

Jason recuou com uma expressão magoada no rosto. Aria teve vontade de se levantar e abraçá-lo. Ali se comportara da mesma forma no dia do anúncio da Cápsula do Tempo – Jason se aproximara de Ali e Ian na frente do bicicletário, dizendo a Ian que deixasse Ali em paz, e ela o mandara embora, zombando dele por cuidar tanto dela. Talvez Jason tivesse percebido que os sentimentos de Ian por Ali não eram exatamente inocentes, e quisesse protegê-la. Talvez Ali soubesse que Jason havia percebido, e queria que ele largasse do pé dela. Se Ali e Jason tinham "problemas de irmãos", talvez fosse Ali quem os estivesse criando, e não o inverso.

E se *Jenna* estivesse mentindo? Talvez Jenna tivesse inventado aquela história sobre Ali e Jason tendo problemas. Talvez fosse por isso que Jenna estivesse parada à beira do jardim de Aria dois dias antes, com uma expressão culpada no rosto. Talvez ela quisesse dizer a Aria que o que havia contado na sala de artes, alguns meses antes, não era exatamente a verdade.

Mas por que Jenna mentiria? Poderia ela ter algo contra Jason, algum motivo para querer virar as meninas contra ele? Poderia *Jenna* ser A?

– Você está pronta? – perguntou o instrutor a Aria, trazendo-a de volta ao presente. Ele estava de volta, apontando para a enorme corda amarrada no teto *e* na cintura de Aria. – Você precisa de uma aula?

– Eu vou ensiná-la – disse Jason. O instrutor concordou e foi buscar os grampos para as cordas de Jason. Em seguida, Jason se aproximou de Aria e cutucou-a.

– Não olhe agora – disse ele em voz baixa. – Mas acho que a velha enfermeira da escola está aqui. Eu costumava ter pesadelos com ela.

Aria olhou por sobre o ombro. Era mesmo verdade; uma mulher robusta, com cara de buldogue, estava parada no *lounge*, perto de uma máquina de refrigerantes Mountain Dew decorada com luzes neon.

– Aquela é a sra. Boot! – sussurrou Aria.

Os olhos de Jason se arregalaram.

— Ela ainda trabalha lá?

Aria assentiu.

— Toda vez que eu a vejo nos corredores, fico arrepiada imediatamente. Eu nunca vou me esquecer de ficar na fila na sala dela, no ensino fundamental, para exames de piolhos.

— Eu *odiava* aquilo. — estremeceu Jason. Eles olharam para a sra. Boot. Ela estava olhando para a parede de escalada com um ar de censura, como se a parede fosse um aluno de Rosewood Day fingindo estar com febre. Em seguida, um menininho saiu correndo do vestiário, direto para os braços da sra. Boot. A velha senhora sorriu levemente, e os dois saíram juntos do Rocks and Ropes.

— Eu tinha que passar muito tempo na enfermaria — murmurou Jason. — E sempre que eu ia para lá, a sra. Boot olhava feio para mim com o olho bom. E corria um boato de que o olhar dela era como um raio laser, que podia derreter seu cérebro.

Aria riu.

— Eu ouvi esse boato, também. — Aí, ela franziu o rosto. — Por que você tinha que passar tanto tempo na enfermaria? — Ela não se lembrava de Jason ser particularmente propenso a doenças; ele era um astro do futebol no outono, e jogava beisebol na primavera.

— Eu não estava doente — disse Jason. Ele brincou com o pequeno zíper no bolso de seu moletom. — Eu, hum... Eu ia ao psicólogo da escola. O dr. Atkinson. Bem, ele me pediu para chamá-lo de Dave.

— Ah... — disse Aria, tentando dar um sorriso. Psicólogos eram uma coisa boa, não eram? Na verdade, a própria Aria havia pedido a seus pais que a levassem a um, quando se mudaram para Reykjavík. Ali havia desaparecido apenas alguns meses antes. Ella havia sugerido a Aria que praticasse *hatha ioga*, em vez disso.

— Foi ideia dos meus pais. — Jason deu de ombros. — Eu tive dificuldades para me adaptar quando nos mudamos para Rosewood e estava no sexto ano. — Ele revirou os olhos. — Eu era muito tímido e meus pais acharam que me faria bem conversar com alguém com um ponto de vista objetivo. Dave não era tão ruim. E, além disso, conversar com ele me tirava da sala de aula.

— Eu conheço muitas pessoas que consultavam o Dave — disse Aria rapidamente, embora na verdade não conhecesse ninguém. Talvez *aquele* fosse o grande segredo que Jason estava escondendo. Não era algo que merecesse um ataque de pânico.

O instrutor voltou, ajustou as cordas de Jason e se afastou.

Jason voltou-se para Aria e lhe perguntou com que tipo de escalada ela queria começar, fácil, intermediária, ou difícil. Aria deu uma risada irônica.

— Essa é uma pergunta um tanto tola, você não acha? — Ela riu.

— Só estou checando — disse Jason, sorrindo. Ele a levou para a parte fácil da parede e lhe mostrou como colocar o pé esquerdo em um apoio e se erguer com a mão direita no outro apoio, escalando alguns metros para demonstrar. Quando Jason subiu, pareceu fácil. Aria escalou o primeiro apoio, seus músculos tremendo. Ela colocou a mão no apoio logo acima e se ergueu. Incrivelmente, não caiu. Jason tinha os olhos grudados nela o tempo todo.

—Você está indo muito bem! — disse ele, sorrindo.

— Isso é o que você diz para todas as garotas — grunhiu Aria. Mas continuou a subir por alguns metros. *Não olhe para baixo*, ela repetia para si mesma. Aria costumava ficar tonta só de ficar parada na plataforma baixa da piscina local.

— E aí, você estava me dizendo no outro dia que acabou de se mudar para a casa do seu pai e da namorada dele — comentou Jason, acompanhando o ritmo dela. — O que aconteceu, afinal?

Aria alcançou outro apoio.

— Meus pais se separaram quando voltei da Islândia — começou, pensando em como dizer aquilo. — Meu pai teve um caso com uma antiga aluna. Agora, eles vão se casar. E ela está grávida.

Jason olhou de lado para ela.

— Nossa.

— É estranho. Ela não é muito mais velha que você.

Jason fez uma careta.

— Quando eles começaram a sair juntos?

— Quando eu estava no sétimo ano — admitiu Aria. Ela examinou os apoios logo acima, procurando pelo melhor. Era bom que eles estivessem conversando, aquilo desviava sua mente das dificuldades da escalada. — Eu os peguei se beijando no carro do meu pai. — E aí, talvez porque se lembrasse da ocasião em que Ali estourara de forma tão insensível com Jason por causa da gata, Aria completou: — E sua, hã... sua irmã... ela estava comigo. E não parava de falar sobre o assunto.

Aria olhou para Jason, perguntando a si mesma se teria ido longe demais. Ele tinha uma expressão neutra no rosto que ela não conseguia interpretar.

— Sinto muito — disse ela. — Eu não devia ter dito isso.

– Não... eu entendo. Minha irmã era assim. Ela sabia exatamente qual era o ponto fraco de uma pessoa.

Aria se segurou na parede, subitamente cansada demais para se mover.

– Você tinha um ponto fraco, também?

– Uh-huh. Garotas.

– Garotas?

Jason concordou.

– Às vezes, ela costumava zombar de mim por causa de garotas. Eu era... um pouco estranho, acho. Ela costumava me provocar por causa disso.

– Ela conhecia todas as nossas fraquezas, isso é verdade – disse Aria. Ela olhou para ele cheia de culpa. – Ainda me sinto mal falando dela para você.

De repente, Jason se afastou da parede, balançando-se na corda.

– Vamos descer um pouquinho – disse ele. – Escorregue pela corda.

Aria escorregou como ele ensinou, aterrissando de forma desajeitada no tapete. Jason a observou muito atentamente, e Aria se perguntou se cometera um erro, falando de Ali.

Então ele disse:

– Talvez seja bom que conversemos sobre ela. Quero dizer, agora Alison é um assunto proibido, que ninguém quer discutir comigo. Quando estou em casa, meus pais não mencionam o nome dela. Quando estou com meus amigos, eles não dizem uma palavra. Eu sei que as pessoas estão falando dela, mas quando estão perto de mim elas se calam. Eu sei que minha irmã tinha defeitos. Eu sei que algumas pessoas não gostavam dela. Algumas pessoas, mais do que... – Ele resmungou alguma coisa e se interrompeu, apertando os lábios com força.

— O que foi? — perguntou Aria, inclinando-se para a frente.

Jason fez um movimento com a mão, como se quisesse apagar o que acabara de dizer.

— Eu gostaria que você conversasse comigo sobre Ali.

Aria sorriu, confortada. Falar a respeito de Ali com Jason lhe daria uma perspectiva totalmente nova sobre quem Ali realmente era. Ela pensou se deveria contar a Jason que Ali espalhara boatos sobre ele para Jenna Cavanaugh — e que Jenna havia passado aqueles boatos adiante, para Aria. Ou que Ian havia se comunicado por mensagens, dizendo que alguém o obrigara a fugir. Ou que a nova A havia ajudado Ian a escapar.

Outro pensamento lhe ocorreu. Era *por isso* que A estava tentando convencê-la de que Jason escondia alguma coisa. A queria que Aria ficasse paranoica, queria assustá-la. Se Aria começasse a sair com Jason, era bem provável que contasse a ele não apenas que A estava enviando mensagens, mas também que A estava ajudando no malévolo plano de Ian. Os policiais podiam não acreditar que A era real... Mas Jason provavelmente acreditaria. Afinal, aquilo tudo girava em torno do assassinato da irmã dele.

Os dedos dos pés de Aria se contraíram com a raiva que sentiu por alguém estar novamente tentando manipulá-la. Ian provavelmente *era* culpado, e agora ele estava pondo em prática um joguinho complicado. Ela olhou para Jason, pronta para contar-lhe tudo.

— Você está escalando aqui? — Um menino interrompeu os pensamentos de Aria, fazendo-a pular de susto. Ele indicou o local na parede contra o qual ela se apoiava. Aria balançou a cabeça e saiu do caminho dele. Em seguida, três garotas passaram por ali, olhando desconfiadas para Jason e Aria, como se os reconhecessem do noticiário. Até mesmo a música parecia mais baixa, como se todos sentissem que uma conversa importante estava acontecendo.

Aria calou a boca. Aquele não parecia o lugar certo para falar sobre o assunto Ali e Ian. Talvez ela pudesse contar tudo a Jason no carro, no caminho para casa, quando estivessem sozinhos. Em seguida, ela se lembrou do convite que estava guardado no bolso da frente de sua bolsa de pele, que havia deixado com os casacos, junto à parede. Ainda presa às cordas, ela foi até a bolsa e o apanhou.

– Você tem planos para amanhã? – perguntou ela a Jason.

– Acho que não. Por quê?

– Minha mãe vai expor uma de suas pinturas no saguão de um hotel novo. – Ela entregou o convite a ele. – Vai haver uma festa chique amanhã, para a inauguração. Minha mãe vai estar lá com seu novo namorado, e eu não gosto dele. Você seria uma ótima distração. – Ela inclinou a cabeça de modo sedutor.

Jason sorriu de volta.

– Já faz algum tempo que eu não vou a uma festa chique. – Ele examinou o convite com mais atenção e o leu. E aí, sua expressão mudou. Seu pomo de adão subia e descia rapidamente.

– Há algo errado? – perguntou Aria.

– Isso é algum tipo de brincadeira? – A voz de Jason estava rouca.

Aria piscou.

– O... O que você quer dizer?

— Porque não é engraçado — disse Jason, com os olhos arregalados. Ele não parecia exatamente zangado; era mais como se estivesse... assustado.

— Qual é o problema? — perguntou Aria. — Eu não entendo.

Jason olhou para ela por algum tempo. Sua expressão mudou, tornando-se fechada e até mesmo um pouco enojada, como se Aria estivesse coberta por sanguessugas da cabeça aos pés. Em seguida, para o horror dela, Jason desamarrou as cordas, foi até onde eles haviam deixado suas coisas e colocou o casaco.

— Eu... Eu preciso ir.

— O quê? — Aria tentou agarrar o braço dele, mas ainda estava firmemente amarrada e não conseguia se livrar do equipamento. Jason nem sequer olhava para ela. Colocando as mãos nos bolsos, ele passou correndo pela recepção, quase colidindo com um grupo de adolescentes que entrava.

Poucos momentos depois, Aria finalmente conseguiu se livrar das cordas. Ela colocou o casaco com dificuldade e correu para fora. Havia um grupo de rapazes saindo de uma Range Rover, e uma mãe segurava a mão de uma garotinha, ajudando-a a entrar no carro. Aria olhou para a direita e depois para a esquerda.

— Jason! — chamou ela. Estava frio o suficiente para ela ver sua própria respiração condensada. Um utilitário cantou os pneus, fazendo a curva e entrando no supermercado Wawa, na esquina. Jason havia partido.

Aria ficou parada sob o poste de luz na frente do clube, examinando o convite para a festa Radley. O papel informava a data e a hora. Um homem chamado George Fritz era o arquiteto da reforma do hotel. Havia uma lista de artistas convidados, e o nome de Ella estava entre eles. O que poderia ter assustado Jason daquele jeito? O que ele quisera dizer com *Isso é algum tipo de brincadeira?* Ele não queria conhecer a mãe dela? Estaria envergonhado de ser visto com ela?

– Jason! – chamou ela de novo, desta vez com a voz mais fraca. Naquele momento, ela ouviu uma gargalhada. Aria olhou em volta, surpresa e assustada. Ela não viu ninguém, mas a risada continuou, como se alguém estivesse rindo dela, e somente dela.

21

NADA ALÉM DA VERDADE

Naquela mesma noite de sexta-feira, Emily esperava junto à calçada da casa de Isaac, nervosa, observando quando ele saiu pela porta da frente e correu até o carro dela.

— Oi! — disse ele, e aí olhou para o céu. — Parece que vai nevar. Você tem certeza de que quer dar uma volta de carro?

Emily acenou rapidamente com a cabeça. Isaac havia lhe enviado uma mensagem depois da aula, perguntando se ela iria vê-lo naquela noite. No começo, Emily pensara que fosse uma brincadeira. Mas quando ele enviara outra mensagem, querendo saber por que ela não havia respondido, Emily se perguntou se a sra. Colbert não contara a ele que a havia confrontado no Applebee's, na noite anterior, e já sabia que eles estavam dormindo juntos. Talvez Isaac ainda tivesse a impressão de que tudo estava bem.

Mas não havia chance de Emily colocar os pés na casa dos Colbert, ainda que os pais dele fossem estar fora, arrumando a festa de inauguração do Radley, a noite inteira. Emily não era o tipo de garota que desobedecia às ordens dos adultos, mesmo que elas parecessem cruéis, injustas e sem sentido. No entanto, o que ela deveria fazer? Nunca mais visitar Isaac em sua casa novamente? Inventar desculpas esfarrapadas sempre que ele quisesse que ela fosse até lá? Na noite anterior, quando Emily e Carolyn estavam se preparando para dormir, no quarto que dividiam, Carolyn perguntara novamente por que Emily saíra do Applebee's chorando. Então Emily contou o que a sra. Colbert havia dito. Carolyn se sentara na cama, horrorizada.

– Por que ela diria que você desrespeitou a casa dela? – perguntou Carolyn. – Será que é por causa daquela história com Maya?

Emily balançou a cabeça.

– Eu duvido. – Ela se sentiu envergonhada. Se seus pais a apanhassem dormindo com Isaac em seu quarto, provavelmente o manteriam afastado com uma ordem judicial. – Talvez eu tenha merecido – murmurou.

As duas ficaram em silêncio, ouvindo o barulho das espigas de milho, na plantação que ficava atrás da casa, farfalhando ao vento. – Eu não sei o que faria se a mãe de Topher me odiasse – disse Carolyn na escuridão. – Não tenho certeza se poderíamos continuar juntos.

– Eu sei – respondeu Emily, com um grande nó na garganta.

– Mas você tem que conversar com Isaac sobre isso – disse Carolyn. – Tem que ser honesta com ele.

– Emily?

Ela piscou. Isaac havia afivelado o cinto de segurança e estava pronto para ir. O corpo inteiro de Emily tremia. Os cabelos de Isaac estavam penteados para trás, deixando seu rosto à mostra, e ele usava um cachecol verde-escuro, enrolado várias vezes ao redor do pescoço. Quando sorria, seus dentes brancos brilhavam. Ele se inclinou para beijá-la, mas ela ficou tensa, como se estivesse esperando que uma sirene tocasse e a sra. Colbert saltasse de trás de uma moita, pronta para levá-lo embora.

Emily virou a cabeça, fingindo mexer nas chaves do carro. Isaac recuou. Mesmo no carro escuro, Emily podia ver a pequena ruga que se formava no canto do olho direito de Isaac, sempre que ele estava preocupado.

– Você está bem? – perguntou ele.

Emily olhou para a frente.

– Estou. – Ela engatou a primeira marcha do Volvo e deu partida no carro.

– Está animada para a festa do Radley, amanhã? – perguntou Isaac. – Eu aluguei um smoking, desta vez. Melhor que o terno velho do meu pai, não acha? – Ele riu.

Emily mordeu o lábio inferior, espantada. Ele ainda achava que eles poderiam ir à festa do Radley?

– Claro – disse ela.

– Meu pai está totalmente estressado com o serviço de *buffet*, e fica me censurando por não ajudá-lo *de novo*, porque tenho um encontro. – Isaac sorriu e a cutucou nas costelas.

Emily apertou o volante com força, seus olhos se enchendo de lágrimas. Ela não podia suportar mais aquilo.

– Quer dizer que... seus pais não lhe disseram nada sobre não irmos juntos? – balbuciou ela.

Isaac olhou para ela com curiosidade.

– Bem, eu mal os vi nos últimos dias, eles estão muito ocupados. Mas por que não iriam querer que fôssemos juntos? Eles estavam lá quando eu a convidei.

Um carro passou na direção contrária, a luz alta dos faróis ofuscando a vista de Emily. Ela não disse nada.

— Você tem certeza de que está bem? — perguntou Isaac novamente.

Emily engoliu em seco. Ela sentiu gosto de manteiga de amendoim na boca, a sensação que sempre tinha quando se sentia encurralada. Havia um Wawa à direita, e, antes que soubesse o que estava fazendo, ela já estava entrando no estacionamento e indo para a área atrás do supermercado, perto de uma enorme lata de lixo verde. Depois de parar o carro, Emily encostou a cabeça no volante e deixou escapar um soluço.

— Emily? — disse Isaac, preocupado. — O que foi?

Lágrimas ofuscavam a vista de Emily. Por mais que ela não quisesse dizer aquilo, sabia que precisava. Ela girou o anel azul que ele lhe dera no outro dia ao redor do dedo.

— É... a sua mãe.

Isaac acariciava-lhe as costas, desenhando oitos com os dedos.

— O que tem a minha mãe?

Emily passou as mãos pelas pernas dos jeans, suspirando. *Seja honesta*, Carolyn lhe dissera. Ela podia ser honesta com Isaac, não podia?

— Ela sabe que... você sabe. Que dormimos juntos — gemeu Emily. — E ela disse todas aquelas coisas estranhas para mim, no jantar. Como se estivesse insinuando que eu era... fácil. E aí, quando eu estava lavando a louça, naquela noite, encontrei uma foto de nós dois, no evento beneficente de Rosewood Day, semana passada. E a sua mãe cortou minha cabeça da foto. *Só a minha cabeça.* — Ela engoliu em seco, sem ter coragem suficiente para olhar para ele. — Mesmo assim, achei que talvez estivesse exagerando, e não quis dizer nada. Mas aí, na noite passada, fui ao Applebee's com Carolyn. E... a sua mãe estava *lá*. Ela veio falar comigo e disse que eu nunca mais poderia colocar os pés na sua casa novamente. – A voz dela falhou na palavra *novamente*.

O carro estava silencioso. Emily fechou os olhos com força. Ela se sentia péssima e aliviada, ao mesmo tempo. Era como se tivesse tirado um peso dos ombros ao dizer tudo em voz alta.

Finalmente, ela olhou para Isaac. Ele franziu o nariz, como se tivesse sentido o cheiro de algo podre na lata de lixo. Uma nova preocupação a invadiu. E se aquilo arruinasse o relacionamento de Isaac com a mãe para sempre?

Isaac respirou fundo.

– Ah, Emily, qual é?

Emily piscou.

– O quê?

Isaac se moveu no banco do passageiro, virando-se para ela. Ele tinha uma expressão magoada e decepcionada no rosto.

– Minha mãe nunca cortaria a sua cabeça de uma foto. Isso parece coisa de criança. E ela jamais a confrontaria no Applebee's para lhe dizer essas coisas. Talvez você tenha entendido mal.

O sangue de Emily começou a pulsar forte nas veias.

– Eu não entendi mal.

Isaac balançou a cabeça.

– Minha mãe *adora* você. Ela me disse. Ela está feliz por estarmos juntos. E nunca me disse nada sobre proibi-la de ir à nossa casa. Você não acha que ela *me diria* isso?

Emily deu uma gargalhada.

— Talvez ela não tenha lhe contado porque queria que eu fizesse isso. Ela queria que eu fosse a vilã da história. E é exatamente o que está acontecendo.

Isaac ficou em silêncio por um longo tempo, olhando para as próprias mãos. As pontas de seus dedos tinham calos, causados por tantos anos tocando violão.

— A minha ex-namorada fez exatamente a mesma coisa no ano passado — disse ele, devagar. — Ela disse que a minha família estava dizendo a ela para se afastar de mim.

— Talvez a sua mãe estivesse fazendo a mesma coisa com ela! — gritou Emily.

Isaac balançou a cabeça.

— Ela me disse, mais tarde, que tinha inventado tudo. Ela fez aquilo para chamar minha atenção. — Ele olhou sério para Emily, como se estivesse esperando que ela entendesse a indireta.

A pele de Emily passou de febril para gelada.

— O quê, assim como ver o cadáver de Ian no bosque é um modo de chamar a atenção? — guinchou ela.

Isaac levantou as mãos, impotente.

— Não estou dizendo isso. É que... eu queria sair com alguém que não fizesse drama. E pensei que você quisesse, também. A minha namorada tem que gostar da minha família, e não declarar guerra a ela.

— Não é isso que eu estou fazendo! — choramingou Emily.

Isaac abriu a porta do passageiro com força e saiu do carro. Um ar gelado entrou no veículo, atingindo a pele nua de Emily.

— O que você está fazendo? — perguntou ela.

Ele se inclinou por sobre a porta aberta, com uma expressão solene.

— Acho melhor ir para casa.

— Não! — gritou Emily. Ela abriu a própria porta, saiu do carro e o seguiu pelo estacionamento. — Isaac, volte!

Isaac já estava atravessando a pequena trilha de madeira que levava do estacionamento do Wawa até a rua. Ele olhou por sobre o ombro.

— É da minha mãe que você está falando. Pense no que está dizendo. Pense bem.

— Eu *pensei* sobre isso! — gritou Emily. Mas Isaac continuou andando, sem responder. Ela parou na frente do supermercado, esgotada. Sobre sua cabeça, o letreiro de neon do Wawa piscava. Havia uma fila de crianças no balcão, comprando café, refrigerantes e doces. Ela esperou que Isaac voltasse, mas ele não fez isso. Por fim, Emily voltou para o carro. O interior do Volvo cheirava ao sabão em pó da casa dos Colbert, e o banco do passageiro ainda estava quente do corpo de Isaac. Pelo menos por dez minutos, ela olhou fixamente para a lata de lixo, sem saber o que pensar do que acabara de acontecer.

Um pequeno ruído veio de dentro de sua bolsa. Emily a vasculhou, procurando o telefone. Talvez fosse Isaac, escrevendo para se desculpar. E talvez ela devesse se desculpar, também. Ele e a mãe eram próximos, e ela certamente não *queria* odiar a família dele. Talvez devesse ter encontrado outra forma de lhe dar a notícia, em vez de bombardeá-lo com ela.

Emily abriu a nova mensagem, engolindo o choro. Não era de Isaac.

Distraída demais para decifrar minhas pistas? Vá até a antiga casa do seu primeiro amor e talvez tudo faça sentido. — A

Emily olhou fixamente para o visor. Ela já estava cheia daquelas pistas vagas. O que A queria, afinal?

Ela saiu lentamente do estacionamento do Wawa, freando para deixar um jipe cheio de garotos do ensino médio passar na frente. *Vá até a antiga casa do seu primeiro amor.* A obviamente se referia a Ali. Ela morderia a isca; o antigo bairro de Ali ficava apenas a alguns quarteirões de distância. O que mais ela precisava fazer, agora? Não era como se pudesse bater na porta de Isaac, implorando para que ele voltasse.

Emily entrou em uma rua silenciosa, com hectares de terrenos de fazendas, as lágrimas ainda lhe ardendo nos olhos. O sinal de entrada para a rua de Ali apareceu rapidamente. Havia outro sinal, na entrada do bairro, alertando para a presença de crianças. Anos antes, em uma noite quente e úmida de verão, Ali e Emily haviam decorado o sinal com adesivos de rostos sorridentes que haviam comprado em uma loja especializada em festas. Não havia vestígios deles, agora.

A antiga casa de Ali ficava no final da rua, e o memorial dela era uma sombra escura próxima à calçada. A família de Maya morava na casa, agora. Algumas luzes estavam acesas, inclusive a do antigo quarto de Ali... O *novo* quarto de Maya. Enquanto Emily observava, Maya apareceu, quase como se soubesse que ela estava ali.

Emily se assustou e se afastou da janela do carro, agarrando o volante e contornando a rua sem saída. Quando estava na frente da calçada da casa de Spencer, ela parou o carro, abalada demais para continuar dirigindo. Em seguida, ela vislumbrou algo à sua direita. Alguém, vestindo uma camiseta branca, estava parado perto da janela da frente da casa dos Cavanaugh.

Emily desligou os faróis. Quem quer que estivesse próximo à janela, era alto e largo, provavelmente um rapaz. Seu rosto estava obscurecido pela luz de uma lâmpada grande e quadrada no chão. De repente, Jenna apareceu ao seu lado. Emily prendeu a respiração. Os cabelos escuros de Jenna lhe cascateavam pelos ombros. Ela vestia uma camiseta preta e calças de pijama lisas. Seu cachorro estava sentado junto a ela, coçando o pescoço com a pata traseira. Jenna se virou e disse alguma coisa para o rapaz. Ela falou por um longo tempo, e aí ele disse algo em resposta. Jenna concordou, ouvindo. O rapaz balançou os braços, como se Jenna pudesse ver seus gestos. Seu rosto ainda estava escondido pelas sombras. A postura de Jenna se tornou defensiva e o rapaz falou novamente. Ela abaixou a cabeça, como se estivesse envergonhada, e afastou algumas mechas de cabelo dos grandes óculos escuros Gucci. Ela disse mais alguma coisa, seu rosto contorcido com uma expressão que Emily não conseguia determinar direito. Tristeza? Preocupação? Medo? Logo depois, Jenna se afastou e seu cachorro a seguiu.

O rapaz passou as mãos pelos cabelos, obviamente frustrado. Em seguida, a luz da sala de visitas se acendeu. Emily se inclinou para a frente, esforçando-se para enxergar melhor, mas não conseguia ver nada. Ela olhou ao redor, para o jardim da casa de Jenna. Ainda havia blocos de madeira fixados no tronco da árvore, como se fossem degraus para chegar à velha casa de Toby. O sr. Cavanaugh havia desmontado a casa da árvore pouco depois que os fogos de artifício cegaram Jenna. Era surpreendente que depois de todo aquele tempo os Cavanaugh ainda culpassem Toby pela cegueira da irmã. Na verdade, fora Ali a culpada. E fora Jenna quem tivera a ideia, para se livrar de Toby de uma vez por todas.

A porta da frente da casa dos Cavanaugh se abriu e Emily se abaixou de novo. O rapaz na sala de visitas desceu os degraus da entrada e se dirigiu para a trilha escura que atravessava o jardim. Quando a luz do sensor de movimento sobre os portões da garagem se acendeu, ele parou, sobressaltado. Emily o viu de frente, inundado pela luz. Ele usava tênis de corrida e um casaco pesado. Os punhos das duas mãos estavam cerrados com raiva. Quando os olhos de Emily caíram sobre seu rosto, o estômago dela pareceu escorregar até seus pés. Ele estava olhando diretamente para ela, e ela percebeu imediatamente quem era.

— Oh, meu Deus — sussurrou ela. Aqueles cabelos louros desgrenhados, aqueles lábios em forma de coração, aqueles olhos incrivelmente azuis, ainda presos aos dela.

Era Jason DiLaurentis.

Emily engatou a primeira marcha e disparou pela rua. Somente quando chegou à esquina, ligou os faróis de novo. E aí ouviu o bipe do celular. Ela vasculhou a bolsa, encontrou o telefone e olhou para o visor.

Uma nova mensagem de texto.

Por que você acha que ELE está tão zangado? – A

22

NADA COMO UM ULTIMATO PARA COMEÇAR O FIM DE SEMANA

E lá estava ela. A grande casa vitoriana, na esquina da rua sem saída, com suas treliças de rosas ao longo da cerca e o deque de madeira no quintal dos fundos.

Uma fita amarela da polícia, com o aviso de *Não ultrapassar*, deveria estar cercando o buraco meio escavado nos fundos da casa... Mas não havia fita em lugar algum. Na verdade, não havia um *buraco* em lugar algum. O jardim era um gramado amplo e recém-cortado, intocado por escavadeiras ou guindastes.

Hanna olhou para baixo. Estava montada em sua velha *mountain bike*, a mesma que nunca mais tinha usado desde que tirara a carteira de motorista. E suas mãos estavam inchadas. Seus jeans estavam apertados no traseiro e suas coxas pareciam enormes. Uma mecha castanho-escura caía sobre seus olhos. Ela passou a língua pelos dentes e sentiu o metal duro do aparelho. Quando olhou para o quintal de Ali, viu Spencer agachada por detrás dos arbustos de framboesa que marcavam a divisão entre a casa de Ali e a dela. Os cabelos de Spencer estavam mais curtos e um pouco mais claros, como eram no sexto ano. Lá estava Emily, magricela, com rostinho de bebê, atrás dos tomateiros, olhando aflita de um lado para o outro. E Aria, com grandes mechas cor-de-rosa nos cabelos, vestindo uma túnica alemã esquisita, estava escondida atrás de um grande carvalho.

Hanna estremeceu. Ela sabia por que estavam ali; elas queriam roubar a bandeira de Ali. Aquele era o sábado seguinte ao início da temporada da Cápsula do Tempo.

As quatro garotas marcharam em direção uma à outra, irritadas. Em seguida, elas ouviram um barulho surdo e a porta dos fundos da casa de Ali foi aberta. Hanna e as outras se esconderam atrás das árvores, enquanto Jason saía correndo pelo gramado. A porta dos fundos bateu novamente. Ali estava na varanda, com as mãos na cintura, seus cabelos louros cascateando pelos ombros, os lábios rosados e brilhantes.

– Vocês podem sair – gritou ela.

Suspirando, Ali marchou pelo gramado, seus saltos altos afundando na grama molhada. Quando se aproximou de Hanna e das outras, colocou a mão no bolso e retirou um pedaço de pano azul brilhante. Aquilo se parecia exatamente com o pedaço da bandeira da Cápsula do Tempo que Hanna encontrara na Steam, alguns dias antes.

Mas Ali não tinha perdido sua bandeira? Hanna olhou para as outras, confusa, mas suas antigas amigas não pareciam notar nada estranho.

– Bem, foi assim que eu a decorei – explicou Ali, apontando para os diferentes desenhos na bandeira. – Aqui está o logotipo da Chanel. E este é o sapinho de mangá, e esta a jogadora de hóquei. E vocês não adorariam este padrão Louis Vuitton?

— A bandeira parece uma bolsa! — comentou Spencer, admirada. Hanna olhou para elas com certo desconforto. Algo parecia errado. Aquilo não estava acontecendo do jeito que deveria. E aí, Ali estalou os dedos, e as velhas amigas de Hanna ficaram imóveis. A mão de Aria pendia, sem se mexer, quase tocando a bandeira de Ali. Algumas mechas dos cabelos de Emily estavam suspensas no ar, apanhadas por uma brisa. Spencer exibia uma estranha expressão no rosto, algo entre um sorriso falso e uma careta.

Hanna mexeu os dedos. Ela era a única que não parecia congelada. Olhou para Ali, seu coração batendo com força. Ali sorriu docemente.

— Você parece muito melhor, Hanna. Completamente recuperada, hein?

Hanna olhou para seus jeans muito apertados e correu as mãos pelos cabelos embaraçados. *Recuperada* não era a palavra que ela teria escolhido. Sua *recuperação*, de perdedora para diva, demoraria alguns anos para acontecer.

Ali balançou a cabeça, percebendo a confusão de Hanna.

— Do acidente, sua boba. Você não se lembra de mim, no hospital?

— H-hospital?

Ali aproximou o rosto do de Hanna.

— Dizem que as pessoas sempre devem falar com pacientes em coma. Eles podem ouvir. Você me ouviu?

Hanna se sentiu tonta. De repente, estava de volta ao seu quarto de hospital, no Rosewood Memorial, para onde os paramédicos a haviam levado depois do acidente de carro. Havia uma lâmpada redonda e fluorescente sobre sua cabeça. Ela podia ouvir o zumbido das várias máquinas que monitoravam seus sinais vitais e a alimentavam por meio intravenoso. No espaço confuso entre o coma e a consciência, Hanna pensou ter visto alguém perto de sua cama. Alguém que se parecia assustadoramente com Ali.

— Está *tudo bem* — sussurrou a garota, sua voz exatamente a mesma de Ali. — *Eu estou bem.*

Hanna olhou fixamente para Ali.

— Aquilo foi um sonho.

Ali ergueu uma sobrancelha de modo provocador, como se dissesse, *Foi mesmo?* Hanna olhou para suas velhas amigas. Elas ainda estavam imóveis. Ela gostaria que as meninas se movessem — estava se sentindo sozinha demais com Ali, como se as duas fossem as únicas pessoas que restavam no mundo inteiro.

Ali sacudiu a bandeira da Cápsula do Tempo no rosto de Hanna.

— Está vendo isto? Você precisa encontrá-la, Hanna.

Hanna balançou a cabeça.

— Ali, sua bandeira está perdida para sempre. Lembra?

— Ahhhhh, nãããão! — protestou Ali. — Ainda está aqui. Se você a encontrar, vou lhe contar tudo a respeito.

Hanna arregalou os olhos.

— Tudo a respeito... do *quê?*

Ali encostou um dedo nos lábios.

— Daqueles dois. — Ela riu, de forma estranha.

— Daqueles dois... o quê?

— Eles sabem de tudo.

Hanna piscou.

— O quê? Quem?

Ali revirou os olhos.

— Hanna, você é tão lerda. — Ela olhou diretamente para Hanna. — Às vezes, não percebo que estou cantando. Você se lembra disso?

— O que você quer dizer? — perguntou Hanna, desesperada.

— Cantar... o quê?

— Ora, vamos lá, Hanna. — Ali parecia entediada. Ela olhou para o céu, pensando por um momento. — Tudo bem, e quanto à... pescaria?

— Pescaria? — repetiu Hanna. — A brincadeira?

Ali grunhiu, frustrada.

— Não. *Pescaria.* — Ela sacudiu os braços, tentando fazer Hanna entender. — Pescaria!

— Do que você está falando? — gritou Hanna, desesperadamente.

— PESCARIA! — gritou Ali. — Pescaria! Pescaria! — Ela repetia a palavra sem parar, como se fosse a única coisa que conseguia dizer. Quando ela tocou o rosto de Hanna com as pontas dos dedos, a pele de Hanna parecia grudenta e úmida. Hanna levou as mãos ao rosto, alarmada. Quando as afastou, elas estavam cobertas de sangue.

Hanna levantou-se abruptamente, seus olhos se abrindo assustados. Ela estava em seu quarto. A luz pálida da manhã atravessava as janelas. Era manhã de sábado, mas uma manhã de sábado do ensino médio, e não do sexto ano. Dot estava sentado no travesseiro de Hanna, lambendo seu rosto. Ela tocou seu rosto. Não havia sangue nele, só baba de cachorro.

Você precisa encontrá-la, Hanna. Se você a encontrar, vou lhe contar tudo a respeito.

Hanna grunhiu, esfregou os olhos e apanhou sua bandeira da Cápsula do Tempo sobre o criado mudo. Tinha sido apenas um sonho bobo. Fim da história.

Ela ouviu vozes no corredor; primeiro o tom brincalhão de seu pai, e em seguida a risada estridente de Kate. Hanna segurou os lençóis com força. Já *chega*. Kate poderia ter roubado o pai de Hanna, mas não iria roubar Mike também.

De repente, as imagens urgentes do sonho desapareceram. Hanna pulou da cama e colocou seu vestido justo de caxemira. Na aula de inglês, no dia anterior, ela havia escutado Noel Kahn dizer a Mason Byers que a equipe de lacrosse se encontraria para um treino no fim de semana, no Philly Sports Club. Ela estava com a impressão de que onde Noel estivesse, Mike também estaria. Hanna ainda não havia falado com Mike sobre levar Kate para a festa de inauguração do hotel Radley, porque não sabia o que dizer. Mas agora sabia. Havia apenas uma garota com a qual Mike deveria ter um relacionamento exclusivo: Hanna. E já era hora de tirar Kate da equação de uma vez por todas.

O Philly Sports Club ficava na seção do Shopping King James cujas lojas não eram consideradas de luxo: lugares que eram como guetos, como a Old Navy e a Charlotte Russe; Hanna estremeceu: como a JCPenney. Hanna não colocava os pés naquele lugar havia anos; os tecidos com acrílico, camisetas massificadas e coleções de moda assinadas por pseudocelebridades lhe davam arrepios.

Ela estacionou o Prius e apertou o botão da trava três vezes, com força, observando o Honda enferrujado que estava parado ali perto. Enquanto caminhava pelo estacionamento, seu iPhone piscou, indicando que ela havia recebido uma mensagem. Ela apanhou o celular, seu estômago se revirando. A não poderia tê-la encontrado, poderia?

A mensagem era de Emily.

Vc está por aí? Recebi outra msg. Precisamos conversar.

Hanna colocou o telefone de novo no bolso, mordendo o lábio com força. Ela sabia que deveria ligar para Emily de volta *e* contar a ela sobre como Wilden havia se comportado estranhamente, quando a levara para casa no dia anterior... Mas naquele momento estava ocupada demais. Ainda assim, o sonho que tivera naquela manhã ainda a perturbava. O que seu cérebro estava tentando lhe dizer? Ali saberia onde sua bandeira tinha ido parar? Será que havia algo na bandeira de Ali que dava alguma pista do que acontecera com ela? E aí Ali dissera, *Às vezes, não percebo que estou cantando*, esperando que Hanna soubesse do que ela estava falando. Seria aquilo algo que Ali costumava dizer, ou seria algo que alguém costumava dizer a Ali? Hanna não se lembrava de nenhuma das duas coisas. Ela havia examinado cuidadosamente até mesmo os personagens menos importantes na vida de Ali, como o estudante holandês em intercâmbio que dera a Ali um par de tamancos de madeira como prova de sua afeição, e o piloto de jet ski em Poconos, de cabelos ensebados, que sempre dizia a Ali que havia "esquentado o banco só para ela", ou o sr. Salt, o único bibliotecário homem da escola, que sempre dizia a Ali que traria sua primeira edição de *Harry Potter* especialmente para ela, se ela quisesse ler. Eca. Hanna não conseguia se lembrar de ninguém dizendo alguma coisa estranha a respeito de cantar. A frase soava, de algum modo, familiar, mas provavelmente era apenas um trecho idiota de alguma música que Kate ouvia, ou algum slogan imbecil em um adesivo para carros, provavelmente do Coral do Colégio Rosewood Day.

A música eletrônica dentro do ginásio chegou aos ouvidos de Hanna antes que ela pudesse abrir a porta da frente. Uma garota vestindo um top cor-de-rosa e calças pretas de ioga sorriu para ela por detrás da mesa da recepção.

– Bem-vinda ao Philly Sports Club! – cantarolou ela. – Você poderia se registrar, por favor? – Ela segurava um aparelho que parecia um leitor de código de barras, para checar a identidade de Hanna.

– Eu fui convidada – respondeu Hanna.

– Oh! – A garota tinha olhos grandes que não piscavam; um rosto redondo e uma expressão tola. Ela fazia Hanna se lembrar do boneco do personagem Garibaldo que pertencia a seus vizinhos gêmeos de seis anos. – Você poderia preencher a ficha de convidada, então? – continuou a recepcionista. – São dez dólares para malhar durante um dia.

– Não, obrigada! – respondeu Hanna, passando direto por ela. Como se ela um dia fosse pagar para usar aquela espelunca! A recepcionista soltou uma pequena exclamação indignada, mas Hanna não se virou. Seus saltos altos ecoavam pelo chão enquanto ela passava por uma lojinha que vendia shorts de laicra, protetores de neoprene para iPods e sutiãs esportivos, e pelas grandes prateleiras onde ficavam as toalhas. Hanna franziu o nariz. Aquele buraco não tinha sequer um bar decente onde ela pudesse tomar uma vitamina? As pessoas provavelmente urinavam nos chuveiros, também.

O som da linha de baixo da música invadia os ouvidos de Hanna. Do outro lado da sala, uma garota magra como um palito, com veias aparentes nos braços, exercitava-se freneticamente em um aparelho de elipse. Um garoto de cabelos cacheados e molhados higienizava uma esteira. Hanna ouviu o barulho de metal colidindo, à distância. De fato, a equipe inteira de lacrosse de Rosewood Day estava em um dos cantos da sala, fazendo musculação. Noel exercitava os braços na frente de um espelho, admirando a si mesmo. James Freed fazia caretas enquanto se equilibrava sobre uma bola de pilates. E Mike Montgomery estava deitado em uma das pranchas de musculação, com as mãos em torno de uma barra, preparando-se para levantá-la.

Bingo.

Hanna esperou Mike levar a barra à altura do peito, e em seguida caminhou até ele, enxotando Mason Byers, o treinador.

— Posso assumir agora. — Ela se inclinou sobre Mike e sorriu.

Os olhos de Mike se arregalaram.

— Hanna!

— Oi — disse Hanna com frieza.

Mike começou a levantar a barra para colocá-la de volta no apoio, mas Hanna o interrompeu.

— Não tão depressa — disse ela. — Primeiro tenho algo para discutir com você.

Algumas gotas de suor brotaram na testa de Mike, e seus braços estremeceram.

— O que é?

Hanna jogou os cabelos por sobre os ombros.

— Bem. Se você quer sair comigo, não pode sair com mais ninguém. Inclusive a Kate.

Mike soltou um grunhido. Seus bíceps começaram a tremer. Ele olhou para ela, com uma expressão suplicante.

– Por favor. Vou acabar derrubando isto sobre o peito. – O rosto dele começou a ficar vermelho.

Hanna deu um muxoxo, em tom de censura.

– Pensei que você fosse mais forte do que isso.

– *Por favor* – implorou Mike.

– Me prometa primeiro – insistiu Hanna. Ela se inclinou um pouco mais, oferecendo a ele uma visão melhor de seu decote. Os olhos de Mike se desviaram para a direita. Os tendões em seu pescoço estavam visíveis.

– Kate me pediu para ir à festa do hotel Radley antes que eu soubesse que você queria um compromisso exclusivo. Não posso *desconvidá-la*.

– Pode, sim – rosnou Hanna. – É fácil.

– Eu tenho uma ideia – disse Mike, meio engasgado. – Me deixe abaixar isto e vou contar a você.

Hanna deu um passo para o lado e deixou que ele colocasse a barra no apoio. Mike deixou escapar um grande suspiro, sentou-se e se alongou. Hanna ficou surpresa ao ver como seus braços eram bem definidos. Ela estava certa no outro dia quando imaginara que Mike seria ainda mais bonito do que o oficial Wilden, depois de uma chuveirada.

Ela estendeu uma toalha em um banco vazio próximo a ele e sentou-se.

– Certo. Fale.

Mike apanhou uma toalha que estava no chão perto da prancha e enxugou o rosto.

– Eu posso ser comprado, se você estiver interessada. Se você fizer algo por mim, eu desconvido Kate.

– O que você quer?

– Sua bandeira.

– De jeito nenhum. – Ela balançou a cabeça.

– Certo, então vá comigo ao baile de formatura – disse Mike.

O queixo de Hanna caiu e ela ficou momentaneamente surpresa.

– O baile é daqui a quatro meses.

– Ora, um cara precisa confirmar sua parceira com antecedência. – Mike deu de ombros. – E isso me dará tempo de encontrar o par de sapatos *perfeito*. – Ele bateu os cílios, como uma garota.

Hanna correu as mãos pela nuca, tentando ignorar os outros garotos do time, que estavam assobiando para ela da área de pesos. Se Mike queria que ela fosse com ele ao baile de formatura, aquilo significava que ele gostava mais de Hanna, certo? E significava que ela vencera. Um sorriso tomou conta de seus lábios. *Tome isso, sua vagabunda.* Ela mal podia esperar para ver a cara de Kate, quando contasse a ela.

– Tudo bem – disse ela. – Irei com você ao baile.

– Ótimo – disse Mike. Ele olhou para sua camiseta molhada. – Eu lhe daria um abraço para comemorar, mas não quero que fique toda suada.

– *Gracias* – disse Hanna, revirando os olhos. Ela saiu rebolando do ginásio, fazendo movimentos exagerados com os quadris. – Pego você às oito – disse, por sobre o ombro. – Sozinha.

A garota Garibaldo estava esperando por Hanna perto da lanchonete. Um homem careca, com bíceps tatuados e um bigode reto, estava atrás dela.

– Senhorita, se quer usar esta academia, tem que pagar a taxa de convidada – disse a garota, hesitando. Suas faces estavam da cor da faixa vermelha em sua testa. — E se você não quiser fazer isso, então...

— Eu já terminei por aqui — interrompeu Hanna, passando por ambos. A garota e seu segurança se viraram, observando-a se afastar. Nenhum dos dois se moveu, nem fez menção de pará-la. E, obviamente, aquilo se devia ao fato de ela ser Hanna Marin. E de ser inevitável e inacreditavelmente fabulosa.

23

LIVRO DO ANO: MEMÓRIAS QUE DURAM TODA UMA VIDA

Naquela tarde, um caminhão da UPS estacionou junto à calçada da nova casa do pai de Aria. O entregador, vestindo uma camiseta azul de mangas compridas por baixo da camisa marrom de mangas curtas da UPS, estendeu uma caixa para Aria. Ela lhe agradeceu e olhou para a etiqueta. *Sapatinhos orgânicos de bebê*. O endereço para devolução era Santa Fé, Novo México. Quem diria que sapatinhos de bebê deixariam uma pegada de carbono tão grande?

O telefone dela emitiu um bipe e ela colocou a mão no bolso do suéter para apanhá-lo. Era uma mensagem de Ella.

Você vai à festa Radley esta noite?

Outra mensagem chegou em seguida.

Espero que você possa ir... Sinto saudades suas!

E depois mais uma.

Significaria tanto para mim!

Aria suspirou. Ella mandara mensagens de texto parecidas a manhã inteira, implorando-lhe por uma resposta. Se Aria dissesse que não queria ir à festa Radley, Ella inevitavelmente perguntaria o motivo, e o que Aria faria, então? Diria a ela que não queria estar a menos de dez metros de seu namorado esquisito? Inventaria uma mentira que poderia fazer sua mãe pensar que ela não queria apoiar sua carreira artística? Já era ruim o suficiente que Aria não tivesse ido à casa de Ella uma vez sequer naquela semana. Não havia como escapar, ela teria que se conformar e lidar com Xavier do melhor modo possível. Se pelo menos Jason fosse com ela...

Seu telefone emitiu outro bipe. Aria clicou no ícone da nova mensagem, esperando que fosse mais um texto de Ella. Em vez disso, era um e-mail. O nome do remetente era Jason DiLaurentis.

O coração de Aria deu um pulo. Ela abriu o e-mail rapidamente.

Escute. Eu andei pensando. Eu exagerei lá no Rocks and Ropes ontem. Quero me explicar. Você quer me encontrar na minha casa, em uma hora?

Sob a mensagem estava o endereço dele, em Yarmouth.

Não use a entrada regular, explicou Jason. Estou no andar de cima, no apartamento sobre a garagem.

Parece uma boa ideia, respondeu Aria.

Ela passou os braços em torno de si mesma, feliz e aliviada. Então havia uma explicação para tudo aquilo... Talvez Jason não a odiasse.

Seu telefone tocou mais uma vez. Aria olhou para o visor. Era Emily. Depois de uma pausa relutante, atendeu.

– Preciso falar com você – disse Emily, com um tom de voz urgente. – É sobre o Jason.

Aria grunhiu.

–Você está tirando conclusões precipitadas. Ali mentiu para Jenna sobre ele.

– Não tenha tanta certeza.

Emily estava para dizer mais alguma coisa, mas Aria a interrompeu.

– Eu gostaria de não ter lhe contado o que Jenna disse. Isso não trouxe nada além de problemas.

– Mas... – protestou Emily. – Era a verdade!

Aria bateu a mão na testa.

– Emily, você colocou a Ali num pedestal. Ela era uma vagabunda mentirosa, falsa e manipuladora comigo, com Jason, e com você, também. Aceite isso. – Em seguida, Aria desligou o celular, colocou-o de volta na bolsa e entrou em casa, para apanhar as chaves do Subaru. Era de enlouquecer, como o julgamento de Emily estava distorcido. Se pelo menos ela considerasse a ideia de que Ali havia mentido para Jenna sobre seu irmão, só para fazer Jenna lhe contar seus segredos, Ali não seria mais a garota perfeita dos sonhos de Emily. Era mais fácil para Emily acreditar que Jason fosse o vilão, mesmo que não houvesse nada para sustentar aquela hipótese. Era engraçado como o amor podia fazer com que as pessoas acreditassem em qualquer coisa.

A casa nova dos DiLaurentis ficava em uma rua quieta e bonita, longe da barulhenta estação de trem Yarmouth. A primeira coisa que Aria notou foi o sino de vento, em forma de folhas, pendendo da varanda. Esse sino de vento ficava na varanda da velha casa de Ali, também. Enquanto Aria esperava Ali descer, ficava de pé no tapete de boas-vindas da varanda fazendo o sino de vento tocar, tentando compor uma música.

A entrada estava deserta e a casa principal parecia escura; as cortinas estavam fechadas e as luzes, apagadas. A estrutura que abrigava a garagem para três carros e o apartamento de Jason no segundo andar era separada da casa principal por um muro baixo de pedras. Do outro lado, ficava uma alta cerca de ferro. Surpreendentemente, não havia nenhum memorial para Ali no jardim ou na rua, mas talvez os DiLaurentis tivessem pedido discrição à mídia sobre seu novo endereço. E talvez, por mais incrível que parecesse, a mídia tivesse respeitado os desejos deles.

Aria caminhou pela entrada na direção da garagem, uma sensação de queimação no estômago. Em seguida, ela ouviu um ruído metálico e um latido alto. Um rottweiler saiu correndo do espaço estreito entre a garagem e a cerca, arrastando uma longa corrente de metal que pendia de seu pescoço.

Aria deu um pulo para trás. A espuma escorria da boca do cachorro. Seu corpo era largo e pesado, puro músculo.

— Ssshhhh — ela tentou dizer, mas sua voz não saiu mais alta do que um sussurro. O cachorro rosnou violentamente, sem dúvida capaz de farejar o medo paralisante que ela sentia. Aria olhou desesperada para o apartamento no segundo andar da garagem. Jason desceria para ajudá-la, não desceria? Mas não havia luz alguma lá, tampouco.

Aria estendeu as mãos na frente do corpo, tentando parecer calma, mas aquilo pareceu apenas irritar o cachorro ainda mais, fazendo-o rosnar e firmar as patas no chão, mostrando seus dentes longos e afiados. Aria emitiu outro gemido impotente e deu mais um passo para trás. Seu quadril colidiu com algo duro e ela gritou, assustada. Aria havia ido diretamente de encontro ao corrimão da escada que dava para o apartamento. Horrorizada, ela percebeu que o cachorro a havia encurralado: o muro de pedra atrás dela, que separava a garagem da casa principal, era muito alto para permitir uma escalada rápida, e o cão estava bloqueando a trilha estreita que dava para o jardim, assim como a entrada. O único caminho possível e seguro era subir as escadas de madeira que davam para o apartamento de Jason.

Aria engoliu em seco e subiu correndo, seu coração batendo loucamente. O cachorro correu atrás dela, as patas escorregando nos degraus úmidos de madeira. Ela bateu na porta.

— Jason! — gritou Aria. Sem resposta. Frenética, Aria sacudiu a maçaneta da porta. Estava trancada. — Mas que droga é essa? — gritou ela, encostando-se contra a porta.

O cachorro estava apenas a alguns degraus de distância. Aria viu uma janela aberta, perto da porta. Lentamente, escorregou os dedos pela parede na direção do parapeito, abrindo a janela ainda mais. Respirando fundo, ela se virou e se esgueirou para dentro. Suas costas atingiram algo macio. Um colchão. Ela fechou a janela rapidamente. O cachorro latiu, arranhando a porta de Jason. O peito de Aria subia e descia, enquanto ela ouvia seu coração martelar. Em seguida, ela olhou em volta.

O quarto estava escuro e deserto. Havia um cabide perto da porta, mas os ganchos estavam vazios.

Aria colocou a mão no bolso, apanhou o telefone e discou o número de Jason. A chamada foi imediatamente para a caixa postal. Aria desligou, colocou o telefone na cama e se levantou. O cachorro ainda estava latindo; ela não ousou tentar sair.

O apartamento era basicamente um grande estúdio, dividido em um quarto, uma área de jantar e um cantinho para a televisão. Havia um banheiro no fundo do cômodo e algumas estantes do lado direito. Ela andou pelo apartamento, examinando os livros de Hemingway, Burroughs e Bukowski nas prateleiras de Jason. Ele tinha uma pequena reprodução de um desenho de Egon Schiele, um dos artistas favoritos de Aria. Ela se abaixou e correu os dedos pelas capas dos DVDs de Jason, percebendo que havia muitos filmes estrangeiros. Havia algumas fotografias no pequeno balcão da cozinha, muitas das quais pareciam ter sido tiradas em Yale. Algumas eram de uma garota baixinha e sorridente, com cabelos escuros e óculos de aros pretos. Em uma das fotos, eles estavam vestindo camisetas idênticas de Yale. Em outra, estavam no que parecia ser um jogo de futebol, segurando copos vermelhos cheios de cerveja. Em outra, ela estava beijando Jason na bochecha, seu nariz apertado contra o rosto dele.

A bílis subiu à garganta de Aria. Talvez aquele fosse o segredo sobre o qual A havia lhe falado. Mas por que Jason a convidara para ir até sua casa? Para deixar claro que só gostava de Aria como amiga? Ela fechou os olhos, decepcionada.

Retornando para perto das estantes, ela notou que havia uma pilha de Livros do Ano de Rosewood Day, organizados por ano. Um se destacava mais do que os outros, como se tivesse acabado de ser folheado. A... apanhou o livro e observou a capa. Era de quatro anos atrás, o ano em que Jason havia se formado. O ano em que Ali havia desaparecido. Ela o abriu lentamente. O livro cheirava a pó e tinta velha. Ela examinou as fotografias dos formandos, procurando a de Jason. Ele vestia um terno preto e olhava para um ponto fixo atrás do fotógrafo. Sua boca estava reta e tensa e seus cabelos louros tocavam seus ombros. Ela passou os dedos sobre o nariz e os olhos de Jason. Ele parecia tão jovem e inocente. Era difícil acreditar no quanto ele havia enfrentado desde aquela época.

Algumas páginas depois, ela encontrou a foto de Melissa Hastings, irmã de Spencer, que estava quase do mesmo jeito de agora. Alguém havia escrito algo em tinta vermelha em cima da foto, mas depois havia riscado com tanta força que Aria não conseguiu distinguir nenhuma palavra. A foto de Ian Thomas era uma das últimas. Seus cabelos ondulados estavam mais compridos também, e seu rosto estava um pouco mais magro. Ele estava sorrindo, aquele sorriso que era praticamente sua assinatura, e que ele usava para assegurar a todos em Rosewood que era o cara mais inteligente e lindo da cidade, o cara que sempre teria sorte. Quando aquela fotografia fora tirada, Ian estava ficando com Ali. Aria fechou os olhos, estremecendo. A ideia dos dois juntos era muito errada.

No final da página havia outra foto de Ian, uma foto tirada de surpresa, que o mostrava sentado em uma sala de aula, com a boca levemente aberta e a mão levantada. Alguém havia desenhado um pênis ao lado de sua boca e chifres de diabo sobre sua cabeça. Havia uma mensagem escrita sob a foto, em tinta preta. A caligrafia era pequena e inclinada.

Ei, cara. Um brinde às cervejas na casa dos Kahn, ao dia em que quase acabamos com o carro do Trevor, a dirigir a caminhonete atrás da casa no final de semana, e àquela vez no porão da Yvonne... Você sabe o que eu quero dizer. Havia uma seta apontada para a cabeça de Ian. Eu não acredito no que esse babaca fez. Minha oferta ainda está de pé. Até mais, Darren.

Aria segurou o livro aberto. *Darren?* Darren Wilden? Lambendo o dedo, ela virou uma página e encontrou a foto dele. Seus cabelos estavam arrepiados e ele tinha a mesma expressão no rosto que tivera no dia em que Aria o flagrara roubando vinte dólares do armário de uma garota.

Wilden e Jason eram amigos? Aria nunca os vira juntos na escola. E o que Wilden quisera dizer com "Eu não acredito no que esse babaca fez. Minha oferta ainda está de pé"?

– Mas o que...?

O livro do ano escapuliu dos dedos de Aria, fazendo um ruído surdo ao tocar o chão. Jason estava de pé na porta. Ele usava um cachecol bem vermelho e uma jaqueta de couro preta. Aria estava tão intrigada com o livro que não o havia ouvido subir as escadas.

– Oh – balbuciou ela.

Jason se aproximou de Aria, as narinas inflando.

– Como você entrou aqui?

– V-você não estava... – guinchou Aria, começando a tremer. – Seu cachorro se soltou... e me encurralou. Eu não podia nem voltar para o carro. O único modo de fugir dele foi subir as escadas correndo e entrar pela janela.

A boca de Jason se abriu.

– *Que* cachorro?

Aria apontou para a janela.

– O... o rottweiler.

– Nós não temos um rottweiler.

Aria olhou para ele. O cachorro estava arrastando uma corrente pesada e ela imaginara que ele havia se soltado do poste... Mas talvez alguém tivesse soltado a corrente, em vez disso. Pensando melhor, o cachorro não havia latido uma única vez desde que ela entrara. Um pensamento horrível começou a se formar em sua cabeça.

—Você não me mandou um e-mail hoje de manhã? – perguntou ela, trêmula. – Você não me pediu para encontrá-lo aqui?

Os olhos de Jason se estreitaram.

– Eu jamais teria lhe pedido que viesse me encontrar aqui.

As tábuas do chão rangeram quando Aria deu um passo para trás. Como ela poderia ter sido tão estúpida? Era óbvio que o e-mail que recebera de manhã não era de Jason. Ela ficara tão aliviada em ter notícias dele que não se lembrara de que ele não tinha o e-mail dela, até aquele exato momento. A mensagem havia sido enviada por... por outra pessoa. Alguém que sabia que Jason não estaria em casa. Alguém que talvez tivesse planejado que um cachorro estranho a perseguisse até o apartamento dele. Ela olhou para Jason, seu coração começando a martelar.

– Você só entrou aqui, ou entrou na casa principal, também? – perguntou Jason.

– S-só aqui.

Jason a pressionou, o maxilar contraído.

—Você está me dizendo a verdade?

Aria mordeu o lábio. Por que aquilo importava?

– Claro que sim.

– Saia! – gritou Jason. Ele deu um passo para o lado e apontou para a porta.

Aria não se moveu.

— Jason — disse ela. — Eu sinto muito por ter vindo aqui. Foi um mal-entendido. Podemos conversar, por favor?

— Saia... Saia daqui! — Jason esticou o braço para o lado, derrubando uma pilha de livros da estante. Uma placa de vidro caiu também, partindo-se em pedaços afiados. — Saia! — Jason rugiu novamente. Aria se desviou, deixando escapar um gemido aterrorizado. O rosto de Jason havia se transformado. Seus olhos estavam arregalados, os cantos da boca contraídos e até mesmo sua voz soava diferente. Mais baixa. Mais cruel. Aria não o reconhecia mais.

Ela saiu correndo pela porta e desceu as escadas rapidamente, escorregando algumas vezes nos degraus úmidos. Seu rosto estava lavado por lágrimas. Seus pulmões queimavam com os soluços. Ela procurou as chaves do carro e se atirou no banco do motorista, como se alguém a estivesse perseguindo.

Quando ela olhou para o espelho retrovisor, sua respiração ficou presa na garganta. Longe, à distância, ela viu duas sombras, de uma pessoa e um cachorro — um rottweiler? — escorregando em segurança para dentro da floresta.

24

SPENCER, A NOVA-IORQUINA

Spencer se recostou no banco confortável a bordo do trembala da Amtrak Acela para Nova York, observando o condutor atravessar o vagão, inspecionando os bilhetes. Embora ainda fosse sábado e Michael Hutchins, o corretor de imóveis, tivesse dito que o proprietário estava aproveitando o fim de semana para limpar seu apartamento novinho na rua Perry, Spencer não conseguiu esperar até a segunda-feira para vê-lo. Ela poderia não ser capaz de entrar no apartamento naquele mesmo dia, mas não importava. Só o fato de sentar nas escadas, checar as lojas em seu quarteirão e tomar um cappuccino no Starbucks, que logo seria sua cafeteria habitual, era suficiente. Ela queria ir às lojas de móveis em Chelsea e na Quinta Avenida e reservar alguns itens. Estava ansiosa para se sentar em um café e ler a revista *The New Yorker*, agora que muito em breve ela mesma *seria uma nova-iorquina*.

Talvez fosse aquilo que Ian tivesse sentido quando fugiu de Rosewood, livre dos problemas, ansioso para começar uma vida nova. Onde estaria Ian agora? Em Rosewood? Ou teria sido esperto e ido para longe? Ela pensou novamente sobre a pessoa que vira na floresta, atrás do celeiro, na noite anterior. A pessoa definitivamente se *parecia* com Melissa... Mas ela não estava na Filadélfia? Talvez Ian tivesse deixado algo para trás, depois daquela brincadeirinha na floresta, algo que ele pedira para Melissa apanhar. Mas então aquilo significava que Melissa sabia onde ele estava e o que estava fazendo? E talvez ela soubesse a identidade de A, também. Se pelo menos Melissa retornasse as ligações de Spencer... Ela queria perguntar para a irmã se ela sabia alguma coisa sobre as fotos que Emily havia recebido. O que uma foto de Ali, Naomi e Jenna tinha a ver com uma foto de Wilden na igreja? E por que Aria ou Hanna não haviam recebido cartas de A, apenas Spencer e Emily? Será que A estava se concentrando nelas primeiro? Será que elas estavam correndo mais perigo do que as outras?

E se Spencer se mudasse para Nova York, será que finalmente deixaria aquele pesadelo chamado A para trás? Ela esperava que sim.

O trem entrou em um túnel e os passageiros começaram a se levantar.

— Próxima parada, estação Penn — anunciou a voz do condutor pelo alto-falante. Spencer apanhou sua mochila e entrou na fila junto com os outros. Quando ela emergiu no grande saguão, olhou em volta. As placas que indicavam o metrô, os táxis e as saídas eram uma confusão. Puxando a mochila para mais perto do corpo, ela seguiu a multidão para um longo elevador, e depois para a rua. Táxis atravancavam a larga avenida. Luzes piscavam em seu rosto. Os edifícios cinzentos se elevavam até o céu.

Spencer chamou um táxi.

— Rua Perry, 223 — disse ela ao motorista, ao entrar no carro. O motorista concordou e conduziu o veículo para o meio do tráfego, ligando o rádio na estação de esportes. Spencer estava quase pulando no banco de trás, querendo contar a ele que *morava* ali, que estava indo para seu apartamento novinho, praticamente na esquina da casa de sua mãe.

O motorista percorreu a Sétima Avenida e virou na direção das ruas labirínticas do West Village. Quando ele tomou a direita, entrando na rua Perry, Spencer se endireitou no banco. Era *mesmo* uma linda rua. Edifícios de pedra escura, antigos, mas bem-conservados, se estendiam por ambos os lados. Uma garota da idade de Spencer, vestindo um casaco de inverno de lã branca e um grande chapéu de pele, passou levando um labrador na coleira. O táxi passou por uma loja de queijos finos, outra loja de instrumentos musicais e uma escola, com um pequeno parquinho por detrás de uma cerca de ferro escovado. Spencer examinou as fotos que Michael Hutchins havia lhe enviado no outro dia e que ela havia imprimido. Seu futuro lar poderia ser no quarteirão seguinte. Ela observou a rua, ansiosa.

— Senhorita? — O motorista se virou, olhando para ela. Spencer deu um pulo. — Você disse rua Perry, 223?

— Rua Perry, 223, está correto. — Spencer havia decorado o endereço.

O motorista olhou pela janela. Ele usava óculos de lentes grossas e tinha uma caneta atrás da orelha.

— Não existe número 223 na rua Perry. Seria no meio do rio Hudson.

De fato, eles estavam no extremo oeste de Manhattan. Do outro lado da West Side Highway havia um calçadão cheio de pedestres e ciclistas. Para além dele estava o rio Hudson. E do outro lado do rio ficava Nova Jersey.

— Ah. — Spencer franziu a testa. Ela consultou suas anotações. Michael não havia incluído o endereço em seu e-mail, e ela também não conseguia encontrar o papel em que o anotara no outro dia. — Bem, talvez eu tenha anotado o endereço errado. O senhor pode me deixar aqui mesmo. — Ela entregou algumas notas para o motorista e saiu do carro. O táxi tomou a direita no semáforo e Spencer se virou, confusa. Ela começou a andar na direção leste, cruzando a Washington, e depois a Greenwich. Michael havia lhe dito que o apartamento ficava perto da loja Marc Jacobs, que era na esquina da rua Perry com a Bleecker. Os números dos edifícios próximos eram 92 e 84. Será que o número de seu prédio era um daqueles?

Continuou a andar pela rua Perry para ter certeza, mas a numeração dos edifícios continuava a diminuir, não a aumentar. Ela se certificou de examinar cada prédio cuidadosamente, tentando reconhecer o prédio das fotografias, mas nenhum parecia ser o certo. Finalmente, chegou à intersecção da rua Perry com a avenida Greenwich. A rua terminava em um T. Do outro lado, não havia mais rua Perry, apenas um restaurante chamado Fiddlesticks Pub & Grill.

O coração de Spencer começou a disparar. Tinha a impressão de ter sido atirada para dentro de um sonho recorrente que tinha desde o segundo ano, no qual um professor anunciava um teste surpresa e, enquanto os outros alunos começavam a responder as questões, Spencer mal conseguia entendê-las. Ela apanhou o celular, tentando permanecer calma, e ligou para o número de Michael. Obviamente, havia uma explicação para aquilo.

A gravação da voz de uma telefonista soou pelo aparelho: o número discado fora desconectado. Spencer procurou na bolsa e encontrou o cartão de Michael. Discou o número dele novamente, repetindo-o para si mesma para ter certeza de que não estava confundindo os números. Spencer ouviu a mesma mensagem gravada. Ela segurou o telefone com força e a dor começou a se irradiar por suas têmporas.

Talvez ele tenha mudado de número, ela disse a si mesma. Em seguida, ela telefonou para Olivia. Mas o telefone dela apenas tocou e tocou. Spencer pressionou o botão de desligar por um longo tempo. Aquilo não significava nada, necessariamente, apenas que Olivia talvez não tivesse um plano de chamadas internacional.

Uma mulher empurrando um carrinho de bebê apareceu no caminho, esforçando-se para segurar vários pacotes de supermercado ao mesmo tempo. Quando Spencer olhou para o fim da rua, ela viu o edifício onde ficava o apartamento novo de Olivia, reluzindo à distância. Ela começou a andar naquela direção, revigorada. Talvez Olivia tivesse outro número de Michael. Talvez o porteiro a deixasse entrar e dar uma olhada na cobertura de Olivia.

Uma mulher vestindo um casaco de lã azul-brilhante saiu pelas portas giratórias do edifício. Duas outras pessoas entraram, carregando bolsas de ginástica. Spencer empurrou a porta atrás deles, entrando em um átrio de mármore. No final do grande hall havia um corredor com três elevadores. Havia um mostrador antigo sobre cada um deles, indicando o andar no qual eles se encontravam. O lugar cheirava a flores frescas e havia música clássica tocando baixinho através de um alto-falante bem escondido.

O porteiro atrás da mesa da recepção vestia um terno cinza impecável e óculos sem aros. Ele deu a Spencer um sorriso discreto quando ela se aproximou.

– Ah, oi – disse Spencer, esperando que sua voz não soasse muito infantil e ingênua. – Estou procurando uma mulher que se mudou para cá recentemente. O nome dela é Olivia. Ela está em Paris neste momento, mas eu estava pensando se poderia ir até o apartamento por alguns minutos.

– Eu sinto muito – disse o porteiro, voltando a se concentrar em seus papéis. – Não posso deixar você subir, a não ser que tenha a permissão do proprietário.

Spencer franziu a testa.

– Mas... ela é minha mãe. O nome dela é Olivia Caldwell.

O porteiro balançou a cabeça.

– Ninguém com o nome de Olivia Caldwell mora aqui.

Spencer tentou ignorar a dor súbita e aguda em seu estômago.

– Talvez ela não use o nome de solteira. Talvez ela esteja usando o nome de casada, Olivia Frick. O nome do marido dela é Morgan Frick.

O porteiro dirigiu a Spencer um olhar intimidante.

– Ninguém com o nome de Olivia mora aqui. Eu conheço cada morador deste prédio.

Spencer deu um passo para trás, olhando para uma fileira de caixas de correio, na parede do outro lado do lobby. Deveria haver mais de duzentos apartamentos naquele prédio. Como aquele cara poderia conhecer cada morador, honestamente?

– Ela acabou de se mudar – insistiu Spencer. – O senhor pode checar?

O porteiro suspirou e apanhou um pesado livro preto, com encadernação em espiral.

— Esta é uma lista dos moradores do prédio — explicou ele.

— Como você disse que era o sobrenome dela?

— Caldwell. Ou Frick.

O porteiro examinou a página da letra C e, em seguida, a da letra F.

— Não, não há ninguém com nenhum desses nomes. Olhe você mesma. — Ele empurrou o livro na direção dela, por sobre a mesa.

Spencer se inclinou, confirmando. Havia um Caldecott e um Caleb, mas nenhum Caldwell. E havia um Frank e um Friel, mas nenhum Frick. Seu corpo inteiro ficou quente e depois gelado.

— Isso não pode estar certo.

O porteiro fungou e colocou o livro de volta na prateleira. Um telefone preto sobre a mesa da recepção emitiu um som agudo.

— Com licença. — Ele apanhou o aparelho e atendeu a chamada, com uma voz baixa e educada. Spencer se virou, pressionando a palma da mão na testa.

Duas mulheres, carregando sacolas de compras da Barneys, entraram pelas portas giratórias, rindo alto. Um homem puxando um pequeno cãozinho montanhês pela coleira se juntou a elas na frente dos elevadores. Spencer estava louca para se misturar a eles, subir até o último andar e... E o quê? Arrombar a porta da cobertura de Olivia, só para provar que ela realmente morava ali?

A voz de Andrew lhe veio à mente. *Você não acha que está indo um pouco depressa demais? Não quero que você se machuque.*

Não. O livro do porteiro provavelmente não fora atualizado recentemente. Olivia e Morgan haviam acabado de se mudar. E o telefone de Olivia não estava tocando porque ela estava fora do país. E o número de Michael Hutchins estava desconectado porque ele o havia mudado inesperadamente. O apartamento de Spencer *existia*. Ela iria se mudar para um apartamento na rua Perry, o melhor quarteirão no Village, e viveria feliz para sempre a algumas ruas de distância de sua mãe biológica. Aquilo não era bom demais para ser verdade. *Era?*

A pele de Spencer estava quente. *Ou você esquece a mamãezinha perdida por um tempo e continua a investigar o que realmente aconteceu... ou vai pagar o preço,* dissera A. Além de não contar para as outras que A havia enviado uma segunda mensagem, Spencer não havia procurado pelo verdadeiro assassino de Ali. E se *aquele* fosse o preço de A? A sabia que Spencer estava procurando por sua mãe biológica. Talvez A tivesse um grupo de pessoas trabalhando sob suas ordens. Uma mulher chamada Olivia. Um homem que se passara por um corretor de imóveis, inventando um apartamento na rua Perry, 223, sem consultar um mapa. A sabia que Spencer queria uma família que a amasse, o suficiente para arriscar tudo, até mesmo seu curso universitário.

Ela se afastou da mesa da recepção, procurando por seu Sidekick. Com alguns cliques, conseguiu acessar a conta que descobrira no computador de seu pai. Ela se sentia como se não pudesse respirar. *Por favor,* sussurrou ela, por entre os dentes. *Isso não pode estar acontecendo.*

Um extrato apareceu na tela. Nele, havia o nome de Spencer, seu endereço e o número da conta. O saldo estava em fonte vermelha, na parte inferior da tela. Quando o viu, o estômago de Spencer se revirou. Sua visão se estreitou, até que tudo o que via era o número à sua frente. Não havia muitos zeros... apenas um.

A conta havia sido esvaziada até o último centavo.

25

E O VENCEDOR É...

Na noite de sábado, Hanna estava sentada na frente de sua penteadeira, passando mais um pouco de pó bronzeador nas bochechas. O vestido tubinho preto e rendado, da grife Rachel Roy, comprado para a festa Radley, lhe caía perfeitamente; era justo, mas não justo *demais,* na cintura e nos quadris. Ela estivera muito ocupada naquela semana, competindo pela atenção de Mike, para ceder à sua vontade usual de devorar biscoitinhos salgados. Se ao menos a dieta Mike Montgomery estivesse disponível em uma garrafa...

Houve uma batida na porta e Hanna deu um pulo. Seu pai estava parado na soleira de seu quarto, vestindo um suéter com gola em V e calças jeans.

– Você vai a algum lugar? – perguntou ele.

Hanna engoliu em seco, olhando para o reflexo de seu rosto maquiado no espelho. Duvidava que o pai fosse acreditar que ela iria passar uma noite calma em casa.

— Há uma festa de inauguração de um grande hotel fora da cidade — admitiu ela.

— E é por isso que a porta do quarto de Kate também está fechada? Vocês duas vão juntas?

Hanna colocou o pincel de maquiagem na mesa, resistindo à tentação de sorrir. Elas não iriam juntas, porque Hanna havia vencido, e Mike era todo dela. *Rá!*

— Não exatamente — respondeu ela, controlando seus sentimentos.

O sr. Marin se sentou na beirada da cama da filha. Dot tentou pular em seu colo, mas ele afastou o cão.

— Hanna...

Hanna lançou um olhar suplicante ao pai. Ele iria colocá-la de castigo *agora*?

— Eu tenho um encontro. Seria estranho se ela viesse conosco. Eu já aprendi minha lição, eu juro.

O sr. Marin estalou as juntas das mãos, um hábito que Hanna sempre detestara.

— Quem é o rapaz?

— É só... — Ela suspirou. — Na verdade, é o irmão mais novo de Aria.

— Aria Montgomery? — O sr. Marin franziu a testa, pensando.

A única vez em que Hanna se lembrava do pai ter encontrado Mike fora quando ele levara Hanna, Aria e as outras a um festival de música em Penn's Landing. Aria tivera que levar Mike junto porque o sr. e a sra. Montgomery estavam fora da cidade. Enquanto elas assistiam a um dos shows, Mike desapareceu. Elas procuraram freneticamente por ele por toda a área, e finalmente o encontraram na lanchonete. Ele estava dando em cima em uma garçonete que usava um traje típico da Pensilvânia e cuidava das sobremesas.

— Kate também tem um encontro? — perguntou o sr. Marin.

Hanna deu de ombros. Mais cedo, naquele mesmo dia, ela dissera a Mike para se livrar de seu compromisso com Kate, dando a desculpa que prometera ir com os outros garotos do time de lacrosse no Hummer que eles tinham alugado. Se ele dissesse que iria com Hanna, Kate contaria tudo ao seu pai imediatamente e estragaria tudo.

Seu pai suspirou e se levantou.

— Tudo bem. Você pode ir sozinha.

— *Obrigada!*

Hanna respirou aliviada.

Ele deu um tapinha nas costas da filha.

— Eu só quero que Kate se sinta bem-vinda aqui. Ela está passando por um momento difícil em Rosewood Day. E, pelo que eu me lembro, as coisas nem sempre foram fáceis para você, tampouco.

Hanna sentiu o rosto enrubescer. No quinto e no sexto ano, quando Hanna e o pai costumavam ser muito próximos, ela frequentemente se queixava para ele sobre a escola. *Eu me sinto um grande zero à esquerda*, confessava ela. Seu pai sempre lhe assegurava que as coisas iriam mudar. Hanna nunca acreditara nele, mas, no fim das contas, ele estivera certo. Quando ela se tornou amiga de Ali, tudo mudara para melhor.

Hanna olhou para o pai, desconfiada.

— Kate parece realmente feliz em Rosewood Day. Ela é muito amiga de Naomi e Riley.

O sr. Marin encarou a filha.

— Se você conversasse com ela, saberia a verdade. O que ela mais quer é ser sua amiga, Hanna. Mas você parece querer dificultar as coisas tanto quanto possível. – Em seguida, ele saiu do quarto, seus passos ecoando suavemente pelo corredor.

Hanna continuou na cama, sentindo-se ao mesmo tempo confusa e irritada. Como se Kate quisesse mesmo ser sua amiga! Ela obviamente dissera aquilo ao sr. Marin para fazer com que ele ficasse ainda mais do seu lado.

Hanna apertou o punho contra o colchão. Não era como se tivesse uma multidão batendo à sua porta, querendo ser seus novos amigos de infância. Na verdade, apenas duas pessoas lhe vinham à mente: Ali, que a escolhera entre tantas outras garotas do sexto ano, e Mona, que se sentara ao seu lado durante os ensaios das líderes de torcida no oitavo ano, puxara conversa e a convidara para dormir em sua casa. Na época, Hanna imaginara que as duas meninas a haviam escolhido por motivos específicos: Mona, porque Hanna fora amiga de Ali, portanto era alguém com certo status; e Ali, porque vira nela um potencial que ninguém jamais percebera. Agora, Hanna sabia que não era bem assim. Desde o começo, Mona estava provavelmente planejando destruí-la. E talvez Ali também tivesse motivos mais sinistros ainda para escolhê-la. Talvez visse o quanto Hanna era insegura e percebesse o quanto seria fácil manipulá-la.

Lá no fundo, uma parte de Hanna queria acreditar que o que o pai dissera era verdade; que, apesar de tudo, Kate honestamente queria que ela fosse sua amiga. Mas depois de tudo por que Hanna havia passado, era difícil acreditar que as intenções de Kate eram puras.

Saindo do quarto, ela ouviu o barulho de água no banheiro do corredor. Kate cantava alto uma música recente do programa *American Idol*, e estava acabando com a água quente. Hanna parou perto da porta, sentindo-se totalmente desconfortável. E enfim, enquanto um caminhão passava do lado de fora, ela se virou e desceu as escadas.

O Hotel Radley estava lotado de hóspedes, fotógrafos e funcionários. Hanna e Mike pararam o carro na entrada e entregaram as chaves ao manobrista. Ao sair do veículo, Hanna reparou nas charmosas calçadas de tijolos, no lago meio congelado no jardim, e nos grandes degraus de pedra que levavam à imponente porta de madeira. Quando ela e Mike entraram no salão principal, seu queixo caiu ainda mais. O tema da festa era o Palácio de Versalhes e o saguão do hotel Radley estava decorado com tapeçarias de seda e repleto de candelabros de cristal, pinturas com molduras douradas e poltronas ornamentadas. Havia um enorme afresco representando alguma cena mitológica na parede ao fundo, e ela ainda podia ver uma Sala de Espelhos igualzinha à que havia no verdadeiro Palácio de Versalhes, perto de Paris. À sua direita estava a sala do trono, completa com a cadeira alta e real, cujo assento era uma almofada de veludo escarlate. Um grupo de hóspedes estava reunido perto do bar, e outros grupos conversavam junto das mesas. Uma orquestra completa estava a postos no fundo do salão e, do lado esquerdo, estavam a mesa da recepção, os elevadores e uma placa discreta indicando o spa e os banheiros.

– Uau! – suspirou Hanna. Aquele era exatamente seu tipo de hotel.

– É, está legal – disse Mike, disfarçando um bocejo. Ele vestia um smoking preto impecável e tinha os cabelos escuros penteados para trás, deixando à mostra as maçãs do rosto proeminentes. Sempre que Hanna olhava para ele, seus braços e pernas ficavam trêmulos. E, de forma ainda mais bizarra, ela estava sentindo vagas pontadas de tristeza. Não era assim que uma vencedora devia se sentir.

Um garçom de terno branco passou por eles.

—Vou pegar uma bebida — disse Hanna vagamente, afastando os sentimentos melancólicos da cabeça. Ela foi até o bar e ficou na fila atrás do sr. e da sra. Kahn, que estavam animados, cochichando sobre qual obra de arte gostariam de comprar. Em seguida, uma cabeleira loura do outro lado da sala chamou a atenção de Hanna. Era a sra. DiLaurentis, conversando com um homem de cabelos grisalhos vestindo um smoking. O homem balançava os braços, apontando a sacada, as colunas decoradas, os candelabros, o corredor que dava para o *spa* e os quartos dos hóspedes. A sra. DiLaurentis concordou e sorriu, mas sua expressão parecia sem vida. Hanna estremeceu, sentindo-se desconfortável ao ver a mãe de Ali em uma festa. Era como ver um fantasma.

O barman pigarreou e Hanna se virou, pedindo um martíni extraforte. Enquanto ele preparava a bebida, ela se virou novamente e ficou na ponta dos pés, procurando por Mike. Quando afinal o viu, ele estava em um dos cantos do salão, perto de uma gigantesca pintura abstrata, junto a Noel, Mason e algumas garotas. Hanna estreitou os olhos ao ver a menina bonita que sussurrava ao ouvido dele. *Kate.*

Sua irmã adotiva usava um vestido longo azul-escuro e saltos de dez centímetros. Naomi e Riley estavam ao seu lado, ambas usando vestidos pretos ultracurtos. Hanna apanhou seu martíni e atravessou o salão rapidamente, a bebida transbordando de sua taça. Ela alcançou Mike e bateu com força em seu ombro.

— Oi — disse Mike, com uma expressão de eu-não-estou-fazendo-nada-errado no rosto. Kate, Naomi e Riley o cercavam, dando risinhos.

A pele de Hanna parecia quente. Agarrando a mão de Mike, ela enfrentou as outras.

— Vocês sabiam? Mike e eu vamos juntos ao baile de formatura.

Naomi e Riley pareciam confusas. O sorriso de Kate desapareceu.

— Baile?

— Ah, sim! — cantarolou Hanna, passando as mãos sobre sua bandeira da Cápsula do Tempo, que havia amarrado na corrente dourada de sua bolsa Chanel.

Noel Kahn deu um tapinha nas costas de Mike.

— Maneiro.

Mike deu de ombros, como se tivesse sabido desde o começo que Hanna o convidaria.

— Preciso de outra dose de Jäger — disse ele e, juntando-se a Noel e Mason, atravessou a sala até o bar, um empurrando o outro a cada poucos passos.

A orquestra começou a tocar uma valsa e alguns dos antigos frequentadores de bailes, que realmente sabiam dançar, foram para a pista. Hanna colocou as mãos na cintura e dirigiu um sorrisinho satisfeito para Kate.

— E aí, quem é a vencedora, agora?

Kate abaixou um dos ombros.

— Meu Deus, Hanna. — Ela desatou a rir. — Você realmente o convidou para o baile?

Hanna revirou os olhos.

– Pobrezinha. Você não está acostumada a perder. Mas reconheça, você perdeu.

Kate balançou a cabeça vigorosamente.

– Você não entende. Eu nem sequer *gostava* dele.

Hanna deu um muxoxo.

– Você gostava dele tanto quanto eu.

Kate abaixou o queixo.

– Gostava? – Ela cruzou os braços sobre o peito. – Eu queria ver se você iria atrás de *qualquer um*, se achasse que eu estava a fim dele, também. A piada foi você, Hanna. *Todas nós* sabíamos disso.

Naomi soltou um risinho de escárnio. Riley apertou os lábios, esforçando-se para não dar uma gargalhada. Hanna piscou, subitamente confusa. Será que Kate estava falando sério? Hanna teria sido motivo de piada?

O rosto de Kate se suavizou.

– Oh, acalme-se. Pense nisso como uma vingancinha por aquela história de herpes e estamos quites! Por que você não aproveita a festa com a gente? Tem uns caras lindos da Brentmont Prep na Sala dos Espelhos.

Ela passou o braço pelo de Hanna, mas Hanna a afastou. Como Kate podia ser tão arrogante? Como aquilo podia ser uma *vingancinha* pela história de herpes? Hanna *tivera* que contar a todos que Kate tinha herpes. Se não o tivesse feito, Kate teria contado a todos sobre a sua bulimia.

Mas, de repente, Hanna se lembrou de como Kate ficara espantada quando Hanna espalhou a notícia sobre o herpes. Ela olhara para Hanna de um modo tão impotente, como se tivesse sido pega de surpresa pela traição. Seria possível que Kate nunca tivesse tido a intenção de contar o segredo de Hanna, naquela noite? Seria verdade o que o pai lhe havia dito, que Kate só queria ser sua amiga? Mas não. *Não*.

Hanna encarou Kate.

—Você queria o Mike, mas *eu* o ganhei. — Sua voz soou mais alta do que ela pretendera. Algumas pessoas pararam para olhar. Um homem atarracado, vestindo um smoking, que provavelmente era um segurança, olhou para Hanna com uma expressão de alerta.

Kate colocou a mão na cintura.

—Você precisa mesmo ser assim?

Hanna balançou a cabeça.

— Eu ganhei! — gritou ela. —Você perdeu!

Kate olhou por sobre o ombro de Hanna, a expressão em seu rosto alterando-se. Hanna seguiu o olhar dela. Mike estava segurando dois martínis, um para ele e outra dose para ela. Os olhos dele pareciam muito azuis. A julgar pelo modo como estava olhando para Hanna, parecia que ele entendera perfeitamente o que acabara de acontecer. Antes que Hanna pudesse dizer uma palavra, ele colocou a bebida dela gentilmente junto à taça já vazia e se virou sem dizer nada. Suas costas estavam retas e tensas enquanto ele desaparecia em meio à multidão.

— Mike! — chamou Hanna, segurando a saia e começando a correr. Mike achara que Hanna estava apenas fingindo gostar dele... Mas talvez aquilo não fosse verdade, afinal de contas. Mike era engraçado e sincero. Talvez ele fosse mais perfeito para ela do que qualquer outro cara que ela havia namorado. E isso explicava o fato de ela sentir um frio na barriga sempre que ele estava por perto, o porquê de sorrir feito uma boba quando ele lhe mandava mensagens de texto, e o motivo de seu coração ter disparado quando eles quase se beijaram na porta da casa dele. E explicava por que Hanna estava se sentindo triste naquela noite, também: ela não queria que aquele joguinho com Mike acabasse.

Ela parou do outro lado do salão, olhando em volta freneticamente. Mike tinha desaparecido.

26

ALGUÉM TEM UM SEGREDO

Emily estava de pé na ampla varanda de pedra na entrada do hotel Radley observando as limusines e os carros que entravam. O ar parecia uma mistura de perfumes caros, e um fotógrafo circulava em meio aos convidados, tirando fotos. A cada vez que um *flash* disparava, Emily pensava nas fotografias assustadoras enviadas por A. Ali, Jenna e Naomi reunidas no quintal de Ali. Darren Wilden saindo de um confessionário. E depois Jason DiLaurentis brigando com Jenna Cavanaugh, na sala de estar de Jenna. *Por que você acha que ELE está tão zangado?* O que aquilo significava? O que A estaria tentando dizer a ela?

Ela tirou o celular da bolsa e checou a hora outra vez. Já eram oito e quinze e Aria deveria tê-la encontrado na entrada quinze minutos antes. Cerca de uma hora depois daquela conversa desconfortável pelo telefone, de manhã, Aria havia ligado de volta para Emily e perguntado se a amiga queria ir à festa do hotel Radley com ela. Emily imaginou que aquele fosse o modo de Aria lhe pedir desculpas por ter gritado com ela e, embora não estivesse realmente com vontade de ir, agora que ela e Isaac tinham terminado tudo, concordara com relutância. Elas haviam ligado para Spencer e perguntado a ela se queria ir também, mas Spencer dissera que passaria a noite no celeiro da irmã, fazendo as lições de casa.

Mais pessoas passavam pelas portas do Radley, mostrando seus convites para uma garota que usava fones de ouvido e segurava uma prancheta. Emily telefonou para Aria, mas ela não atendeu. Emily suspirou. Talvez Aria tivesse entrado sem ela.

O interior do hotel estava quente e cheirava a hortelã. Emily tirou o casaco e o entregou para a garota da chapelaria, ajeitando o vestido tomara que caia vermelho. Depois que Isaac a convidara para a festa, ela correra para o shopping, experimentara o vestido e imaginara Isaac babando quando a visse dentro dele. Pela primeira vez em sua vida, ela comprara um vestido sem sequer olhar o preço. E para quê? Às duas horas da manhã do dia anterior, Emily rolara na cama e olhara para o pequeno visor em seu celular, esperando que Isaac tivesse lhe enviado uma mensagem de desculpas. Mas não havia nada.

Ela esticou o pescoço, procurando por ele agora. Ele definitivamente estava ali, em algum lugar, assim como o sr. e a sra. Colbert. Sua pele começou a se arrepiar. Talvez ela não devesse estar ali. Uma coisa era acompanhar Aria, pelo menos teria uma desculpa, mas Emily não achava que poderia lidar com aquele lugar sozinha. Ela se virou novamente para a entrada, mas muitas pessoas haviam chegado ao mesmo tempo, bloqueando as portas. Esperou que a multidão se espalhasse, rezando para não ver nenhum dos Colbert. Ela não podia suportar a ideia de ver o ódio em seus olhos.

Na parede perto dela, havia uma grande placa de bronze contando a história do hotel Radley.

O Retiro G.C. Radley para o Bem-Estar da Infância começou em 1897 como um orfanato, mas finalmente se transformou em um abrigo seguro para crianças problemáticas. Esta placa celebra as vidas das crianças que se beneficiaram das instalações únicas e do ambiente do Radley, e os médicos e a equipe que dedicaram anos de suas vidas a uma causa.

Sob a inscrição, estavam os nomes dos vários diretores e reitores da instituição. Emily os examinou, mas eles não significavam nada para ela.

— Eu ouvi dizer que as crianças que ficavam aqui eram totalmente lunáticas.

Emily se virou e quase engasgou. Maya estava parada ao seu lado, usando um vestido cor de avelã. Seus cabelos estavam penteados para trás, e ela usava sombra dourada nos olhos. Havia um sorrisinho provocador em seu rosto, não muito diferente daquele que Ali costumava dar a Emily quando queria deixá-la desconfortável.

— O-oi — gaguejou Emily. Ela pensou em Maya, de pé junto à janela de seu quarto, na noite passada, quando Emily estacionara o carro na rua sem saída, como se previsse sua chegada. Teria sido apenas uma coincidência? E no outro dia, na escola, ela vira Maya e Jenna conversando. Elas moravam praticamente ao lado uma da outra. Teriam as duas ficado amigas?

— Está vendo aquela sacada? — Maya apontou para o mezanino do hotel. As pessoas se inclinavam por sobre o corrimão de ferro trabalhado, observando a multidão lá embaixo. — Eu ouvi dizer que algumas crianças se matavam, pulando dali. Elas se arrebentavam bem ali, onde está o bar. E ouvi dizer que um paciente matou uma enfermeira.

Maya tocou na mão de Emily. Seus dedos estavam rígidos e mortalmente frios. E quando aproximou o rosto do de Emily, seu hálito cheirava a chiclete de banana.

— E aí, onde está o seu namorado? — cantarolou Maya. — Ou vocês dois brigaram?

Emily afastou a mão, seu coração martelando contra as costelas. Maya saberia, de alguma forma... Ou teria simplesmente adivinhado?

— Eu... Eu preciso ir — disse ela. Emily olhou para a entrada novamente, mas a multidão ainda estava lá. Ela girou nos calcanhares, voltando para o salão de baile. Havia uma escadaria à sua frente, que levava para o andar superior. Segurando a barra do vestido, correu até lá, sem se importar para onde estava indo. No topo dos degraus havia um corredor longo e escuro com várias portas de cada lado. Emily tentou abrir algumas, pensando que poderiam ser o banheiro, mas as maçanetas frias e escorregadias não cediam. Apenas uma porta, no final do corredor, abriu. Ela correu para dentro, sentindo-se grata por um pouco de silêncio e privacidade. Seu nariz se contorceu. O lugar cheirava a pó e mofo. Sombras do que parecia ser uma escrivaninha e um sofá estavam logo à sua frente. Ela procurou por um interruptor na parede e conseguiu acender a luz. A escrivaninha estava coberta de papéis e livros. Um velho e usado divã de couro estava coberto de livros, também. Havia estantes ao longo da parede do fundo, com pilhas de arquivos. Papéis soltos estavam espalhados pelo chão, junto com um porta-lápis virado. Parecia até que o quarto tinha sido deliberadamente revirado.

Emily se lembrou do sr. Colbert comentando que algumas partes do hotel não tinham sido reformadas a tempo para a festa. Talvez aquele fosse um escritório, do tempo em que aquele lugar costumava ser uma escola... ou, como Maya descrevera, uma casa de lunáticos. Uma tábua no chão rangeu. Emily se virou para a porta e olhou. Nada. Uma sombra passou pela parede. Emily olhou para cima, para o telhado rachado. Uma aranha estava no centro de uma teia enorme e sinuosa. Havia uma massa negra de alguma coisa presa na seda, talvez uma mosca.

Aquele quarto era muito assustador. Emily se virou para sair, manobrando cuidadosamente por entre as pilhas de livros e jornais espalhados pelo chão. Foi aí que algo lhe chamou a atenção. Havia um livro aberto aos seus pés, uma lista de nomes escritos com tinta azul-escura. Parecia um registro. A página estava dividida em colunas, com os títulos *Nome*, *Data*, *Entrada*, *Saída*. Um dos nomes era...

Emily se ajoelhou, pensando – esperando – que fosse apenas sua imaginação. Sua visão ficou borrada. "Oh, meu Deus," ela sussurrou. Um dos nomes no livro era o de *Jason DiLaurentis*. O nome dele aparecia na página três vezes, a primeira em 6 de março, depois no dia 13 e depois no dia 20. Com sete dias de intervalo. Emily virou uma página. Lá estava o nome de Jason novamente em 27 de março, 3 de abril e 10 de abril. Ele se registrara pela manhã e saíra de noite. Ela virou as páginas cada vez mais rápido. O nome de Jason continuou a aparecer. Ele se registrara em 24 de abril, no aniversário de Emily. A data era de oito anos antes. Emily contou nos dedos – ela tinha nove anos. Era um sábado. Naquele ano, os pais de Emily a levaram, junto com as amigas da equipe de natação, para um jantar de aniversário no All That Jazz, seu restaurante favorito, no Shopping King James. Ela estava no terceiro ano. Ali havia começado a estudar em Rosewood Day no início daquele ano, depois que sua família se mudara de Connecticut.

Ela apanhou o livro que estava embaixo do primeiro. O nome de Jason aparecia durante todo o verão entre o terceiro e o quarto ano escolar de Emily, o inverno do quarto ano, o outono do quinto ano e o verão entre o quinto e o sexto ano. Ele estivera ali no final de semana antes do primeiro dia de aula, quando Emily, Ali e as outras começaram o sexto ano. Alguns dias depois, a escola anunciara o lançamento do jogo da Cápsula do Tempo. Ela procurou a página correspondente ao final de semana seguinte, quando ela e suas antigas amigas haviam se esgueirado para o quintal de Ali para roubar sua bandeira. O nome de Jason não constava naquela data. Ela procurou o outro final de semana, mais ou menos a época em que Ali se aproximara de todas elas no evento de caridade de Rosewood Day e transformou-as em suas novas melhores amigas. Mais uma vez, nada de Jason. Ela virou mais páginas. O nome dele não apareceu novamente. O final de semana antes do primeiro dia de aulas fora a última vez em que o nome dele aparecera no livro de registros.

Emily abaixou o livro, colocando-o no colo e sentindo-se tonta. Que diabos o nome de Jason DiLaurentis estaria fazendo em um livro de registros naquele pequeno e escuro escritório? Ela pensou na brincadeira que Ali fizera, anos atrás: *eles deveriam colocá-lo na ala psiquiátrica, que é o lugar dele.* Ela teria falado sério? Jason teria sido um paciente regular? Talvez *aquilo* fosse o que Ali quisera dizer, quando contara a Jenna sobre problemas com irmãos... Talvez Ali tivesse contado a ela que Jason tinha problemas sérios o suficiente para se tratar em uma *clínica*. E talvez fosse sobre aquilo que Jenna e Jason estavam discutindo na noite anterior, talvez ele quisesse ter certeza de que Jenna não contaria a ninguém.

Emily pensou em como o rosto de Jason havia se contorcido e ficado vermelho quando ele pensou que ela tivesse batido em seu carro. Ele se aproximara tanto dela que sua raiva era palpável. Do que Jason realmente seria capaz? O que ele estaria *escondendo*?

Ouviu-se o som de passos no corredor. Emily ficou gelada. Ela ouviu alguém respirar. Em seguida, uma sombra apareceu perto da porta. Emily começou a tremer.

— O-olá? — guinchou ela.

Isaac apareceu na luz. Estava vestindo o terno branco e os sapatos pretos dos garçons. Emily imaginou que seu pai o estivesse fazendo trabalhar naquela noite, agora que não tinha mais um encontro. Ela recuou, seu coração batendo com força.

— Pensei ter visto você subir — disse ele.

Emily olhou para o livro de registros novamente, era difícil mudar de foco, de Jason para Isaac. Ela abaixou a cabeça, incapaz de olhar para ele. Tudo o que eles haviam dito um ao outro na noite anterior voltou à sua mente, ainda recente demais.

— Acho que você não deveria estar aqui em cima — disse Isaac. — Meu pai me falou que este corredor é só para os funcionários.

— Eu já estava saindo — resmungou Emily, indo para a porta.

— Espere! — disse Isaac, sentando-se no braço empoeirado do sofá de couro. Alguns segundos de silêncio se passaram. Ele suspirou. — A fotografia de que você me falou ontem, aquela com a sua cabeça cortada? Eu a encontrei ontem à noite em uma gaveta na cozinha. E... e eu confrontei a minha mãe. E ela perdeu a cabeça.

O queixo de Emily caiu; ela mal podia acreditar no que ouvia. Isaac saltou do braço do sofá e se ajoelhou a seu lado.

— Eu sinto muito — sussurrou ele. — Eu sou um idiota, e agora provavelmente perdi você. Você pode me perdoar?

Emily mordeu as bochechas por dentro. Ela sabia que deveria se sentir bem, ou pelo menos vingada, mas, em vez disso, se sentia ainda pior. Seria tão fácil dizer a Isaac que estava tudo bem. Que *eles* estavam bem. Mas o que ele fizera na noite passada ainda machucava. Ele não havia sequer considerado a possibilidade de acreditar nela. Tirara conclusões precipitadas, convencido de que ela estava mentindo. Emily se afastou dele, inclinou-se e apanhou o livro. A capa estava coberta de uma camada grossa de poeira e fuligem.

— Eu posso perdoar você um dia — disse ela —, mas não hoje.

— O-o quê? — murmurou Isaac.

Emily colocou o livro debaixo dos braço, controlando as lágrimas. Ainda que ela odiasse dizer a Isaac algo que o magoaria, sabia que era a coisa certa a fazer.

— Eu preciso ir — balbuciou ela.

Ela correu pelas escadas o mais rápido que podia. Chegando ao andar de baixo, ouviu uma risadinha familiar no outro lado do salão. Ela contraiu o estômago, olhando ao redor, nervosa. A multidão se moveu e a risada se dissipou. A única pessoa que Emily reconhecia do outro lado do salão era Maya. Ela estava encostada em uma parede, segurando um martíni e olhando fixamente para Emily, com um vestígio de sorriso nos lábios grossos e brilhantes.

27

O DÉJÀ-VU EXPLICADO

Hanna escorregou pelo piso de mármore liso, parando abruptamente. Aquele hotel era um labirinto e, de algum modo, ela conseguira refazer seus próprios passos e estava, *de novo,* parada na frente da imensa tapeçaria que representava Napoleão. Olhou para a direita e para a esquerda, procurando por Mike. A multidão de convidados era tão densa que ela não o via em lugar algum. Passou pela sala do trono e ouviu uma voz familiar. Lá dentro, estava Noel Kahn, estirado sobre o grande trono de veludo, os ombros sacudindo com as gargalhadas. Havia um balde de champanhe virado de cabeça para baixo em sua testa, como uma coroa.

Hanna grunhiu. Era inacreditável o que Noel era capaz de aprontar nas festas de Rosewood sem ser punido, só porque seus pais praticamente controlavam as finanças da cidade. Ela marchou até ele e cutucou seu braço. Noel se virou e seu rosto se animou.

— Hanna! — Ele cheirava como se tivesse bebido uma banheira inteira de tequila.

– Onde está Mike?

Noel atirou as pernas por sobre a poltrona. As pernas de suas calças subiram um pouco, revelando meias azuis e vermelhas.

– Não sei. Mas eu devia beijar você.

Eca.

– Por quê?

– Porque – disse ele arrastando as palavras – você me fez ganhar quinhentos dólares.

Ela deu um passo para trás.

– Como assim?

Noel levou o coquetel aos lábios, uma bebida vermelha que parecia uma mistura de Red Bull e vodca. O líquido escorreu por sua camisa e formou uma poça no assento da poltrona. Algumas garotas do colégio Quaker, sentadas em banquinhos forrados, cutucavam umas às outras, dando risinhos. Como elas podiam achar Noel bonito? Se aquele lugar fosse realmente Versalhes, Noel não seria o rei Luís XIV; ele seria a versão francesa do bobo da corte.

– A equipe de lacrosse fez uma aposta para ver quem Mike conseguiria levar ao baile – explicou Noel. – Você ou a gostosa da sua irmã. Nós fizemos a aposta depois que vocês duas começaram a se atirar em cima dele. Eu vou dar metade do meu prêmio ao Mike, por ter sido tão divertido.

Hanna passou as mãos pela bandeira da Cápsula do Tempo que havia amarrado na corrente de sua bolsa Chanel. Ela sentiu a cor desaparecer de seu rosto.

Noel indicou a porta com a cabeça.

– Se você não acredita em mim, pode perguntar ao próprio Mike.

Hanna se virou. Mike estava encostado contra uma das colunas em estilo grego, sorrindo para uma garota da escola preparatória Tate. Hanna deixou escapar um grunhido alto e foi imediatamente até ele. Quando Mike a viu, deu um sorrisinho constrangido.

– Seus colegas de equipe *apostaram* sobre nós? – gritou Hanna. A garota da Tate desapareceu rapidamente.

Mike bebericou seu vinho, dando de ombros.

– Não é muito diferente do que vocês duas estavam fazendo. Mas os caras do time estavam apostando dinheiro. Vocês estavam apostando o quê? Absorventes?

Hanna passou a mão pela testa. Não era assim que as coisas deveriam acontecer. Mike deveria se sentir vulnerável e fraco, como uma vítima. E durante todo aquele tempo, ele soubera que havia uma competição. Ele estivera jogando com ela o tempo todo. Ela suspirou, cansada.

– Bom, acho que nosso compromisso para o baile está cancelado, não?

Mike pareceu surpreso.

– Eu não quero cancelar.

Hanna examinou o rosto dele.

– Sério? – Mike balançou a cabeça. – Quer dizer que... você não se importa por ter sido apenas uma... aposta?

Mike olhou para ela timidamente e desviou o rosto.

– Não, se você também não se importar.

Hanna fez o melhor que podia para esconder um sorriso... e seu alívio. Ela o cutucou com força nas costelas.

– Bem, é melhor você me dar metade do seu prêmio.

– E é melhor *você* me dar metade dos seus... – Mike se interrompeu, fazendo uma careta. – Deixe para lá. Eu não preciso da metade dos seus absorventes. Vamos usar o dinheiro para comprar uma garrafa de champanhe Cristal para o baile, que tal? – Em seguida, seu rosto se animou ainda mais. – E para um quarto de motel.

– Um *motel*? – Hanna olhou feio para ele. – Que tipo de garota você pensa que eu sou?

– Querida, comigo você não vai se importar com *onde* estamos – disse Mike na voz mais insinuante que Hanna já tinha ouvido. Ela deu um grunhido, inclinando-se para ele. Ele se inclinou para ela também, até que suas testas se tocaram. – Sinceramente? – sussurrou, a voz se suavizando, ficando quase terna. – Eu sempre gostei mais de você.

O estômago de Hanna virou geleia. Arrepios lhe percorreram as costas. Seus rostos estavam muito próximos e apenas uma pequena fresta de ar os separava. Em seguida, Mike estendeu a mão e afastou os cabelos do rosto de Hanna. Ela riu com nervosismo e seus lábios se encontraram. A boca de Mike era quente e tinha gosto de vinho tinto. Os arrepios desciam da cabeça de Hanna até os dedos dos pés.

– *Isso!* – Noel Kahn berrou do outro lado da sala, quase caindo de cima do trono. Com o susto, Hanna e Mike se separaram. Mike levantou o punho, a manga de seu paletó escorregando pelo braço. Ele ainda estava usando a pulseira de borracha amarela da equipe de lacrosse de Rosewood Day. Hanna suspirou, resignada. Havia uma série de coisas esquisitas com que ela teria que se acostumar, agora que estava namorando um atleta de lacrosse.

Houve um barulho alto de estática e uma música alta e agitada começou a tocar pelos alto-falantes. Hanna olhou para o salão de baile. A orquestra desaparecera e havia uma mesa de

DJ em seu lugar. O DJ estava usando uma peruca longa e cacheada em estilo Luís XIV, pantalonas e um manto comprido.

– Vamos? – convidou Mike, estendendo-lhe a mão.

Hanna se endireitou e o seguiu. Do outro lado do salão, Naomi, Riley e Kate estavam sentadas em um sofá, observando. Naomi parecia irritada, mas Kate e Riley tinham sorrisos nos rostos, quase como se estivessem felizes por Hanna. Depois de um instante, Hanna devolveu um pequeno sorriso para Kate. Quem sabe, talvez Kate realmente *quisesse* ser sua amiga. Talvez Hanna pudesse deixar o passado ficar no passado.

Mike começou a se esfregar nela, e ela o empurrou, rindo. Quando a música terminou, o DJ informou ao microfone:

– Estou recebendo pedidos. – E, com uma voz rouca, disse: – Aqui vai um. – Todos ficaram parados, esperando. Alguns acordes encheram o ar. O ritmo era mais lento, mais suave.

Mike sacudiu a mão.

– Quem foi o idiota que pediu *isso*? – zombou, indo até a mesa do DJ para descobrir o que estava tocando.

Algumas notas encheram a sala. Hanna parou, inclinando a cabeça. Ela reconhecia o cantor, mas não sabia o motivo.

Mike voltou.

– É alguém chamado Elvis Costello – anunciou ele. – Quem quer que seja ele.

Elvis Costello. Naquele mesmo instante, o refrão começou. *Alllli-son, I know this world is killing you...*

O queixo de Hanna caiu. Ela sabia por que aquela música era familiar: alguns meses antes, alguém a estava cantando em seu chuveiro. *Al-i-son, my aim is true...*

Quando Hanna saíra para o corredor naquele dia, ela vira Wilden enrolado em sua toalha favorita da Pottery Barn.

Wilden parecera assustado. Quando Hanna lhe perguntara por que ele estava cantando aquela música – só um louco a cantaria em um raio de cinquenta quilômetros de Rosewood – ele havia ficado vermelho.

– Às vezes, eu não percebo que estou cantando.

Uma faísca se acendeu na mente de Hanna e logo pegou fogo. *Às vezes, eu não percebo que estou cantando!* Ali dissera aquilo, no sonho daquela manhã. Ela também dissera, *Se você encontrá-lo, vou lhe contar tudo a respeito.* Aqueles dois. Estaria Ali tentando dizer que Wilden estava, de algum modo, ligado ao seu assassinato?

E aí, a sensação de *déjà-vu* que Hanna tivera quando Wilden se afastara da calçada voltou como um tapa. Era por causa do carro de Wilden, daquela coisa preta e velha que ele estava dirigindo, enquanto o carro da polícia estava na oficina. Ela já tinha visto aquele carro antes, havia muitos anos. Era o carro estacionado na frente da casa dos DiLaurentis no dia em que Hanna e as outras haviam tentado roubar a bandeira de Ali.

– Hanna? – Mike olhava para ela com curiosidade. – Você está bem?

Hanna balançou a cabeça levemente. O sonho com Ali não saía de sua cabeça. *Pescaria*, dissera Ali repetidamente, quando Hanna lhe perguntara de quem ela estava falando. As palavras se referiam a Wilden... e Hanna entendia aquilo, também. Aquele adesivo com o símbolo do peixe. Hanna sabia onde tinha visto aquele adesivo pela última vez; os DiLaurentis tinham um igualzinho. O passe lhes dava acesso à comunidade fechada em Poconos. Mas e daí? Muitas pessoas iam para lá nas férias; talvez a família de Wilden também fosse. Por que Wilden havia tentado esconder o adesivo? Por que havia feito tanto segredo sobre aquilo? A menos que ele precisasse guardar segredo.

Hanna cambaleou para a cadeira mais próxima e se sentou.

— O que foi? — Mike continuou a perguntar. Ela balançou a cabeça, incapaz de responder. Talvez Wilden tivesse mesmo um segredo. Ele andava agindo de modo tão estranho ultimamente. Esgueirando-se por aí. Tendo conversinhas em voz baixa ao celular. Não estando onde dizia que estaria. Culpando as meninas tão rapidamente pelo desaparecimento de Ian. Escondendo-se no velho quintal de Ali. Dirigindo como um maníaco para levar Hanna para casa, praticamente matando-a. Usando aquele capuz, como o vulto que assustara Hanna na floresta na noite em que o corpo de Ian fora descoberto. Talvez ele *fosse* o tal vulto.

E se eu lhe disser que há algo que você não sabe?, dissera Ian a Spencer, na varanda da casa dela. *Algo grande. E eu acho que a polícia sabe disso, também, mas estão ignorando. Eles estão tentando colocar a culpa em mim.*

E depois, as mensagens dele: *Eles descobriram que eu sei. Eu tive que fugir.*

O salão estava lotado de gente. Havia guardas em todas as entradas e vários policiais de Rosewood, mas Wilden não estava entre eles. Em seguida, um reflexo em um dos espelhos que iam do chão ao teto chamou a atenção de Hanna. Ela viu um rosto familiar, com olhos azuis e cabelos louros.

Hanna ficou paralisada. Era a Ali de seu sonho. Mas quando ela olhou de novo, o rosto havia se transformado. Kirsten Cullen estava ali, em seu lugar. Mike ainda estava olhando para Hanna, parecendo assustado.

– Eu preciso achar a sua irmã – disse ela, tocando a mão dele. – Mas já volto, prometo. – Depois disso, Hanna atravessou o salão correndo.

Alguém estava escondendo alguma coisa, com certeza.

E, desta vez, elas não poderiam pedir ajuda para a polícia.

28

MAIS E MAIS ASSUSTADOR

Quando Aria finalmente conseguiu se desvencilhar do trânsito e da fila para estacionar na festa de reabertura do hotel Radley, já estava mais de uma hora atrasada. Ela atirou as chaves do carro para o manobrista e procurou por Emily entre a multidão de seguranças, fotógrafos e convidados, mas ela não estava em lugar nenhum.

Depois que Jason encontrara Aria em seu apartamento, mais cedo naquele dia, e exigira que ela fosse embora, ela não soubera o que fazer. Por fim, Aria dirigiu até o cemitério St. Basil e subiu o morro até chegar ao túmulo de Ali. Na última vez em que Aria estivera ali, o caixão de Ali ainda não estava na sepultura, pois o sr. e a sra. DiLaurentis haviam adiado o enterro, negando que a filha estivesse realmente morta. E, embora as provas de DNA ainda não tivessem revelado que era realmente o corpo dela que estava naquele buraco no quintal dos DiLaurentis, a família certamente enfrentara a realidade, porque Aria ouvira falar que eles finalmente haviam enterrado Ali discretamente no mês anterior, sem qualquer cerimônia.

Alison Lauren DiLaurentis, dizia a lápide. Havia uma nova camada de grama recentemente plantada ao redor do túmulo, já ressecada pelo frio. Aria olhou para o bloco de mármore, desejando que Ali pudesse falar. Ela queria contar a Ali sobre o Livro do Ano que encontrara no apartamento de Jason. Ela queria perguntar sobre a mensagem que Wilden escrevera sobre a foto de Ian. *O que Ian fez de tão terrível? E o que aconteceu com você? Por que nós não sabemos?*

Uma garota vestindo um tubinho preto parou Aria na grande entrada de portas duplas do Radley.

— Você tem um convite? — perguntou ela, com um tom de voz nasalado e condescendente. Aria mostrou o convite que Ella havia lhe enviado e a garota concordou. Puxando o casaco com força em torno de si, Aria passou pela entrada de pedra e entrou no hotel. Um grupo de alunos de Rosewood Day, incluindo Noel Kahn, Mason Byers, Sean Ackard e Naomi Zeigler, estava na pista de dança, rebolando ao som de uma versão remixada de uma música de Seal. Depois de pegar uma taça de champanhe e virá-la em alguns goles, ela começou a examinar os grupos de convidados, procurando por Emily. Aria precisava contar a Emily sobre o Livro do Ano.

Quando sentiu um tapinha em seu ombro, Aria se virou.

— Você veio! — gritou Ella, dando um grande abraço em Aria.

— O-oi! — Aria tentou sorrir. Ella usava um vestido de seda preto, com uma echarpe de renda verde-escura ao redor dos ombros. Xavier estava ao seu lado. Ele vestia um terno risca de giz e uma camisa azul, e segurava uma taça de champanhe.

— É bom ver você de novo, Aria. — Os olhos de Xavier se moveram dos olhos de Aria para seus seios e quadris. O estômago dela se revirou. — Como vai a vida na casa de seu pai?

— Muito bem, obrigada — respondeu Aria, seca. Ela tentou lançar um olhar discreto e suplicante a Ella, mas os olhos de sua mãe já estavam enevoados. Aria se perguntou se ela havia bebido muito antes da festa. Ella fazia aquilo frequentemente, antes de um evento.

O pai de Noel Kahn bateu de leve no ombro de Ella, e a mãe de Aria se virou para falar com ele. Xavier se aproximou de Aria e colocou a mão na cintura dela.

— Senti sua falta — disse ele. Seu hálito era quente e cheirava a uísque. — Você sentiu a minha?

— Eu preciso ir agora — disse Aria em voz alta, sentindo o rubor lhe subir ao rosto. Ela se afastou rapidamente de Xavier, passando por uma mulher usando uma estola de mink. Ouviu Ella chamando:

— Aria? — Havia mágoa e decepção em sua voz, mas Aria continuou a se afastar.

Ela parou na frente de um grande vitral representando um menestrel e sua luta. Quando sentiu um segundo puxão no braço, franziu o rosto, temendo que Xavier a tivesse seguido. Mas era apenas Emily. Algumas mechas de seu cabelo louro-avermelhado haviam se soltado do coque, e seu rosto estava vermelho.

— Eu andei procurando você por toda parte! — exclamou Emily.

— Acabei de chegar — disse Aria. — O trânsito estava horrível.

Emily tirou um livro verde, grande e empoeirado de debaixo do braço. Suas páginas tinham as beiradas douradas e lembravam uma enciclopédia. – Dê uma olhada nisso. – Emily abriu o livro e apontou para um nome escrito em letra manuscrita. *Jason DiLaurentis*. Havia uma data e uma hora ao lado do nome, de sete anos atrás.

– Eu encontrei isto lá em cima – explicou Emily. – Deve ser um livro de registros, do tempo em que este lugar era uma instituição para doentes mentais.

Aria piscou, incrédula. Ela levantou a cabeça, olhando ao redor. Um homem bonito e grisalho, provavelmente o dono do hotel, circulava pela multidão, parecendo satisfeito com seu trabalho. Havia placas por todo o salão, descrevendo a academia de ginástica multimilionária que fora construída no segundo andar e as instalações de última geração do *spa*. Ela ouvira falar que aquele lugar já havia sido um hospital para crianças com problemas mentais, mas era difícil de acreditar naquilo agora.

– Olhe! – Emily virou página por página. – O nome de Jason aparece aqui, e aqui, e depois aqui. E isso continua por *anos*. E até pouco antes de termos tentado roubar a bandeira de Ali. – Emily colocou o livro no colo, dirigindo um olhar preocupado a Aria. – Eu sei que você sente algo por ele. Mas isto é *estranho*. Você acha que talvez ele tenha... Tenha sido... um paciente?

Aria passou as mãos pelos cabelos. *Isso é algum tipo de brincadeira?*, Jason lhe perguntara quando Aria lhe mostrara o convite para a festa do hotel Radley. Seu coração se apertou. Talvez ele tivesse sido um paciente ali. Talvez ele tivesse achado que Aria estava zombando dele com o convite, paranoico com a ideia de que Aria soubesse mais sobre ele do que deixara transparecer.

— Oh, meu Deus — gemeu Aria. — A me enviou uma mensagem há alguns dias. Ela dizia que Jason estava escondendo alguma coisa de mim e que eu não iria querer saber o que era. Eu meio que... ignorei a coisa toda. — Ela abaixou os olhos. — Eu pensei que A estivesse brincando comigo. Mas... eu... eu saí com Jason algumas vezes. Em um dos encontros, ele ficou realmente esquisito quando eu disse que viria a uma festa aqui. Ele também me disse que procurou um psiquiatra em Rosewood Day. Talvez isso fosse *mais uma terapia,* além do médico que ele consultava... aqui. — Ela olhou para o livro novamente. O nome de Jason estava escrito em uma caligrafia dolorosamente perfeita, cada letra redonda e reta.

Emily concordou.

— E eu estive tentando lhe dizer o dia inteiro que A me mandou uma mensagem ontem à noite, dizendo para ir ao velho bairro de Ali. Eu vi Jason na casa de Jenna. Ele estava *gritando* com ela.

Aria desabou na cadeira forrada de veludo próxima ao vitral, mais atemorizada ainda.

— O que eles estavam falando?

Emily balançou a cabeça.

— Eu não sei. Mas pareciam chateados. Talvez ele realmente *tenha* feito algo terrível com Ali e por isso tenha sido mandado para cá.

Aria olhou para o chão de mármore polido. Ela podia ver um reflexo de seu vestido azul no piso. Durante toda a semana, Aria estivera tão irritada com Emily, convencida de que não estava olhando para a situação sobre Ali e Jason objetivamente. Mas talvez Aria também não estivesse.

Emily suspirou.

— Acho que deveríamos falar com Wilden sobre isso.

— Não podemos procurar Wilden! — uma voz a interrompeu. Ambas se viraram. Hanna estava atrás delas, com uma expressão perturbada no rosto.

— Wilden é a *última* pessoa a quem deveríamos procurar!

Emily encostou-se à janela.

— Por quê?

Hanna sentou-se no sofá.

—Vocês se lembram de quando nos encontramos no quintal de Ali para roubar a bandeira? Depois que ela voltou para dentro de casa, eu vi um carro estacionado perto da calçada. Parecia que a pessoa no carro estava observando o lugar. E, no outro dia, quando fui correr, vi Wilden de pé na frente da casa de Ali novamente, embora os policiais tenham suspendido as buscas. Ele me deu uma carona para casa... Mas não estava dirigindo o carro da polícia. Ele estava dirigindo o mesmo carro que eu vi anos atrás, na frente da casa de Ali. E se ele a estivesse perseguindo?

Emily olhou para ela com curiosidade.

—Você tem certeza de que é o mesmo carro?

Hanna fez que sim com a cabeça.

— É um carro antigo, dos anos 1960. Eu não consigo acreditar que não tenha ligado os pontos antes. E *depois*, quando eu estava no carro de Wilden, vi um velho adesivo com o desenho de um peixe. Dizia *Passe Diário*. Vocês sabem qual foi a última vez em que eu vi aquele *mesmo* adesivo? No carro do pai de Ali, quando costumávamos ir a Poconos. Vocês se lembram?

Aria esfregou o queixo, tentando acompanhar a narrativa. Ali costumava levar Aria e as outras para sua casa em Poconos com frequência. Uma vez, Aria ajudara a família a levar as bagagens para o carro. Depois que a sra. DiLaurentis arrumara as malas, ela se abaixara perto do para-choque e colara um novo passe bem em cima do adesivo quase idêntico do ano anterior.

Aria concordou lentamente.

— Mas o que isso significa?

Hanna balançou a cabeça febrilmente. O DJ havia ligado uma luz estroboscópica, e o rosto de Hanna mudava da luz para a sombra, e da sombra para a luz. Parecia que ela estava aparecendo e desaparecendo.

— E se Wilden tiver conseguido um passe há muito tempo? E se ele tivesse o hábito de ir a Poconos para espionar Ali? E se... E se ele tivesse algum tipo de paixão doentia por ela, uma paixão mais louca que a de Ian? Vocês não acham que ele tem se comportado de modo estranho ultimamente? Ele foi tão rápido em prender Ian, quando Spencer apresentou, vamos ser honestas, aquelas provas fracas. E se *ele* estiver escondendo alguma coisa? E se foi *ele* o culpado?

Aria sacudiu as mãos, interrompendo Hanna.

— Mas Wilden poderia ter conseguido o passe com Jason. Vocês sabiam que Jason e Wilden eram amigos?

Os cantos da boca de Hanna se abaixaram. Emily pressionou a mão contra o peito.

— Eu sei que parece loucura — admitiu Aria. — Recebi um e-mail hoje de Jason, pedindo que eu fosse encontrá-lo na casa de seus pais em Yarmouth. Eu fui até lá, mas ele não estava em casa. Ele não me mandou e-mail nenhum... Outra pessoa mandou. Provavelmente foi A. Mas enquanto eu estava esperando no apartamento, encontrei um velho Livro do Ano de Rosewood Day, do ano em que Jason se formou. Wilden assinou em cima da fotografia de Ian. Desenhou uma seta apontando a cabeça de Ian e escreveu: *Eu não acredito no que esse babaca fez. Minha oferta ainda está de pé.*

Emily levou a mão à boca, arregalando os olhos castanhos.

Hanna levantou-se abruptamente, colocando as duas mãos no alto da cabeça.

— Você está totalmente certa. Eles eram amigos. Aquele carro preto de que eu estava falando? Aquela coisa velha que Wilden estava dirigindo por aí? Eu o vi outra vez. Vocês se lembram do dia em que a Cápsula do Tempo foi anunciada? Nós estávamos de pé no pátio e Ian disse que mataria Ali para conseguir o pedaço da bandeira dela. Jason apareceu e ele e Ian tiveram aquela briga estranha. E aí Jason...

— Correu para um carro preto — sussurrou Aria, lembrando-se do dia.

— E ele disse: *Dirija*. — Emily disse em voz baixa. Ela apanhou o celular e procurou entre as fotos do arquivo. — Combina com isto aqui, também. — Ela lhes mostrou a foto que elas já tinham visto, a foto de Wilden saindo de um confessionário, com uma expressão culpada no rosto.

Acho que todos nos sentimos culpados em relação a alguma coisa, não é?

— É tão estranho que A esteja nos mandando pistas que realmente... fazem sentido — murmurou Aria.

— É, nem parece coisa de A — concordou Hanna.

— E se A não tiver uma intenção maliciosa? — sibilou Emily. — E se A estiver tentando ajudar?

Hanna deu uma risada irônica.

– Claro. Nós ajudamos A, não é? Ou A acaba com as nossas vidas.

O DJ desligou a luz estroboscópica e começou a tocar outra música dançante. Os convidados correram para a pista. Alguns faziam brindes com suas taças de vinho, comemorando a existência de outro hotel para onde escapar nos finais de semana. Aria viu o sr. e a sra. DiLaurentis no salão de baile, conversando animadamente com o sr. e a sra. Byers, como se nada estivesse errado.

Ela olhou para o livro de registros nas mãos de Emily. O casal DiLaurentis poderia ter mandado Jason ao terapeuta durante anos, mantendo aquele segredo bem guardado. Talvez eles estivessem escondendo outras coisas a respeito de Jason, também. Ele ficara *tão* zangado, naquele mesmo dia. Será que ele poderia ser uma dessas pessoas que escondiam a raiva com habilidade, parecendo doce e calmo, até que um dia, de repente... Tudo vinha à tona? E talvez Wilden também fosse uma dessas pessoas.

– E se Jason tivesse descoberto que Ali e Ian estavam namorando? – sugeriu Aria. – Naquele dia em que ele foi até Ian e Ali no pátio, parecia muito protetor em relação a ela, como se soubesse que havia algo errado. Talvez seja isso que Wilden quis dizer com *Eu não acredito no que esse babaca fez*. Eu apostaria que um irmão mais velho quisesse matar um cara que se aproveitasse de sua irmã.

Hanna cruzou as pernas, seu rosto franzido com a concentração.

– Ian disse em suas mensagens que *eles* queriam machucá-lo. E se *eles* forem Wilden e Jason?

— Mas Ian deu a entender que quem quer que o tenha feito sair da cidade, foi o verdadeiro culpado — disse Emily. — Quer dizer, isso significaria...

— Que Jason e Wilden têm algo a ver com o assassinato de Ali — sussurrou Hanna. — Talvez tenha sido um acidente. Talvez algo horrível tenha acontecido, algo que eles não tinham planejado.

Aria se sentiu mal. Aquilo seria *possível*? Ela olhou para as outras.

— A única pessoa que sabe a verdade é Ian. Vocês acham que podemos falar com ele por mensagens? Vocês acham que ele nos contaria?

Elas trocaram olhares desconfortáveis, incertas sobre o que fazer. O som do baixo pulsava no salão. O cheiro de camarão grelhado e filé-mignon enchia o ar, fazendo o estômago vegetariano de Aria se revirar. Ela respirava com dificuldade, seus nervos à flor da pele. Seu olhar caiu sobre a bandeira da Cápsula do Tempo que Hanna havia amarrado na corrente de sua bolsa. Ela apontou para o ponto negro em um dos cantos, lembrando-se de como Hanna o havia descrito para Kate, no chá de bebê de Meredith.

— Por que você desenhou um sapo de mangá na sua bandeira?

Hanna piscou com força, como se estivesse confusa com a mudança de assunto de Aria. Em seguida, ela estendeu a bandeira e lhes mostrou a peça inteira. Também havia um logotipo da Chanel, uma garota jogando hóquei e o famoso padrão da Louis Vuitton.

— Eu a decorei em homenagem a Ali, com as mesmas coisas que ela havia desenhado na bandeira dela, antes que fosse roubada.

Aria mordeu a unha do polegar.

— Hanna, Ali não desenhou um sapo de mangá na bandeira dela.

Hanna pareceu confusa.

— Desenhou, sim. Eu fui para casa naquela tarde e escrevi *tudo* o que ela disse.

Uma sensação de pavor percorreu a espinha de Aria.

— Ela *não* desenhou um sapo de mangá — protestou ela. — Ela não desenhou nenhum animal.

Os olhos de Hanna se moviam de um lado para o outro e seu rosto perdeu toda a cor. Emily afastou uma mecha de cabelo para trás da orelha, parecendo preocupada.

— Como você sabe disso?

O estômago de Aria se revirou. Ela teve a mesma sensação de quando tinha seis anos e queria andar na montanha-russa grande no parque Grande Aventura. Seu pai a prendera no cinto de segurança e puxara uma grande barra de metal contra o seu peito, mas quando o trenzinho estava para partir, ela fora invadida por um pânico avassalador. Ela gritara e gritara, fazendo com que o funcionário do parque de diversões parasse a montanha-russa para ela poder descer.

Suas amigas piscaram, esperando. Por mais que ela não quisesse discutir aquele assunto, precisava contar-lhes a verdade. Ela respirou fundo.

— Naquele dia em que tentamos roubar a bandeira de Ali, eu peguei um atalho pela floresta para ir para casa. Alguém estava vindo no sentido contrário. Era... Jason. E... bem... *ele* estava com a bandeira de Ali. Antes que eu soubesse o que estava acontecendo, ele a entregou para mim. E não explicou por quê. Eu sabia que devia ter devolvido a bandeira para Ali, mas pensei que talvez Jason não quisesse que eu fizesse isso. Eu pensei que talvez houvesse um motivo para Jason tê-la roubado. Como se ele pensasse que não fosse certo que ela a tivesse encontrado tão facilmente. Ou como se estivesse preocupado com o que Ian tinha dito para ela alguns dias antes, no pátio, que ele a mataria para pegar a bandeira. Ou talvez ele gostasse de mim...

Emily deu uma risada irônica. Ela ergueu o livro de registros que encontrara no escritório do segundo andar.

– Ou talvez ele a tenha roubado dela porque tinha *problemas*.

– Eu não sabia o que pensar, naquele momento – protestou Aria.

– E daí decidiu mentir para Ali, foi isso? – disparou Emily.

Aria grunhiu. Ela *sabia* que Emily reagiria daquele jeito.

– Ali mentiu para nós, também! – gritou ela. – *Todas* nós guardamos segredos umas das outras. Como isso pode ser diferente?

Emily deu de ombros e virou as costas.

– Eu pretendia devolvê-la para Ali, de verdade – disse Aria, cansada. – Mas depois nós ficamos amigas dela. E quanto mais tempo eu ficava calada, mais estranho teria parecido. Eu não sabia o que fazer. – Ela apontou novamente para a bandeira de Hanna. – Eu não olhei de novo para a bandeira de Ali desde o dia em que a peguei, mas juro que não havia sapo nenhum nela.

Hanna levantou a cabeça.

– Espere, Aria. Você *ainda* tem a bandeira dela?

Aria assentiu.

– Está em uma velha caixa de sapatos há anos. Quando levei minhas coisas para a casa do meu pai, vi a caixa de novo. Mas não a abri.

O rosto de Hanna empalideceu.
— Eu tive um sonho na noite passada sobre o dia em que tentamos roubar a bandeira de Ali. Preciso vê-la.

Aria começou a protestar, então sentiu uma vibração no quadril. Seu celular estava tocando.

— Esperem — resmungou ela, olhando para o visor. — Tenho uma nova mensagem.

A pequena bolsa de mão de Emily começou a vibrar.

— Eu também — sussurrou ela. Elas olharam uma para a outra. O iPhone de Hanna estava em silêncio, mas ela se inclinou para ver o Nokia de Emily. Aria olhou para seu próprio celular e pressionou a opção "ler".

Vocês não odeiam quando seus sapatos Manolo começam a machucar? Eu gosto de escaldar meus dedos na banheira de hidromassagem no quintal. Ou me sentar no meu celeiro aconchegante, debaixo de um cobertor. É tão quieto aqui, agora que os policiais grandões e protetores foram embora. — A

Aria olhou para as outras, confusa.

— Parece que A está falando sobre o celeiro de Spencer — sussurrou Emily. Seu queixo caiu. — Eu falei com Spencer mais cedo, hoje. Ela está no celeiro... sozinha.

Ela apontou para as palavras *agora que os policiais grandões e protetores foram embora*.

— E se ela estiver em perigo? E se A estiver nos avisando que algo horrível vai acontecer?

Hanna colocou seu iPhone no viva-voz e discou o número de Spencer. Mas o telefone tocou repetidas vezes e finalmente a ligação caiu na caixa postal. O coração de Aria estava disparado.

– Nós deveríamos nos certificar de que ela está bem – disse ela.

Em seguida, Aria sentiu os olhos de alguém sobre si, do outro lado do salão. Ela olhou em volta e viu um homem de cabelos escuros, vestindo um uniforme da polícia de Rosewood, perto da porta. *Wilden*. Ele estava olhando com raiva para elas, estreitando os olhos verdes penetrantes, a boca curvada para baixo. Parecia ter ouvido tudo o que elas tinham dito... e que tudo era verdade.

Aria agarrou a mão de Hanna e começou a puxá-la na direção da entrada lateral.

– Meninas, nós temos que sair daqui! – gritou ela. – Agora!

29

ELAS ESTAVAM TÃÃÃÃO ERRADAS

Eram nove da noite e Spencer estivera relendo o mesmo parágrafo do livro *The House of Mirth* por uma hora e meia. Lily Bart, a nova-iorquina ambiciosa, tentava conquistar seu lugar na alta sociedade, na virada do século XX. Como Spencer, tudo o que Lily queria era encontrar um modo de escapar de sua vida miserável e incerta e, como Spencer, Lily não estava chegando a lugar algum. Spencer estava quase esperando pela parte do livro em que Lily descobriria que era adotada, seria enganada por uma mulher rica que se passava por sua mãe e perderia todo o seu dinheiro.

Ela largou o livro e olhou tristemente ao redor, no apartamento do celeiro, para onde havia ido assim que voltara de Nova York. As almofadas fúcsia espalhadas pelo sofá cor de avelã pareciam velhas e gastas. Os poucos pedaços de queijo Asiago que Spencer encontrara na geladeira e comera em vez de jantar, parada ao lado da pia, tinham gosto de poeira. No chuveiro, a água não estava nem quente nem fria, apenas morna. Todos os sentidos de Spencer estavam entorpecidos. O mundo não tinha graça, nem alegria.

Como ela pudera ter sido tão estúpida? Andrew a *avisara*. Todos os sinais de que Olivia a estava enganando estavam lá. Quando Spencer a visitara, Olivia não a deixara subir para o apartamento, nem mesmo por um minuto. E Olivia havia se atrapalhado com aquele grande arquivo, convenientemente se esquecendo dele quando subira no helicóptero. Ela provavelmente caíra na risada quando decolara, sabendo exatamente o que Spencer faria. E pensar que Spencer tinha olhado nos olhos de Olivia e pensado que elas se pareciam! Ela abraçara Olivia com força antes de partir, finalmente sentindo que estava se *aproximando* de um membro de sua família! Olivia provavelmente nem era o nome verdadeiro daquela mulher. E Morgan Frick, o suposto marido dela, era *definitivamente* uma invenção. Como ela pudera ter ignorado tudo aquilo? Morgan Frick era a combinação apressada dos nomes de dois importantes museus de Nova York.

A madeira do celeiro estalava e rangia. Spencer ligou a televisão. Havia toneladas de programas no TiVo de sua irmã, aos quais ela não tinha assistido ainda. Mais cedo naquela noite, Spencer ouvira uma mulher do spa Fermata deixar uma mensagem na secretária eletrônica de Melissa, avisando que ela havia faltado a uma sessão de limpeza de pele e perguntando-lhe se ela gostaria de remarcar. Por que a irmã teria saído com tanta pressa? Teria *mesmo* sido Melissa na floresta, na noite passada, procurando alguma coisa?

Spencer desligou a televisão, desinteressada. Seus olhos pousaram novamente nas estantes de Melissa. Estavam abarrotadas com velhos livros da escola e, entre eles, o livro que ela usara para fazer o trabalho de Economia. Junto a eles, havia uma caixa Kate Spade verde, com o rótulo *Notas da Escola*. Spencer deu um sorrisinho sarcástico. Notas, do tipo que você passava para as amigas na sala de aula? A certinha Melissa não parecia fazer aquele tipo.

Ela apanhou a caixa e abriu a tampa. Um caderno azul em espiral, com uma etiqueta que dizia *Cálculo*, estava logo em cima. Melissa provavelmente quisera dizer *anotações*. Havia carinhas sorridentes desenhadas na capa e os nomes de Melissa e Ian escritos repetidamente, numa caligrafia elaborada. Spencer abriu o caderno na primeira página. Estava cheia de problemas de matemática, diagramas e equações. *Tedioso*, Spencer pensou.

Na página seguinte, a tinta verde-brilhante chamou a atenção de Spencer. Havia anotações na margem, escritas com tinta de duas cores diferentes. Parecia uma conversa entre duas pessoas, como se o caderno tivesse sido passado para lá e para cá, durante a aula. Spencer reconheceu a caligrafia de Melissa em tinta preta, e havia uma letra estranha em verde.

Adivinhe com quem eu fiquei na festa, no final de semana passado? dizia a primeira mensagem, na inconfundível caligrafia de Melissa. Abaixo dela, havia um ponto de interrogação exagerado e verde. *JD* foi a resposta de Melissa. Depois, aparecia um ponto de exclamação verde. E depois, *Garota malvada... Aquele garoto está tão apaixonado por você...*

Spencer segurava a página a centímetros de distância do rosto, como se examiná-la de perto ajudasse a fazer sentido. *JD?* O cérebro dela procurava uma resposta lógica. Poderia aquilo significar Jason DiLaurentis? No dia em que elas haviam tentado roubar a bandeira de Ali e Jason saíra correndo de casa, ele olhara com raiva para Melissa e Ian no quintal de Spencer. *Ele vai superar,* Melissa havia sussurrado para Ian mais tarde. Poderia Jason ter sentido ciúmes porque Melissa estava saindo com Ian? Poderia ele ter estado secretamente apaixonado por ela? Ela apertou os dedos contra as têmporas. Não parecia possível. Houve uma batida forte na porta e o caderno escorregou do colo de Spencer para o chão. Em seguida, outra batida.

– Spencer! – Ela ouviu alguém chamar. Emily e Hanna estavam na varanda; Emily usava um vestido vermelho longo, e Hanna um tubinho curto e rendado.

– Você está bem? – Hanna entrou correndo no celeiro e agarrou os antebraços de Spencer. Emily entrou logo atrás dela, carregando um livro enorme com uma capa de couro gasta.

– Sim – disse Spencer, devagar. – O que está acontecendo?

Emily colocou o livro no balcão da cozinha.

– Acabamos de receber uma mensagem de A. Estávamos preocupadas, achando que algo havia acontecido com você. Você ouviu algum barulho estranho lá fora?

Spencer piscou, espantada.

– Não...

As garotas olharam uma para a outra, suspirando de alívio. Os olhos de Spencer pousaram no livro de couro preto que Emily estava carregando.

– O que é isso? – perguntou ela.

Emily mordeu o lábio. Ela olhou para Hanna e ambas começaram a explicar o que haviam descoberto mais cedo naquela noite. Elas também disseram que Aria correra de volta para casa para buscar a bandeira de Ali, perdida havia tanto tempo – ela poderia conter uma pista vital –, e as encontraria ali. Quando as duas finalmente se calaram, Spencer olhava para elas, pasma.

— Jason e Wilden sabem de alguma coisa — sussurrou Hanna.

— Algo que eles estão escondendo. Precisamos falar com Ian novamente. Todas aquelas mensagens que ele mandou para você, dizendo que tinha que fugir, que eles o odiavam, que eles descobriram o que ele sabia... Entende? Precisamos saber *o que* Ian sabe.

Spencer amassou um travesseiro nas mãos, sentindo-se angustiada.

— E se for perigoso? Ian foi forçado a sair da cidade porque sabia demais. Isso pode acontecer conosco, também.

Hanna balançou a cabeça.

— A está nos implorando para fazer isso. Ela pode nos arruinar se não o fizermos.

Spencer fechou os olhos com força, pensando no grande *zero* escrito em vermelho no saldo de sua conta de poupança. A *já* a havia arruinado.

Ela deu de ombros e foi até o laptop de Melissa, incerta sobre o que fazer. Lentamente, ela mexeu no mouse, fazendo a tela acender. O computador ainda estava conectado à conta de MSN de Melissa, e havia uma lista de amigos on-line em uma janelinha. Quando Spencer viu o nome familiar na tela, seu coração começou a martelar.

— Eu não acredito. É ele! — disse ela, apontando para *USC-MidfielderRoxx*. Aquela era a primeira vez que ela o via on-line, em uma semana.

Hanna olhou para Spencer.

— Fale com ele — disse ela.

Spencer clicou no ícone de Ian e começou a digitar.

Ian, aqui é Spencer. Não desconecte. Estou aqui com Hanna e Emily. Nós acreditamos em você. Sabemos que é inocente. Queremos ajudá-lo a resolver tudo isso. Mas você precisa nos contar sobre as provas conflitantes de que falou na minha varanda, semana passada. O que aconteceu na noite em que Ali foi morta?

O cursor piscou. As mãos de Spencer começaram a tremer. Em seguida, a tela acendeu. Elas se inclinaram para a frente.

Spencer?

As meninas apertaram as mãos. Outra mensagem apareceu logo em seguida.

Nós não devíamos falar sobre isso. Se vocês souberem, podem correr perigo.

Spencer empalideceu e olhou para Emily e Hanna.
— Estão vendo? Talvez ele esteja certo.
Hanna empurrou Spencer para o lado e começou a digitar.

Precisamos saber.

O visor se acendeu novamente.

Ali e eu estávamos planejando nos encontrar naquela noite, escreveu Ian. Eu estava nervoso com o encontro e fiquei bêbado. Fui esperar por ela, mas ela não apareceu. Quando olhei para o outro lado do jardim, posso jurar que vi duas pessoas com cabelos louros compridos, na floresta. Parecia que uma delas era Ali.

Spencer engasgou. Ian havia lhe contado aquilo, quando a encontrara na varanda, na semana anterior. Ela e Ali haviam brigado naquela noite, mas Ian dissera que poderia ter sido outra pessoa. Ela fechou os olhos, tentando imaginar *outra* pessoa ali, naquela noite... Alguém que elas jamais haviam suspeitado. Seu estômago começou a doer.

As mensagens de Ian continuaram a chegar.

Parecia que as duas pessoas estavam discutindo, mas estavam longe demais para eu poder saber. Pensei que Ali não viria mais, o que talvez fosse bom, porque eu estava muito bêbado. Depois que Ali desapareceu, não percebi que a pessoa com quem ela estava brigando naquela noite poderia tê-la machucado e foi por isso que eu não disse nada, no começo. Ela falava muito sobre fugir quando estávamos juntos, e foi isso que eu pensei que ela tivesse feito.

Spencer olhou para as outras, confusa.

— Ali nunca falou em fugir, não é?

— Eu costumava falar sobre fugir dos meus pais rígidos — sussurrou Emily. — Ali disse que iria, também. Eu sempre pensei que ela só estava dizendo aquilo para ser gentil... Mas talvez não.

A luz acendeu de novo.

Mas depois que eu fui preso, entendi muitas coisas. Descobri quem realmente estava lá fora... e por quê. Eles queriam a mim, não a ela. Eles descobriram o que estava acontecendo e queriam me machucar. Mas encontraram

Ali primeiro. Eu não sei o que aconteceu. Eu não sei se foi um acidente, mas estou bem certo de que foram eles. E que estão encobrindo as pistas desde então.

A visão de Spencer se estreitou. Ela pensou sobre o vulto na floresta, na noite anterior, procurando alguma coisa no chão. Talvez *houvesse* algo lá fora, algum tipo de prova. *Quem são eles?*, digitou Spencer. *Quem fez aquilo?* Ela estava com a sensação de que sabia a resposta de Ian, mas queria que ele a confirmasse.

Não lhe parece estranho que ele tenha procurado uma carreira como policial?, dizia a mensagem seguinte de Ian, ignorando a pergunta de Spencer. Ele era o cara com menor probabilidade de fazer algo do tipo. Mas culpa é uma coisa louca. Ele provavelmente queria se absolver do que aconteceu, do modo que pudesse. E ambos tinham um álibi sólido naquela noite. Eles deveriam estar na casa em Poconos. Ninguém sabia que eles estavam em Rosewood. Foi por isso que nunca foram questionados. Eles não estavam lá.

Hanna apertou as mãos contra o rosto.
— A casa de Poconos. O adesivo de Wilden.
— E Jason tinha permissão para ir lá sozinho — murmurou Spencer.
Ela se voltou novamente para o teclado.

Diga quem são eles. Diga os nomes deles.

Você pode se machucar, respondeu Ian. Eu já falei demais.
Eles vão saber que você sabe. Provavelmente já sabem. E
não vão parar, farão de tudo para manter o segredo.

DIGA, digitou ela.

O cursor piscou. Finalmente, a mensagem chegou, com um bipe alto.

Jason DiLaurentis, escreveu Ian. E Darren Wilden.

Spencer pressionou as mãos contra o rosto gelado, algo se abrindo em sua mente. Ela se lembrou da foto que havia no protetor de tela de seu pai, a foto de todos juntos na casa dos DiLaurentis, em Poconos. Os cabelos molhados de Jason passavam dos ombros, tão compridos quanto os de uma garota. Ela arregalou os olhos para Emily e Hanna.

– Os cabelos de Jason eram compridos naquela época, lembram? Se Ian viu duas pessoas de cabelos louros compridos...

– Pode ter sido ele – sussurrou Emily. – E Ali.

Spencer fechou os olhos. Aquilo combinava com a lembrança dela daquela noite. Depois que ela brigara com Ali e caíra, Ali havia saído correndo pela trilha. Spencer olhara para o outro lado do jardim e vira Ali conversando com alguém. Claro que ela imaginara que fosse Ian...Tantas pistas apontavam para ele. Mas quando ela apertou os olhos e se esforçou para pensar, o quadro começou a mudar. A pessoa não tinha mais o queixo esculpido e os cabelos curtos e ondulados de Ian. Seus cabelos eram mais lisos e mais louros, e suas feições eram mais delicadas. Ele se inclinava intimamente na direção de Ali, mas também de forma protetora. Do modo que um irmão faria, não um namorado.

Como poderia ter acontecido? Teria sido apenas um acidente estranho? Teria Jason sido tomado por um acesso de raiva, por causa do que sua irmã estava fazendo com Ian? Teriam os dois brigado, e Ali acidentalmente caído naquele buraco? Teriam Jason e Wilden corrido para a floresta, petrificados de medo com o que havia ocorrido? Ian não teria contado para a polícia sobre ter visto alguém na floresta com Ali, porque aquilo o teria colocado na cena do crime, e também teria que explicar seu relacionamento secreto com Ali. Mas quando ele viera a público com o que realmente sabia, depois que fora preso, a pessoa mais provável de ter tomado seu depoimento era Wilden... e Wilden obviamente não contaria a versão de Ian a uma autoridade maior. Quando Ian conseguiu um advogado e começou a falar que não era o assassino e que a verdade ainda estava lá fora, talvez Wilden o tivesse ameaçado. E devia ser por isso que Ian teve que fugir.

Todas ficaram em silêncio por um longo tempo. Ouviu-se o relinchar de um cavalo ao longe, nos estábulos de Spencer. Uma rajada de vento fez os galhos das árvores farfalharem. Em seguida, Emily levantou o queixo, farejando o ar. Uma expressão preocupada passou por seu rosto.

– O que foi? – perguntou Hanna, aflita.

– Eu... Estou sentindo o cheiro de alguma coisa – murmurou Emily.

Elas respiraram fundo. Havia um cheiro estranho no ar, que Spencer não conseguiu identificar imediatamente. O cheiro ficou mais forte e mais intenso e a cabeça de Spencer começou a latejar. Seus olhos caíram sobre uma das últimas mensagens de Ian. *Você pode se machucar. Eles provavelmente já sabem.* O coração de Spencer quase lhe escapou pela garganta.

— Oh, meu Deus. Isso é... gasolina.

Em seguida, elas ouviram o som inconfundível de um fósforo sendo riscado.

30

O INFERNO NA TERRA

Aria desceu correndo as escadas em espiral de seu quarto no sótão da nova casa, tropeçando duas vezes e se agarrando no corrimão de ferro para não cair. Saiu apressada pela porta da frente, correu para o Subaru e ligou a ignição. Nada aconteceu. Ela rangeu os dentes e tentou de novo. O motor não respondeu.

– Por favor, não faça isso – implorou para o carro, batendo a cabeça no volante e fazendo a buzina tocar.

Derrotada, ela saiu do carro e olhou para a direita e para a esquerda. Deixara sua bicicleta na casa de Ella, o que significava que teria que andar até o celeiro de Spencer. O caminho mais rápido era atravessar as matas cerradas e escuras da floresta. Mas Aria nunca tinha ido até lá sozinha, à noite.

A lua crescente brilhava no céu. A noite estava muito sossegada e quieta, sem um vestígio de vento. Aria podia ver a luz dourada da varanda do celeiro de Spencer por entre as árvores. Ela retirou a bandeira de Ali do bolso da jaqueta. A bandeira estava exatamente onde ela sabia que estaria, bem no fundo da caixa de sapatos. Ela a apanhara sem olhar, ansiosa para voltar para Spencer e as outras.

O tecido continuava espesso e brilhante, quase perfeitamente preservado. Ainda cheirava um pouco como o sabonete de baunilha que Ali usava. Aria ligou a lanterna que apanhara na cozinha, examinando os desenhos que Ali fizera. Havia os logotipos da Chanel e da Louis Vuitton, como na bandeira de Hanna. Havia também estrelas e cometas, e um desenho de um poço dos desejos. Mas não havia um sapo de mangá em lugar nenhum. Nem um desenho de uma jogadora de hóquei. Quer dizer que Hanna se enganara... Ou teria sido Ali?

Aria esticou a bandeira até os cantos. Do lado esquerdo, Ali desenhara um símbolo estranho que Aria não percebera antes. Parecia uma placa de estacionamento proibido, o tipo que mostrava uma letra *E* com uma grande faixa vermelha ao centro. Mas em vez de *E*, Ali havia escrito outra letra. Aria aproximou a bandeira do rosto. Num primeiro exame, a letra se parecia com um *I*. Mas, quando olhou mais de perto, notou que não era. Era um *J*.

De... *Jason*?

Com o coração disparado, Aria enfiou a bandeira de volta no bolso e correu para a floresta. A neve havia derretido, e o chão estava escorregadio.

Aria correu por sobre folhas molhadas e poças d'água, espalhando lama por todo canto. Quando chegou ao fundo de uma ravina, suas botas escorregaram. Ela caiu no chão com um ruído alto, batendo o quadril com força. A dor foi lancinante e Aria deixou escapar um grito abafado.

Alguns segundos de silêncio se passaram. O único som que ela ouvia era a própria respiração. Lentamente, ela se levantou, limpou a lama do rosto e olhou em volta.

Do outro lado da clareira estava uma árvore torta, familiar. Aria franziu o rosto, percebendo por quê. Fora ali que elas encontraram o corpo de Ian na semana anterior, ela estava certa. Algo brilhou sob uma pilha de galhos caídos e folhas secas. Aria se aproximou cuidadosamente e se abaixou. Era um anel de formatura de platina, sujo de barro. Ela puxou a manga da jaqueta por sobre a mão, e esfregou o anel até que ficasse limpo. Uma pedra azul brilhou ao luar. Em torno da base da pedra, estavam gravadas as palavras *Rosewood Day*. Ela fechou os olhos, lembrando-se do corpo de Ian jazendo entre as folhas, apenas uma semana antes. Os olhos dela foram atraídos imediatamente para o anel de formatura em seu dedo inchado. Aquele anel também tinha uma pedra azul.

Ela apontou a lanterna para o nome gravado no interior do anel.

Ian Thomas.

Será que o anel caíra do dedo de Ian, quando ele fugira? Será que alguém o tinha arrancado dele? Ela olhou novamente para a pilha de folhas molhadas. O anel estava bem em cima dela, mal escondido. Como os policiais podiam ter falhado em encontrá-lo?

Um galho estalou e Aria levantou a cabeça rapidamente. O barulho viera de perto. Mais galhos estalaram, e ouviu-se o ruído de folhas sendo esmagadas. Em seguida, um vulto deslizou por entre as árvores. Aria se abaixou. O vulto deu mais alguns passos e parou. Estava muito escuro para ver quem estava ali. Algo provocou um barulho estranho, como se fosse algum líquido batendo contra os lados de um recipiente. Um cheiro forte a alcançou e os olhos de Aria se encheram de lágrimas. Era o cheiro típico de um posto de gasolina, um dos odores que ela mais detestava no mundo.

Quando Aria viu o vulto se abaixar e ouviu o barulho do líquido sendo derramado do recipiente e espalhado no chão lamacento, percebeu o que estava acontecendo. Levantou-se rapidamente, um grito preso na garganta. Lentamente, a pessoa colocou a mão no bolso e retirou um objeto. Aria ouviu um *estalido*.

— Não — murmurou ela.

O tempo pareceu diminuir de velocidade. O ar estava pesado e silencioso. Em seguida, a floresta ficou alaranjada. Tudo se iluminou.

Aria gritou e correu de volta pela ravina. Ela esbarrou em árvores e tropeçou em um pequeno fosso, torcendo o tornozelo. Durante os primeiros segundos, tudo o que ouviu foi o crepitar horrível do fogo crescendo e crescendo, destruindo tudo em seu rastro. Mas quando se virou, ouviu outro som. Um som baixo, doloroso e desesperado. Um pequeno gemido.

Aria parou. As chamas já haviam se espalhado pela ravina, onde ela estivera minutos antes. À sua direita estava um vulto encolhido. Essa pessoa parecia menor e mais fraca do que o vulto que atravessara a floresta momentos antes, ateando fogo em tudo. Sua perna estava presa sob um galho pesado que caíra de uma árvore e pequenas chamas subiam pelo galho, chegando cada vez mais perto de seu rosto.

— Socorro! — gritou a pessoa, quem quer que fosse. — Por favor!

Aria saiu correndo na direção do grito.

O rosto do vulto estava coberto por um grande capuz. Ela examinou o galho. Era grande e pesado, e Aria torceu para conseguir movê-lo.

— Você vai ficar bem! — gritou ela, seu rosto começando a ficar quente por causa das chamas. Reunindo toda a sua força, Aria empurrou o galho, que rolou pelo barranco, até atingir uma poça de gasolina e explodir. A pessoa gritou e caiu contra a árvore. Houve outro ruído ensurdecedor atrás delas e Aria se virou, gritando. A floresta era uma parede alaranjada. O fogo estava subindo pelas árvores agora, derrubando mais galhos. Em segundos, elas estariam encurraladas.

A pessoa ainda estava encostada contra o tronco da árvore, olhando para Aria com uma expressão traumatizada no rosto sujo de fuligem.

— Vamos! — gritou Aria, começando a correr. — Temos que sair logo daqui ou vamos morrer!

31

RENASCIDA DAS CINZAS

Emily, Spencer e Hanna saíram rapidamente do celeiro, correndo o mais rápido que podiam para fugir das chamas que surgiam a seu redor. O ar tinha um cheiro forte de fumaça e árvores queimadas. Os pulmões de Emily ardiam enquanto ela corria. Elas atravessaram um trecho de arbustos espessos, ignorando os espinhos que ficaram presos em seus suéteres, pele e cabelos. Em seguida, Hanna parou abruptamente e colocou as mãos no alto da cabeça.

– Oh, meu Deus! – gritou ela. – *Wilden*! Eu o vi outro dia na Home Depot, colocando alguns galões em seu carro. Era *propano*!

Emily se sentia nauseada e tonta. Pensou em como Jason havia olhado para ela na outra noite, depois de sair da casa de Jenna. E em como Wilden olhara para elas na festa. Eles *sabiam*.

–Vamos! – Spencer as apressou, apontando para as árvores. Elas podiam ver o contorno do moinho de Spencer, a distância. Logo estariam seguras.

O vento aumentou de velocidade, espalhando cinzas por toda a parte. Algo plano e quadrado passou voando por Emily, parando ao pé de uma árvore pequena e retorcida. Era a foto do memorial de Ali, a foto de Ali usando uma camiseta Von Dutch e as quatro meninas ao seu redor, rindo. Os cantos da foto estavam queimados pelas chamas e metade da cabeça de Spencer havia desaparecido. Emily olhou para os olhos alegres, muito azuis, de Ali. E ali estavam elas, correndo pela mesma floresta onde ela morrera e, possivelmente, com as mesmas pessoas que a haviam assassinado também tentando matá-las.

Elas correram para o quintal de Spencer, tossindo com a fumaça tóxica que lhes invadia os pulmões. O moinho dos Hastings também estava pegando fogo. Cada uma das velhas pás de madeira se quebrara e caíra. A parte de baixo, com a palavra MENTIROSA pichada com tinta vermelho-sangue, estava no chão e parecia queimar com mais intensidade.

Um grito agudo emergiu da floresta. Primeiro, Emily pensou que fosse a sirene de um caminhão de bombeiros... Certamente, eles já estariam a caminho. Em seguida, ela ouviu outro grito, alto e aterrorizado. Ela agarrou a mão de Spencer.

— E se for Aria? A casa nova dela fica no bairro vizinho. Ela pode ter pegado um atalho atravessando a floresta para chegar aqui.

Antes que Spencer pudesse responder, dois vultos saíram cambaleando da floresta espessa que queimava. *Aria*. Alguém estava atrás dela, usando um suéter largo com capuz e calças jeans. As meninas cercaram Aria.

— Eu estou bem — disse ela rapidamente. Aria fez um gesto indicando a pessoa ao seu lado. Quem quer que fosse, o vulto havia se encolhido em posição fetal na grama seca. — Ele estava preso sob um galho enorme — explicou Aria. — Eu tive que tirá-lo de cima dele.

— Você está ferido? — perguntou Emily para a pessoa, que balançou a cabeça, choramingando.

Ao longe, podia-se ouvir a sirene do caminhão dos bombeiros. Talvez eles também tivessem mandado uma ambulância.

— O que você estava fazendo na floresta, afinal? — perguntou Spencer.

A pessoa tossiu, uma tosse violenta e sufocante.

— Eu recebi uma mensagem.

Emily fez uma pausa. A voz da pessoa era pouco mais que um sussurro, mas parecia ser de uma menina, não de um menino.

— Uma... mensagem? — repetiu Emily.

A menina cobriu o rosto com as mãos, tremendo com os soluços.

— Eu fui avisada para ir até a floresta. Parecia algo realmente importante. Mas eu acho que eles estavam tentando me matar.

— *Eles?* — perguntou Spencer. Ela olhou para as outras. As chamas nas árvores dançavam pelo seu rosto.

A menina tossiu de novo.

— Eu tinha certeza de que iria morrer.

Uma sensação sinistra percorreu a pele de Emily. A voz da menina ainda estava abafada e rouca, mas tinha um tom nasalado que Emily não ouvia fazia muito, muito tempo. *Eu inalei muita fumaça,* disse ela a si mesma. *Estou ouvindo o que quero ouvir.* Mas quando olhou para as outras, elas também tinham expressões espantadas nos rostos.

— Está tudo bem. Você está salva agora — murmurou Spencer. A menina tentou concordar.

Quando ela afastou as mãos do rosto, elas estavam cobertas de uma fuligem negra. Em seguida, ela levantou a cabeça. A fuligem e a poeira haviam escorrido por seu rosto, revelando uma pele clara e rosada. Quando ela olhou para as garotas pela primeira vez e sorriu, agradecida, o coração de Emily parou. A menina tinha olhos azuis brilhantes. Um nariz perfeito, levemente arrebitado. Lábios em forma de coração. Quando limpou a fuligem, seu rosto anguloso apareceu.

Ela olhou para as meninas com uma expressão neutra, sem parecer reconhecê-las. Mas elas a reconheceram. Hanna soltou um gritinho de susto. Spencer permaneceu imóvel. Emily se sentia tão tonta que caiu ao chão, apertando a cabeça com as mãos.

Lá estava a garota das fotos do noticiário. A garota no protetor de tela do celular de Emily. A garota da foto que havia caído perto das árvores, alguns minutos antes. A garota que usava uma camiseta Von Dutch naquela foto, rindo, como se nada de mal pudesse lhe acontecer um dia.

Isto não pode estar acontecendo, pensou Emily. *Não há como isso estar acontecendo.*

Era... Ali.

O QUE VAI ACONTECER AGORA?

Rá! Aposto que vocês não esperavam por essa. Mas vocês sabem como são as coisas em Rosewood... Num minuto, você vê algo, e no seguinte... puf! Desapareceu. O que torna um tanto quanto impossível saber o que está realmente acontecendo. Isso é muuuuuuuuito frustrante, não é? As dúvidas provavelmente estão lhes matando: Ian está realmente morto... Ou está bebericando mojitos no México, tramando sua vingança? A falsa mãe de Spencer realmente roubou o dinheiro dela... Ou ela simplesmente pagou meu preço? O queridinho de Aria é um assassino psicótico... Ou as minhas mensagens a fizeram acreditar nisso? Emily descobriu um segredo obscuro da família DiLaurentis... Ou eu deixei o livro de registros lá de propósito, para que ela o encontrasse? O policial favorito de Hanna acabou de tentar transformá-la em um torresmo... Ou mais alguém quer aquelas vagabundinhas mortas? E quanto a mim? Estou do lado delas, ou estou controlando o jogo?

Mas aqui vai a pergunta de um milhão de dólares: Quem – ou o que – elas acabaram de ver, retornando das cinzas? Poderia Ali ainda estar viva? Ou tudo seria apenas uma ilusão?

Isso já é o bastante para enlouquecer qualquer um. A clínica Radley pode estar fechada, mas existem outros hospitais para lunáticos por aqui.

E quando eu acabar com Hanna, Aria, Spencer e Emily, quatro lindas novas pacientes talvez sejam internadas...

Durmam bem, meninas. Enquanto vocês ainda podem.

Beijos – A

AGRADECIMENTOS

Palavras não seriam suficientes para expressar a minha gratidão e a minha sorte por ter o apoio de uma equipe editorial tão inteligente, dedicada e criativa, que ajudou a tornar *Destruidoras* um livro tão cheio de mistério, surpreendente e interessante. Muito obrigada a Josh Bank e Les Morgenstein por sua intuição certeira sobre o que faz uma grande história; a Kristin Marang por toda a sua ajuda com o maravilhoso site Pretty Little Liars; a Sara Shandler, um extraordinário gênio criativo e uma amante de cachorros; e especialmente a Lanie Davis, porque é uma alegria conviver com ela, pelas muitas conversas ao telefone tentando descobrir exatamente para onde ir com este livro, e por tantas ideias que realmente ajudaram a torná-lo um livro melhor.

Meus agradecimentos a Farrin Jacobs, Gretchen Hirsch e Elise Howard, da Harper, pelas suas contribuições, sua atenção paciente e seu apoio incondicional. Estou eternamente em dívida com vocês.

Agradeço aos leitores deste livro, muitos dos quais eu tive o prazer de conhecer. Agradeço meu marido, Joel; minha irmã, Alison; meus pais, Shep e Mindy; e meus sogros, Fran e Doug, por terem me permitido escrever este livro em sua sala de estar.

E, finalmente, este livro é dedicado a Riley, um cachorro maravilhoso.

Sentiremos muita saudade.

Impressão: Gráfica JPA